情急之下的一抱，是谁让她那颗流离的心想要停靠？
始料未及的一问，能否令他不再逃避她的意切情深？

蒙古王妃

包丽英 著
（姚雪垠长篇历史小说奖获得者）

Mongolia
Princess

金国公主

她因恨苟活 为爱重生
从公主变为贡品

内蒙古出版集团
内蒙古人民出版社

图书在版编目（ＣＩＰ）数据

蒙古王妃 . 金国公主 / 包丽英著 . —呼和浩特 : 内蒙古
人民出版社 ,2016.6

ISBN 978-7-204-14070-1

Ⅰ . ①蒙… Ⅱ . ①包… Ⅲ . ①长篇小说—中国—当代

Ⅳ . ① I247.5

中国版本图书馆 CIP 数据核字 (2016) 第 131834 号

蒙古王妃　金国公主

作　　者	包丽英	
责任编辑	张桂梅	
封面绘画	海日瀚	
装帧设计	宋双成	
出版发行	内蒙古人民出版社	
地　　址	呼和浩特市新城区中山东路 8 号波士名人国际 B 座 5 楼	
印　　刷	内蒙古爱信达教育印务有限责任公司	
开　　本	710×1000　1/16	
印　　张	15.5	
字　　数	240 千	
版　　次	2016 年 7 月第 1 版	
印　　次	2016 年 7 月第 1 次印刷	
印　　数	1—4000 册	
书　　号	ISBN 978-7-204-14070-1/I·2713	
定　　价	29.00 元	

图书营销部联系电话 :（0471）3946298　3946267
如发现印装质量问题，请与我社联系，联系电话 :（0471）3946120

本书导读

　　盛着毒酒的酒杯落在地上，永济皇帝的身躯轰然倒地，嘴角溢出黑色的血。在一息尚存中，他只请求发动宫廷政变的人能够放过他无辜的女儿：岐国。岐国目睹着父皇的惨死，昏了过去。

　　从昏迷中苏醒的那一刻，昔日的繁华与尊荣都已成过眼云烟，只有复仇的信念才能让孱弱的女孩选择活下去。遭到蒙古军队不断打击的金国犹如海浪中颠簸而行的巨舟，千疮百孔靠一个女孩的手怎能修复？可是坐在龙椅上的皇帝仍旧毫不容情地将女孩推了出去，他要以这昂贵的社稷贡品，去为自己延长巨舟沉没的时间。

　　遥远的异域，满目风沙，身为金国公主的岐国并没有被成吉思汗纳为妃子，在孤独、华丽的宫帐中，岐国小心翼翼地收藏着她的爱情，为爱而坚守。

　　成吉思汗的侄儿移相哥疯狂地迷恋上聪明、沉默、高贵无比的公主，他说，他要与公主心上的那个人展开竞赛，谁胜，谁才有资格成为公主的丈夫。岐国清楚，这将是勇士移相哥必胜的竞赛，然而无论胜负，她只将心给她爱的人。移相哥在岐国坚定的双眸中将手中的箭对准了掠过天际的一对秃鹫。

　　当爱化成风，岐国再次选择了坚强，用二十年的爱与承诺织成羽翼，在最艰难的时刻，她与另一个女人——与她情如姐妹、相依为命的苏如一道，细心地守护着孩子们，隐忍、顽强地守护着她们的家族。对她而言，爱与诺言一样，像星光永恒。

她永远只为爱而生。

窝阔台汗去世的十年间，她终于可以无愧地将目光移向天国，对天国中的那个人说，几十年后相聚的那一天，我要听到你的谢。

草原并不平静，汗位之争风起云涌。处境变得异常艰难，危险无处不在，这位从金国宫廷走到蒙古宫廷的女子，又开始面临着新的选择……

目录
Contents

上卷　寂寞梧桐锁清秋

　　当昔日的繁华与尊荣都已成过眼云烟，孱弱的女孩却凭借复仇的信念活了下去。

　　遥远的异域，满目风沙，在孤独、华丽的宫帐中，她小心翼翼地收藏着她的爱情，为爱而坚守。

壹

岐国手里拿着一枚黑子，好一会儿没有落下。

她知道，只要她点在那个位置，父皇就必输无疑了。但父皇显然没有意识到棋局对他不利，仍在催促她快些落子。

岐国犹豫了一下，终于将手里的黑子点到一个不该点的地方。今晚不知为什么，她一点儿不想赢这盘棋，或者说，她一点儿不想破坏父皇难得的好兴致。

棋桌两边的松枝状灯架上，玉莲花灯盏将阴影拖曳在永济皇帝的脸上，使这张脸看起来忽明忽暗，忽悲忽喜。

岐国心中隐隐产生了某种怪异的忧虑，似乎大殿之上空阔得、安静得太过反常，而这种反常又让她想要立刻逃离。

以前，她也时常与父皇对弈，可那时至少有宫女和李思中在一旁奉茶观战。今天她只在奉旨入宫时看到李思中从大殿匆匆而出，和她迎面走过，此后，李思中便再没有回到宫中。她问父皇，父皇说李思中去为他取丹药，可能时辰差些，在等。她又问怎么不要宫女和护殿侍卫在身边侍候，而把他们全都打发到殿外站着。父皇说他今晚只想与女儿安安静静地、不受任何打扰地下几盘棋，身边人多了反而会让他头脑不清楚，身体也不爽快。

父皇的解释似乎全都言之有理，可岐国心里仍然觉得不安，这样一个寂静的夜晚，该不会发生什么事情吧？

岐国让了父皇最关键的一步，永济皇帝赢得仍然有些勉强，不过，终于能赢女儿，他还是显得很高兴。他把这当作好兆头。

一年前，蒙古大军越过长城，正式向金国宣战。胡沙虎先在乌沙堡输了一仗，术虎高琪紧接着又在野狐岭败了第二仗。乌沙堡、野狐岭可都是金国赖以抵抗漠北军队入侵的屏障。金国曾花费大量的银两在乌沙堡构建工事，他又派出以骁勇善战著称于朝野的胡沙虎坐镇乌沙堡。原以为万无一失，没想到蒙古军的先头部队并不强攻乌沙堡，而是以闪电战术偷袭了乌沙堡东北方的粮库乌月营，致使胡沙虎首尾难顾，一战而败。

乌沙堡既失，他只能寄希望于守住野狐岭。野狐岭是金国的天然屏障，地势险峻，可谓一夫当关，万夫莫开。他又在野狐岭布置了三十万的精锐部队，他知道漠北军队充其量只能出动十万人马，他有这个把握，可以让野狐岭变成蒙古人的天堑。不料他再次失算，蒙古人在野狐岭第一次使用了威力强大的西域投石机和南宋火炮，在巨大的轰鸣声中，术虎高琪和手下将士只剩下抱头鼠窜的份儿。

虽然如此，面对高大坚固的城池，惯于野战而且缺少攻城器械的蒙古大军仍显得有些无奈，他刚刚松了口气，不料契丹族将领石抹明安阵前投敌，反带领蒙古大军接连攻克宣化、怀来，逼向中都。

术虎高琪回京后将战败的责任全都推到了石抹明安的头上，但永济心里明白，术虎高琪向来与石抹明安不睦，一定是他嫉贤妒能、百般刁难，才终于将石抹明白推给了蒙古人。可是，这话他不能说，胡沙虎和术虎高琪都握有兵权，他的江山还得靠他们支撑，如果轻易将他们治罪，比他们死得还快的那个人一定是他自己。

成吉思汗在中都城下兵分三路，派三个儿子率领左路军攻打金国军事重镇西京（今大同）。出发前往西京坐镇前，胡沙虎在永济的御座前信誓旦旦，发誓守不住西京他就提头来见，而他也确实对胡沙虎寄予了很大的希望。

只是，豪言壮语尚在耳边，胡沙虎却不出一个月便败回了中都。这一次，大臣们纷纷站出来，上疏要求杀胡沙虎以谢天下。他念及当年胡沙虎拥立之功，只将胡沙虎罢职了事。但罢免了胡沙虎并未起到扭转战局的作用，蒙古大军照样攻城略地，金王朝这艘在惊涛骇浪里沉浮的巨船更加千疮百孔，举步维艰。不得已，永济只好再次请胡沙虎出山收拾残局，毕竟，在金国众多的将领中，胡沙虎是最坚决的主战者，不仅如此，他的指挥才能同样为永济所倚重。

凭着永济对胡沙虎的了解，他以为胡沙虎对罢职一事一定会心怀不满，他也想好了该如何安慰胡沙虎。可是他错了，胡沙虎非但没有任何怨言地接下了圣旨，而且令他感到欣慰的是，胡沙虎从重掌帅印伊始，便每日巡视城防，训练军队，大有一雪兵败之耻的劲头和热情，而这也正是永济彻底放下心来，并在今晚终于可以唤来爱女陪他悠闲地下一盘围棋的原因。

岐国五岁学习下围棋，七岁以后在宫中便鲜有对手，但今天他却赢了女儿，这难道不是一个好兆头吗？

岐国正要收拾棋子，永济却兴致勃勃地要求："你陪朕再下一盘吧。"

岐国一愣，抬头望着父皇。她实在不想再下了，可是她不知道该如何拒绝。

永济只将女儿忧郁的脸色当作她在为输棋难过，他想哄女儿开心。再说，现在时间还早，李思中也没有回来，他想让女儿多陪自己一会儿。

此刻，寝宫所有的灯都点着，照得整个大殿亮如白昼，可不知为什么，岐国仍然觉得害怕，好像什么人正躲在暗处虎视眈眈地盯着她和她的父皇。

她本能地用眼睛四下搜寻着。

什么也没有。

这种感觉真是奇怪。

"你怎么了，岐国？"

岐国犹豫了一下，回答："啊，没什么。"

"朕怎么觉得你有点心不在焉啊？"

"没有。"

永济不再追问了。他知道，从小，岐国就不太爱说话，也不喜欢与别的兄弟姐妹嬉戏玩耍。只要有时间，她就会捧本书来看，大家都为此笑话她像个酸腐老学究。但永济偏偏很喜欢这个女儿，因为这个女儿天性聪明，年方十二岁就已经琴棋书画无所不通，而这，是最让他引以为傲的。

岐国慢慢地将黑白棋子重新分开，摆在棋盘上。她不知道父皇为何今晚兴致盎然，但既然父亲说了还要下一盘，她也只能奉陪。

这一盘，永济要女儿执白，他执黑。

岐国身后的一盏莲花灯中的油芯突然发出了一阵"吡吡卟卟"的声音，

火焰一时间窜起老高，把岐国吓了一跳。

"怎么了？"永济慈爱地问女儿。

"没……没事。"

"岐国，你是不是觉得哪里不舒服，如果你不想再下，父皇派人送你回去。"

"女儿没有不舒服。可能因为今晚宫里不比往常，李思中和宫女都不在跟前，就我和父皇两个人，我有点不习惯。"

"是这样啊。朕这就把门外的宫女们唤进来。"永济说着，回头向门外吆喝了一声，"谁在外面？来人哪！"

没有人进来，也没有人回答，岐国听到的只有风吹过窗棂的沙沙声。

永济觉得奇怪，不由提高了嗓门："来人哪！人都到哪儿去啦？"

依然没有人进来，也没有人回答。

永济大怒，正欲起身亲自去看，岐国一把拉住了他的衣袖。

"怎么回事，岐国？"

"父皇，有人在向这边走来。"岐国的手不断抖着，声音却还镇定。

"这帮宫女，见朕不要她们伺候，就跑去偷懒。待会儿她们进来，朕一定会让侍卫把她们拖出去痛打一顿。"说到这里，永济自己突然也想到了什么。不对，不止宫女全都不见，护殿侍卫想必同样不在门外。

这是怎么回事？

永济终于感到了某种反常。

脚步声越来越近，越来越近，随着"吱扭"一声门响，李思中肥胖的身躯出现在门前。看到他终于回来了，永济似乎长长地松了口气，岐国手中的棋子却掉在了整玉雕成的棋盘上，发生了刺耳的声响。

"你可回来了。"永济对李思中说，他俯身拾起女儿掉在棋盘上又弹落到他脚边的一枚棋子，向女儿微微一笑。

岐国笑不出来。父皇或许没看到，她却看得很清楚，李思中的脸上分明闪过一丝不怀好意的狞笑。

"是，皇上，奴才回来了。"

"朕的药取回来了吗？"

"取回来了，奴才手上端的就是。"

"那好，你送过来吧。"

"是。"李思中应着，向旁边撤开身子，让出他身后的一个人来。这个人此时全身披挂，正不慌不忙地踱向永济。

最初的一瞬间，永济并没有认出来人是谁。当他认出来人是谁时，像被雷电突然击中一样，全身瘫软，再也动弹不得了。

来人抄着手停在永济的面前。

胡沙虎！

难道，他真的要被自己喂养的鹰啄瞎眼睛了吗？永济张着嘴望着胡沙虎，悔恨犹如万箭攒心。

胡沙虎向后挥了挥手，李思中立刻走到他身边。一群如狼似虎的士兵从门外蜂拥而入，将永济和岐国团团围住。

"你，你，你们，要做什么？"永济结结巴巴地问，他已经被巨大的恐惧击垮了，脸上血色全无。

胡沙虎不急于说话，他欣赏着永济濒死挣扎的表情。

李思中捧着托盘，稍稍向前走了一步。"皇上，让奴才伺候您服药吧。"

"药？什么药？"

"您不是一直都梦想长生，所以才紧催着奴才去给您取长生不老药吗？现在，奴才取回来了，让奴才侍候您喝了吧。只要您喝了，就可以到天上去了。到了天上，您可就真的长生了。"

"你……"永济手脚冰凉，全身如筛糠一样不停地抖动着，已经说不出一句完整的话了。看到他这副狼狈的样子，胡沙虎不由得哈哈大笑。

李思中也迎合着笑起来，他的嗓音又尖又细，好像锋利的刀子在瓷片上划过，岐国不由自主地堵住了耳朵。

"永济啊永济，你是不是已经被吓得尿了裤子？你该不会连个小丫头也不如吧？"胡沙虎无所顾忌地嘲笑永济，直呼其名。

"你……"

"除了'你'，你能不能再说几个别的字？"

"胡——沙——虎！"

"对，我是胡沙虎。告诉我，你想说什么？"

"胡沙虎，朕……朕可是待你不薄啊。"

"是不薄。要不你怎么会将我罢职呢！"

"那……那是群臣……群臣联名上疏，朕……朕只是将你罢职。他们，如果朕听他们的话，你就不是被罢职……这么……这么简单。"

"所以啊，你要为没听他们的话付出代价了。废话少说，念在你我君臣一场，我就为你留个全尸，否则——"

永济明白，胡沙虎既然有备而来，宫中内外一定都已布置好了他的人马。明知自己在劫难逃，他只得把心一横。

胡沙虎向李思中使了个眼色，李思中会意，双手将托盘往永济眼前一送，近乎嘲弄地阴笑着："皇上，让奴才最后侍候您一回吧。"

"慢着。"永济突然说道。

"您还有什么要吩咐奴才的吗？"

"朕是皇帝，让朕换上衣服再走也不迟。"

李思中看了看胡沙虎，胡沙虎略一思索，出人意料地点了下头。

李思中去为永济取来龙袍，永济手哆嗦着，怎么也穿不上。岐国静静地走到父皇面前，帮父皇更衣。泪水不断地流过她的面颊，但她紧咬着牙，决不让自己哭出声来。

永济的目光落在女儿的脸上，他很后悔偏偏在今晚唤女儿来陪他下棋。在女儿那颗小小的心灵里，是否对不幸已有预感，要不她为什么一直显得忐忑不安呢？可是，女儿还是个小孩子，希望这帮刽子手能放女儿一条生路才好。

永济终于穿戴完毕。

他挺直了身体，凛然面对李思中和胡沙虎。他一生窝囊，这一刻，他的脸上却显示出一种从未有过的威严。

在他的目光逼视下，李思中居然感到有些惶恐不安。胡沙虎也稍稍收敛起不可一世的嘴脸。

永济将药碗取在手上。

岐国终于哭出了声，本能地想要夺下父皇手里的药碗，却被李思中一脚踢翻在地。她翻滚了一下，又挣扎着站起来。此刻，她只有一个念头，她不能让父皇喝下药酒，可是，她还没有迈出步子，一个士兵已经眼疾手快地抓住了她的肩膀。

岐国拼命扭动着小小的身躯，"放开我！你放开我！父皇，父皇！"

"岐国，女儿。"永济喃喃着，两行热泪潸然而下，"胡沙虎，你要对朕怎么样，随你吧，可岐国还是个孩子，朕求你放她一条生路。"

"父皇，不要求他。女儿愿意陪您，女儿愿意。"

"不，岐国，你还是个孩子，你要活着，你一定要活着。"永济怜惜地望了女儿最后一眼，毅然决然地将药碗举起，一饮而尽。

药碗"咣当"一声摔落在地，发出了碎裂的声音。

"父皇！"他听到女儿凄厉的呼唤。

一阵剧烈的腹痛使他不由自主地弯下了腰。他抬头望着胡沙虎，胡沙虎狰狞的面容在他眼里不断变形、放大……

他慢慢跪在地上，身体随即斜斜地倒下。在经历了灵肉分离的痛楚后，他感到一种解脱的轻松。

"放了岐国……"他的嘴角流出黑红色的血，拼尽全力发出低微的声音。

可惜，没有人听到他的话。

李思中走到永济身边，俯身观察了他一会儿，又用脚踢了踢他的身体。"死了。"他对胡沙虎说。

岐国昏了过去。

贰

当岐国真正恢复意识时，仿佛才陷入了真正的梦幻当中，因为她蓦然发现自己周围的一切都已经改变了，变得陌生了。

她熟悉的皇宫不见了，熟悉的宫女、侍卫也不见了，她醒来时正置身于一个狭小的、散发着霉味的小房子里。她费力地睁着酸痛的眼睛四下搜寻，却只看到矮小的房檐，斑驳的墙壁和房顶四角巨大的蜘蛛网。

接着，她惊慌地意识到父皇不见了，毕恭毕敬跟随着父皇的大臣不见了，甚至连母后也不见了。她的身边竟然没有一个人陪伴。她不敢相信自己所看到的景象，以为是长时间的昏厥让她产生了幻觉，于是急忙闭上眼睛，定了定心神，然而，当她重新睁开眼睛时，她发现一切依然如故。

这么说，她真的从天堂来到了地狱？那么，她究竟是活着，还是死了？

父皇呢？母后呢？其他人呢？在她昏睡前后的这段日子究竟发生了什么事？为什么她任何事都想不起来了，任何事，无论是好是坏，通通都想不起来了？

岐国强挣着从床上坐了起来，此时，她不能强迫自己去想事情，她只有一个感觉，就是渴。她觉得自己渴得要命，心里像有一团火在燃烧一样，她很想喊人给她倒些水来，可她试着发出的声音太喑哑太微弱了，她知道即便她喊了，也不会有人听到。她的目光落在屋子中间一个碰一下可能就会散架的桌子上，看到那上面放着一个锈迹斑斑的铁壶。

她要喝水，她必须喝水，否则，她一定会死。

岐国试着将两只脚放在地上，刚刚站起来又软软地跌了下去，床板很硬，上面没铺任何东西，她身体一动就吱扭作响，幸亏不知哪个好心人在她的身上加了一层薄薄的草帘，这一跌她倒在了草帘上，她不觉得疼，只觉得累。

水……不行，她必须要喝到水，她一定要喝水。岐国再试了一次，这一次，她终于站了起来。

她强迫自己挪动着虚飘的双腿，像踩在云朵里，摇摇晃晃地挪到桌前。她从桌子上拿起壶，不管不顾地将里面的液体倾倒在自己的嘴里。液体有一种奇怪的酸腐味道，以前，岐国从来不知道水有这样的味道，当她不再像最初那样焦渴难耐时，她便产生想要呕吐的感觉。

"公主。"岐国听到一个熟悉的声音在哽咽地呼唤她，她抬起头来，发现不知何时奶娘进来了，正端着一碗上面漂着几叶青菜的面汤站在她面前，一张凄惶的脸上布满了纵横交错的泪水。

看到奶娘，岐国突然想起了一切。

是的，一切。摔落在父皇脚下的药碗，胡沙虎冷酷的脸，李思中阴险的笑，父皇嘴里的血，还有她的昏厥。当她终于苏醒时，她在自己的卧房里看到母后就跪在外面的地上，七尺白绫抛在母后的面前，母后不做任何辩解，不做任何求饶，静静地站起身来，最后一次将忧伤的目光投向站在窗前的她……

她甚至还记得，她本能地想冲过去保护母亲，想喊，却被奶娘惊慌地捂住了嘴，用力地抱在怀中。她看到奶娘恐惧的脸，也看到母后从容地走向父皇被毒死的殿阁，随后，她再次陷入了更加长久的昏迷。

哦，明白了，原来……原来他们，她的父皇和母后，这两位她最亲的人，都已经离她而去了，而她却活了下来。她为什么要活下来？她为什么要醒过来？

"公主，你醒了，你终于醒了。"奶娘的声音黏黏稠稠的，仿佛被淹没在泪水中。岐国很想回应一声，张了张嘴，却没能发出声来。

奶娘半是伤感半是爱怜地看着岐国将手里的水壶放回到桌上。这原本是她昨晚给岐国喂过水后剩下的半壶冷茶，前两天，她一再恳求负责看守冷宫的官员，说尽了好话才总算弄到一小包隔年的陈茶，这里的井水有一股奇怪的、略带腥臭的味道，如果不放点茶叶，更令人难以下咽。可是，即便如此，她又怎能想象得出，她那自小喝着最洁净、最甘甜的泉水长大的公主，会一口气将半壶这样的冷"茶"喝光？

"公主，来，趁热把这碗面吃了吧，这是奶娘刚给你做的，你一定要都吃完。你已经几天没吃东西了。奶娘有种预感，觉得你今天会醒，今天一定会醒。快来吃掉它，你一定很饿了。"

奶娘一边絮絮叨叨地说着，一这将碗筷放在岐国的面前，当她还是一个孩子一样，亲手将她安顿在桌前唯一的一个圆凳上。

岐国仍然没有说话，狼吞虎咽地吃起来。以前，她无论吃什么样的山珍海味都味同嚼蜡，而这一碗面却让她纳闷，人间居然还有如此美味。

奶娘看着她，泪水像断了线的珍珠一样滚落下来。

她的宝贝孩子！她从来觉得岐国就是她的女儿，从她把她抱在怀里给她喂奶的那一刻起，岐国就成了她的女儿。她在她身上寄托了多少爱与希望！她从来不敢想象，从小到大，岐国何曾喝过这样的"茶"，吃过这样简陋的饭食，可是她现在却吃得津津有味。天哪，天哪，你为什么要这样惩罚一个无辜的孩子！

岐国喝光了最后一滴面汤，仍然感觉自己没有吃饱。她可怜巴巴地舔着嘴唇，看了奶娘一眼。奶娘的眼里闪动着怜惜的泪光，这泪光告诉她一件事，她不可能再有东西吃了。

不可能再有东西吃了，看来，她真的沦落到了一个比奴婢还要糟糕的悲惨境地。

这会不会只是她的一场梦呢？

"公主，你这会儿感觉好些了吗？"奶娘一边收拾碗筷，一边掉泪。泪水蜇红了她原本姣好、现在却明显苍老的脸。

面前的奶娘，让岐国觉得很陌生，又觉得很亲切。在这冷酷的世界，如今或许只有她还肯陪伴在她身边，与她相依为命。

"奶娘。"这还是自出事以来岐国第一次开口说话。

"公主，奶娘知道，你一定还很饿是吧？奶娘去给你弄点，不，做点别的东西来吃。你乖乖地回到床上，等着奶娘。好吗？"

"我不饿。奶娘，你吃过了吗？"这种话，以前岐国是万万不会问的。在她的概念里，贫穷与饥饿只是文人的描述。可是，她此时即使没有体会到贫穷，也第一次体会到了饥饿。

奶娘回说她不饿，抹着眼泪拿起空碗出去了。可怜的奶娘一心想着应该弄些什么东西来给她的宝贝孩子吃，竟忘了把岐国扶回床上。

岐国继续坐在桌旁的凳子上，她喝了"茶"，喝了面汤，身上有了一些力气。她觉得自己该好好想想，即使不想将来，也该想想现在。奇怪的是，她努力想着，大脑里偏偏一片空白，什么事情都想不起来。

岐国呆呆地坐着，坐了很久，当屋中的光线一点点暗淡下来时，她才意识到奶娘说要给她弄些东西来吃，却走得未免太久了。难道，难道是奶娘出事了？胡沙虎的人又杀害了奶娘？不，不可以！如果奶娘也不在了，她一个人无论如何也活不下去。她得去找奶娘，她一定要把奶娘找回来。

岐国从凳子上站了起来，血似乎从她头部流空了，她的眼前一片漆黑。

她用力撑住桌子，倔强地不让自己倒下去，这应该是许多年来她第一次痛恨自己的软弱无力。

好一会儿，她的眼睛才终于能够看清东西了，她立刻向门外走去。她的脚步依然虚飘不定，身体也一直在发抖，但此刻希望立刻见到奶娘的愿望压倒了一切，她只想着一件事，那就是找到奶娘。

过去，奶娘天天在她身边照顾着她，惯宠着她，她却一点没觉得奶娘对她而言有多么重要。小时候使性子她还曾呵斥过奶娘，她想这真是报应，或许正是因为她如此冷漠才会在失去父母之后又失去奶娘。

岐国感觉自己走了很久还没有走到门口，这时，门开了，奶娘手里捧着刚才给她盛面汤的碗回来了，碗里放着两块烤得焦黄诱人却小得可怜的红薯。奶娘的眼睛似乎比她那会儿出去时还要红肿，她端着碗的手也似乎有些肿胀。

烤红薯的香气冲进岐国的鼻孔，引得岐国连连咽了几口从胃里翻上来的酸水，现在别说是这样的两个小红薯，就是一盆比这多十倍的红薯岐国感觉自己也能吞下去。

"公主，你怎么起来了？"奶娘上前握住了岐国的手，小心地扶着她回到桌边坐下，又小心地将红薯放在她的面前。

"公主，你这会儿身子还虚，怎么能到处走动呢？也怨奶娘，出去的时间太长了，你一定等不及了。来，听话，快把这两个烤红薯吃了，吃完了好好睡一觉，奶娘保你明天就又成了以前那个琴弹得最好、棋下得最好、无人能比的小公主了。"奶娘故意用轻松的口吻说着话，却掩不住眼中深深的担忧。

在这郊外幽僻的冷宫，胡沙虎大概存心要她们，尤其要岐国公主自生自灭。今天，她受尽了奉命看守冷宫的士兵的羞辱才勉强给公主弄了两顿饭吃，明天，还不知道她们的食物在哪里。

岐国并没有注意到奶娘沉重的眼色，她急不可待地拿起了一个红薯塞进嘴里。她咬了一口，又停下来，眼睛望着奶娘。

"怎么啦，公主？是不是烤红薯不好吃？"

岐国摇摇头，拿起另一个红薯放在奶娘的手上，"这个，你吃。"

奶娘鼻子一酸，眼泪差一点又掉下来，她掩饰地用手拢了一下头发，将红薯重新放回到碗里。

她很欣慰，尽管她已经一整天没有吃过一口东西了，她仍然觉得欣慰。她没有看错，岐国虽然自幼性情孤傲、少言寡语，却是个心地善良的孩子，这样的孩子，值得她用生命去保护。

奶娘将碗里的红薯依旧递到岐国手上。"你吃吧，奶娘吃过了。"

"奶娘。"

"什么？"

"如果咱们只有这么一点点东西吃，奶娘你又怎么可能吃过呢？"

奶娘语塞。

"奶娘，你一定要吃。如果你倒下了，我怎么办？我现在只有你了。你不能倒下，知道吗？我要你在我身边，永远与我在一起，万一你不能照顾我了，我一定会坚持不下去的。"

奶娘吃惊地望着她的宝贝孩子。这番话出自岐国之口，真的让她觉得着实不易。岐国是那种任何话都会放在肚子里的孩子，天生的禀性，良好的教育，宫廷的束缚，都使她养成了不肯多说一句话的习惯。她对人彬彬有礼，喜怒不形于色，但是你永远看不到她的内心，永远无法了解她，走近她。平素，她谨言慎行，看似柔弱无比，别说是惊涛骇浪，就是一阵风吹来，对她而言也可能成为致命的伤害，奶娘从来就不敢设想，她竟能承受得住这种灾难。

在岐国昏迷不醒的这几天里，奶娘虽然尽力强迫自己不去深想，暗地里其实一直是在担着这份心的。然而，直到这一刻，奶娘才意识到，隐藏在岐国柔弱身体中的还有一种出人意料的坚忍顽强。

也许是仇恨让她选择了坚强，也许是求生的意志让她选择了坚强，但不管是哪一样，只要她变得坚强，她就一定能够活下去。

太好了，无论如何，奶娘最大的愿望就是她的宝贝孩子能够活下去。

奶娘在进宫前失去了自己的亲骨肉，从那时起，岐国就成了她唯一的孩子，唯一的寄托。

岐国将红薯放在奶娘的手上，她在宫里度过了十五个春秋，这是她第一次表露出对奶娘的关切，也是她第一次将自己从高高在上的公主还原成了需要爱也愿意给予爱的普通女孩。

尽管心里万分舍不得这来之不易的食物，奶娘还是将这个红薯吃了进去。岐国说得对，在她与她可怜的孩子相依为命的这段岁月里，她决不能轻易倒下。

叁

岐国直到半个月后才终于走出小屋，她看到荒凉的、破败的院落时并不觉得有任何惊诧。

偌大的内院里许多屋子都处于半坍塌的状态，只有她和奶娘住的房子还勉强可以遮风挡雨。

对于这座院落，宫廷民间一直流传着一些似是而非的传言。据说，这座院落原是前朝一位皇亲国戚的府邸，后来，金朝的海陵帝喜爱这座府邸的幽静，遂将它改为自己的离宫。海陵帝经常会带自己宠爱的妃子来这里小住。

一天，海陵帝在酒后因为与宠妃发生了一些口角，一时怒火攻心竟将宠妃掐死，弃于后花园的水井里。此后，他便命人们封闭了离宫。世宗在位时曾想将这处宅院赐给皇族，但其时市井已开始风传这处宅院的后花园闹鬼，住在附近的人们夜半时分走过后墙的小路时，经常会听到女人的哭声，因此谁也不肯入住。不得已，世宗便想了个办法，将宫中失宠的嫔妃送到此处，责令她们思过。

世宗朝、章宗朝都有嫔妃被送到这里，奇怪的是，这些嫔妃住不多久不是疯掉就是死去，这样一来，就更没人愿意接近这个可怕的、不祥的地方，更别说还要住在里面与一个个冤死的鬼魂相伴。

岐国对所有这些事一无所知，如果她知道，或许她就能理解，为什么那些被迫待在外院看守她与奶娘的士兵们会如此厌恶这里，连带着厌恶她和奶娘。这些士兵恨不得她与奶娘赶紧死掉，他们也好早些离开这个鬼地方。

岐国被阳光晃到了眼睛，她的心里却觉得亮堂了许多。她还活着，而且还能看到阳光，呼吸到屋外的空气，这一切都是奶娘的功劳。

岐国看到院中的左侧有几个木桩，她走过去坐了下来，她的身体还有些虚弱，她想略休息一下再去找奶娘。

这段日子以来，奶娘每天都是早早地就出门去，晚上很晚才能回来。奶娘从不告诉她自己去了哪里，但每天晚上奶娘回来的时候都会给她带回一包吃的东西，有饼子、窝头、红薯，甚至还有面瓜，而且分量都比她们在小屋的第一天时要多许多，她吃不完，奶娘就会收起来，吩咐她第二天白天把它们吃掉。

事实上每到白天，奶娘都不在她身边。

她觉得有些事情不对劲，因为即便奶娘极力掩饰，她仍发现奶娘每次回来都疲惫异常，可无论她如何追问，奶娘就是不肯告诉她自己去了哪里，做些什么。岐国决定自己去解开这个秘密，这不是因为怀疑，而是因为关心。

岐国用双脚使劲踩在地上，踩了好一会儿，感到双腿有了些力气，才起身向院外走去。

从内院到外院有一段距离要走，她其实并不知道奶娘去了哪里，她只是凭着感觉向有门有院有房子的地方走。她心里想的是，只要在路上碰到人，不管是什么人，她都可以询问一下奶娘去了哪里。

果真如她所愿，她在走进第二道只剩下半边门框的院门时迎面遇上了一个士兵，士兵的岁数不大，看起来与她的年龄相仿。这让她心里宽慰了许多，遇上一个男孩子，总比遇上其他人要好。她迎着士兵问道："请问，你是这里的人吗？"这是她生平第一次主动与陌生人说话。

年轻士兵惊讶地看着她，眼神里流露出一丝奇特的恐惧。

"你……你……"年轻士兵嗫嚅着，大概看出岐国并没有任何恶意，方才鼓足勇气问道："你，你从哪里来？"

"我住在里院。"

"公主？"年轻士兵下意识地脱口而出。

岐国默认了。

好奇心在一瞬间压倒了年轻士兵的恐惧，他不知深浅地认真端详着岐国。他生平第一次见到深居皇宫大院的人，而且还是一位名副其实的公主，这让他很新奇。

岐国迎视着他的目光。年轻士兵的眼里除了惊奇并没有其他内容，因此她可以坦然面对。

"你……真的是公主吗？"年轻士兵仍有些不敢相信自己的眼睛。

这位依旧穿着宫里衣衫的年轻女孩真的是公主吗？应该是吧，要不她的身上怎么会有一种说不出来的东西。

岐国没回答。

不用她回答，士兵已确信无疑。

好在是公主，不是在这离宫里四处游荡的女鬼。

"你……你有事吗？"

"我想问问你，你是否看到一位妇人，和我一起住在里院的妇人，去了哪里？我正在找她。"

"她……"

岐国锐利的目光扫过年轻士兵的脸。

"她……"

"你见到她了，是吗？"

"噢……"年轻士兵不惯于说谎，舌头好似卷了起来。

"她在哪里？"

"她……她……在担水。"

"担水？怎么回事？"

“这……这院儿里闹鬼……”

“什么，闹鬼？”

“是，是。”

“闹鬼，又如何？”

“听说，宫外的山上有一眼泉水，担来泉水晚上烧开了喝掉，再用来冲洗身体，就可以冲去身上附着的阴气，不会被恶鬼来缠。”

“那么……”

“她去担水了。从早到晚，要担满十缸水，才够大家用呢。”

“你们，让一个女人去担水？”岐国怒气冲冲地质问，因为愤怒，瘦弱的身体颤抖着，脸色也愈发苍白。

年轻士兵吓得连连摆手，“不是，不是。是跟你住在一起的妇人亲口说的，只有女人担来的水才会灵验。因为这个院儿里的冤死鬼都是女人啊。”

“怎么可能……”岐国说了一半顿住了。她想起奶娘晚上带回给她的那些食物，突然领悟到奶娘的良苦用心。

年轻士兵不时偷眼望着岐国，他不知道这位昔日公主的脸色为何突然变得凝重而又忧伤。他也弄不清皇宫里究竟发生了什么事情，那原本不是一个像他这样出身卑微的小兵可以了解的。他只是出于本能对柔弱的公主充满了同情，因为这位公主主动跟他说话，并且没有一丁点儿架子。

以前，他给军队里的将军做过跑腿的侍卫，将军家里的小姐不仅每天让他做这做那，还喜欢呵斥他、侮辱他，拿他取乐。他是实在受不了了才恳求将军府的主簿帮他说情，将他调到离宫看守被送到这里监禁的公主，为此，他付出了一两纹银的代价。一两纹银，那可是他几个月的饷银了，即便如此，主簿肯帮他这个忙，还是看在他平素与主簿关系不错的分儿上。

他调来离宫后才听说离宫闹鬼，大家都害怕，情愿挤在外院互相壮胆，也没人肯到内院走一走看看情况。若非侍候公主的奶娘每天出来为他们担水，公主是死是活他们恐怕都不会知道。看到公主的奶娘每天那么操劳、辛苦，为了给公主换取一天的口粮，不惜起早贪黑地奔波于外院到山间泉池的路上，他不由暗想，这位公主一定是个温柔善良、惹人疼爱的人，否则公主的奶娘就不会这么在意她，疼爱她。假如换了是他，如若某一天轮到将军家里的小姐落难了，他的第一反应一定是逃得越远越好，而决不会陪在她身边甘心为她吃苦受累。

他的这种想法其他人也有，只不过大家都不肯明说而已。说来也奇怪，自从公主的奶娘开始给大家挑水那一天起，大家便再没有在夜半时分听到过任何怪异的声音，特别是当大家洗过热水澡后，往往都可以踏踏实实地睡到天亮。

好睡眠带来了好心情，大家对公主的奶娘以及公主本人相应地也就越来越宽容，而不像开始那样巴不得她们赶紧死掉。

岐国的沉默让小士兵很不习惯，他局促不安地来回倒着脚，心里拿不定主意是该趁机走掉还是继续留下来听候吩咐。

他正犹豫着，忽然听到岐国问他，用的仍然是那种让他心里暖暖的语调，"你能带我去见奶娘吗？"

"好。"小士兵痛快地答应了，他等的就是公主的这句话。

小士兵将岐国引到奶娘挑水的地方便知趣地离开了，他很想赶快将他与公主的偶遇讲给其他人听。说真的，除了从宫里负责押送公主来到离宫的知事曾经见过公主外，其他人还没有谁像他一样有幸见过公主呢。

岐国站在门洞里的草棚下，怀着一种说不出来的悲凉，注视着奶娘正挑着两桶水沿着石子路艰难地往回走。

奶娘一瘸一拐地走着，即便如此，她的脚步依然挪动得很快。

岐国迎着奶娘迈了一步，迈了一步，又站住了。

奶娘只顾着赶路，并没有去注意离她只有几步远的岐国。

奶娘的头上围着一块头巾，为的是不让山风拂乱头发，不让细心的岐国看出异样。奶娘身上穿的衣服也不是她晚上带食物回去给岐国时所穿的那身衣服。那身衣服是奶娘从宫中穿出来的，至少有八成新呢，而她现在身上的衣服根本就是士兵的服色，袖口、裤角都已磨烂了，从上到下说不上是什么颜色，斑驳一片。岐国明白，奶娘之所以要在挑水之前换上这样一身装扮，只不过是不想让她知道她每天都做些什么。一切的一切，奶娘为了不让她担心真是费尽了心思。

最让人看着心酸的还是奶娘脚上的那双鞋。不知道这双鞋是不是也是奶娘向负责看守她们的士兵讨来的，草编的鞋哪里经得住她在山路和沙石路上一趟又一趟地奔波，脚趾和脚后跟处都已经磨烂了，奶娘露在外面的脚趾和脚后跟结满了血痂，与泥土混在一起，变成了紫黑色。

想必这艰难的十五天里，奶娘的脚板上也磨起了大大小小、许许多多的血泡吧？可是奶娘在她面前，居然没有一次让她看出过她走路时的异样。

十缸水呢。那需要多少担水？

担满这十缸水，奶娘每天要走多少路？谁能告诉她？

奶娘担着水来到水缸前。

这是第六缸水了。

她费力地将水倒进缸里，倒完一桶水后，她用衣襟抹了把快流到眼睛里的汗水。她看看天色，不敢耽搁，她必须赶在太阳落山前将十缸水全部担满，否则，她就不能得到今天晚上到明天白天的口粮了。

这几天，也许是她的辛苦感动了看守她们的士兵，早晨她来挑水的时候，他们居然答应今晚多给她一些米面、蔬菜及一点点盐和油，让她带回去做给公主吃。她实在是很高兴,说真的,岐国公主已经好几天没有吃上带盐的菜了，她真担心这样下去她的宝贝孩子会受不了。

她要快一点，再快一点。今晚，她一定要亲自煮一些米，再好好地做一个菜，让公主吃上一顿可口的热饭。

奶娘将第二桶水倒进缸里。汗水还是流进了她的眼睛，她的眼睛被蜇得生疼，她抬手揉了揉眼睛。

蓦然，她感受到一种奇怪的寂静和异样。

她回过头，看到岐国正满脸泪水地站在她的身后。而岐国原来站过的草棚下，二十多个士兵都聚集在那里，他们并非有意却整整齐齐地站成了两排。唯一不同的是，岐国是在看她，他们却在看着岐国。

奶娘以为自己的眼睛花了，或者是被太阳晒得出现了幻觉。

这是谁啊？是她的宝贝儿吗？

可是，她的宝贝儿怎么会来这里。

岐国又向着奶娘走了几步。

"奶娘。"好半晌，岐国哽咽地唤道。

奶娘还没有完全明白过来到底发生了什么事，岐国已经扑进她的怀中，抱着她失声痛哭起来。

肆

奶娘双目湿润了，她轻拍着岐国的后背，像哄婴儿一样嘴里呢喃着："别哭，别哭，孩子。奶娘没事，奶娘很好，你看奶娘不是好好的吗？对了，公主，你怎么会来这个地方？这就不乖了。奶娘不是说了，让你在家里好好等着奶娘，奶娘很快就会回去的。你的身子骨还弱，毒辣辣的太阳底下，跑到这么远的地方来找奶娘，你再病了可怎么办？好啦，好啦，不是说了不许哭了吗？公主啊，奶娘求你了，你可不能再哭了，再哭，奶娘要生你的气了。"

岐国却不管奶娘说什么，依旧抱着她痛哭不止。这还是她在一夕间失去了父母亲人，自己也被新皇帝和胡沙虎毫不容情地撵出了皇宫之后，第一次把所有的恐惧、所有的悲哀，连同对奶娘的感激和对自己身为女子无能为力的幽怨全都随着哭声发泄了出来。

她要哭，至少，她要痛痛快快地哭这一次。别说她的身后站着二十多个男人，现在就是这院子里站满了蒙古人的骑兵，这些人举着刀要杀她，她也要把积蓄在内心的所有痛苦都哭出来。

奶娘的眼泪一滴一滴不断地落在岐国的脊背上，她用一双粗糙的手轻抚着岐国散乱的黑发。

是啊，让她哭吧，尽情地哭吧，这样也好，这样的释放总比她的宝贝儿把什么都压在心里要好。前几天，她眼看着她的宝贝儿就像梦游一样，任由她哄着吃饭、喝水、睡觉，她的心里比此时还忧虑，还焦急。真的，她情愿如此，情愿她的孩子重新拥有痛的感觉，也不要再一味地麻木下去。

对于已经发生的一切，她的宝贝儿，必须得拿出勇气来才能面对……

"这里发生了什么事？你们都站在这里做什么？"一个陌生的声音从士兵们的身后响起，士兵们回头望去，只见一个穿着都元帅府知事服色的男人站在门洞外，正皱着眉头，颇有些不耐烦地盯着他们。

这个男人，说是中年，似乎要年轻些；说是青年，又显得老成。而他的脸上最有特点的，是嘴上面留着两撇整齐的、黑色的小胡子。二十多个士兵当中，只有一个士兵认识他，这个都元帅府知事姓贺，名谦，是他们的头儿。可是，自从岐国公主被遣送到这里来，他还一次都没进过这闹鬼的离宫呢。

“问你们呢，你们都站在这里做什么？”

认识贺谦的士兵回手指指岐国和奶娘。

贺谦瞟了奶娘一眼，作势斥责道：“还站着？都给我回去。”

士兵们一哄而散，回到营房，仍从开着的窗户里探头探脑地向外张望。

贺谦走向岐国和奶娘。奶娘一眼认出了贺谦。以前，贺谦曾做过永济皇帝的守殿侍卫，虽然那时她与他的关系仅限于彼此见面说句话，但她对贺谦印象甚好，他为人勤快踏实，蒙古大举攻金的前一年，贺谦受到术虎高琪的举荐，投身军旅，后积功升至从四品武卫军副都。但不知现在为何又降为正七品知事？

“贺……”

贺谦向奶娘摆摆手，奶娘会意，没再说什么。

岐国慢慢止住了哭泣，抬眼飞快地瞟了贺谦一眼，又慌忙移开了视线。

她并未认出贺谦。自幼长在深宫，除了父亲，升王完颜珣，大元帅胡沙虎，御守使术虎高琪，右丞相完颜承晖，总管李思中，以及许御医父子，她见面能认识的男人实在少之又少。纵然她看着贺谦有几分面熟，也不可能想起他是谁。

贺谦在宫中待过一年，当然认得岐国公主，他几乎是下意识地向岐国施了一个半礼。岐国刚好躲在奶娘的身后，错过了这一幕。

“贺将军，你……”

贺谦苦笑了一下，“夫人，我已经不是什么将军了。你恐怕还不知道，若不是御守使大人说情把我要了去，我差点儿就成了一个喂马的杂役。我现在只是名小小的知事，奉命看守离宫。”

奶娘“噢”了一声，她在替贺谦遗憾。

贺谦接着说道：“不瞒夫人，这几天我因军中有一些事情牵绊，一直没有到离宫来，我……噢，你和公主在这里做什么？”

奶娘的脸上闪过一丝一言难尽的神情。

贺谦看着奶娘脚下的水桶，若有所悟，转过头，把刚刚躲回营房的士兵们又都喝了出来。“说，怎么回事？”

士兵们互相看着，谁也不敢回答。

贺谦用手一指站在最前面的小兵，“你来说！”

小兵顿时吓得脸色发白，语无伦次，"我……我……是……不是……"

奶娘平静地说道："贺将军，不关他们的事。请借一步说话。"

毕竟是旧相识，贺谦真还挺给奶娘面子，瞪了士兵们一眼，便随奶娘走到了一边。不知奶娘怎么跟贺谦说的，贺谦回来时，脸色明显缓和了许多。他踱到士兵们面前，慢悠悠地问："这些日子，你们是不是睡得很安稳？"

士兵们不知道他这样问的用意，声音参差不齐地回答："是。"

"这么说，这位夫人对你们讲的都是真的了？"

"是。"回答的声音整齐了一些。

"可是你们想过没有，等这位夫人累倒了，你们又该怎么办？"

士兵们面面相觑。

贺谦稍稍思索了一下，"也罢，既然你们心里害怕，这水还真不能不担。这样吧，不是说只有女人担来的水才有避邪的效用吗？你们不妨请附近的女人轮流来担水，凡是每天担满十缸水的，赏十个铜板。赏钱我来筹措，你们看可好？"

士兵们高兴得欢呼起来。不管怎么说，人心都是肉长的，这些日子，他们也看着奶娘可怜，可是不这样做，他们又实在怕被恶鬼缠身。如今贺谦出了这么个两全其美的主意，他们巴不得事情能够如此解决呢。

"这天色也不早了，你们赶紧到附近找人吧。今天多找几个，快点把水担满了，担满后找我来领今天的铜板。明天开始，我每天都过来，把赏钱付了。你们记住了，落井下石的事最好别做，做了总有一天会遭报应的。懂吗？"

"懂！"士兵们异口同声，响亮地回答。

士兵中有两个是本地人，他们急着到附近的村子去找人来担水，向贺谦报告了一声，先走了。其余的少了看热闹的心情，也纷纷离去。空阔的院落里面，终于只剩下贺谦和岐国、奶娘三个人。

岐国站在奶娘的身后，抬起哭红的双眼，有点羞涩地向贺谦投来满含感激的一瞥。说真的，贺谦一来就将奶娘担水之事解决得既合情合理又干脆利落，不能不让她对贺谦刮目相看。

贺谦无意中看到岐国的眼色，心头不由微微一热。

那还是在皇宫做皇上的守殿侍卫的时候，他就对皇上这个聪慧过人的公主颇有几分好感。对他而言，要在皇宫接受差遣，这差遣不止来自皇上本人，也包括皇上身边的人，因此，他宁可喜欢一个沉默的女孩子，也不愿意遇上一位盛气凌人的公主。

"公主，夫人，请允许末将护送你们回去吧。"他恭恭敬敬地请求道。

岐国看了奶娘一眼，奶娘感谢贺谦的仗义相助，欣然应允。奶娘很清楚，看守她们的士兵中不可能没有胡沙虎安排的眼线，在这种情况下，贺谦对她们的同情和帮助，本身要冒着很大的风险。

贺谦默默走到公主和奶娘的身后。岐国的身体还有些虚弱，可是，她还是极力用自己的手臂给奶娘以支撑。

贺谦犹豫地看着岐国纤弱的背影，欲言又止。

没有人知道，贺谦今天突然来到离宫，正是为了公主，或者说，正是因为受人所托要问公主一些事情，他才会来到离宫。他没想到与公主会以这样一种方式见面，这种方式却帮了他的忙，无形中拉近了他与公主间的距离。

可贺谦还是拿不准，他要不要立刻就问。他担心如果立刻询问那件事，很可能引起公主的戒心。

那件事，那件事的前前后后，之所以得以实现，毕竟不是几个普通人就能设计的一个普通的阴谋，且不说岐国是否还愿意回忆起那个悲惨的夜晚所发生的一切，就算她愿重新撕裂伤口再去回忆，甚至愿意把一切告诉他，他仍旧明白，这件事的后果太严重也太可怕了。

万一事情不幸败露，不止他，就连公主以及在背后支持他的那个人都将难逃灭口及灭门之祸。

要不要问呢？

不！不能急，事已至此，傀儡皇帝也已坐上龙椅，站在新皇帝身后发号施令的那个人拥有的权势足以遮天蔽日，他们面临的处境越是艰难，他越不能操之过急。他要慢慢地来，要耐心地静观其变，然后，他才有可能帮助恩公术虎高琪夺回被胡沙虎一步步削弱的权力。

贺谦并非特别崇敬术虎高琪，术虎高琪不是一个值得他崇敬的人，但命运安排术虎高琪成了他的恩人，同时也成了朝中唯一可以制约胡沙虎的人。哪怕仅仅为了这个，他也必须帮助术虎高琪。

在永济皇帝被胡沙虎和李思中阴谋弑杀后，术虎高琪一则顾念同乡之情，二则器重他的忠诚和勇敢，因此暗中使了个计策先将他以酗酒误事降为知事，然后调往离宫看守岐国公主，从而帮他躲开了胡沙虎的视线。若非如此，像他这种因受到皇帝信任而被一步步提为副将的皇宫前侍卫，很可能会像其他一些对皇帝怀有忠诚之心的将臣那样，遭到胡沙虎的无情清洗。

贺谦的确并不崇敬术虎高琪，但他憎恨胡沙虎。这个乱臣贼子弑君专权的行为，无异于在他们所乘坐的金国这艘破旧不堪的巨船上又凿开了几个大洞，他不知道他们的这艘巨船还能在风浪中坚持多久？

他的担心绝不是没有根据的。本来，蒙古军主力部队在费力地攻下金国几个军事要塞和个别城池之后，已退回了蒙古本土，然而，一旦永济皇帝遇害的消息传到蒙古，他们一定会再度乘虚而入，大举进军。

更可怕的是，从退走到杀回，这中间蒙古人留给他们的时间太短。他们还没有做好必要的战争准备，连收复的城池还没顾上加固。而大殿之上，君臣将帅都在忙于钩心斗角，贺谦像许多人一样，担心他们根本没有能力抵抗蒙古人。

一年前，贺谦与术虎高琪一同驻守过野狐岭，也在野狐岭吃过败仗。野狐岭一仗让他领教了蒙古军队无坚不摧的攻击力和他们的统帅善于捕捉战机的能力。他真的很担心蒙古大军去而复返。他清楚蒙古大军的去而复返，将意味着他们这一次远不是只有损兵折将、丢城失地那么简单……

贺谦只顾想着心事，不知不觉，奶娘和岐国居住的东厢房到了。

在里院，只有这一间东厢房还可以勉强住人。大概是因为里院很少有人愿意进来的缘故，这里已经是破败不堪了。难得岐国公主住在这样的房子里还能安之若素，而外面那一群大男人，却被离宫出没的鬼魂吓得六神无主。

贺谦只把奶娘和岐国送到门口，从背上取下一包银两，交给了奶娘。他说这包银两是右丞相完颜承晖托他转交给公主的，丞相还托付他在这段时间里好好照顾公主。除了银两，丞相还托他带给公主一句话：臣虽不方便来探望公主，可臣一定会设法说服当今皇上，将公主接回宫中。

奶娘抱着银两只顾感动，什么话也说不出来。岐国表面上依然沉默、平静，心中却是暖暖的，让她想流泪。

父皇活着时，并不是一个特别善于识人用人的君主，但他唯独对右丞相完颜承晖全心信任，他说完颜右丞相是个可以托国的良才，只是失于软弱。

原来，父皇也有他别具慧眼的时候。

贺谦随即告辞离去，临行前，他意味深长地说：会好的，一切都会好的。

有了完颜承晖赠送的银两和贺谦的暗中关照，奶娘终于可以从容安排她与公主两人的生活了。在她精心的照料下，岐国的身体也一天比一天恢复了健康，所有的一切似乎都如贺谦所言：会好的。

元宵节刚过，贺谦的担心变成了现实：蒙古主力部队在成吉思汗的率领下，以迅雷不及掩耳之势，由西向东攻掠云中、九原诸郡后，进围抚州。

一天深夜时分，贺谦悄悄地来到里院，敲开了东厢房的门。他给岐国带来了一个与战争无关的消息，近一个月来，群臣多次联名上奏，要求皇帝追查废帝暴亡的原因，将废帝的死因公之于世。

岐国一时不明所以。贺谦告诉她，这件事从始至终，似乎都有人在居中联络，而这个人的真正目的，显然是要将犯上作乱的李思中等人置于死地。这个人究竟是谁他不知道，他只是隐隐觉得，此事与丞相完颜承晖有关。因为昨天晚上，完颜丞相的手下悄悄找到他，要他再给公主送些银两，同时，完颜丞相希望岐国将那天晚上发生的事情如实地写出来交给贺谦带回。

岐国犹豫了一下。

当然，她可以将那晚的事情写出来。那天晚上发生的一切，父皇嘴角黑色的血，她历历在目，刻骨铭心。身为废帝的女儿，她苟且偷生的唯一目的正是为了有朝一日能亲眼看到仇人伏诛。问题是，这件事太过重大，而这件事的真正受益者，除了胡沙虎，还有因为这件事才坐上龙椅的新皇帝。

任何一场血腥的宫廷政变，都必然有受害者和受益者，既然已经受益于胡沙虎的宫廷政变，皇帝真的还会追究胡沙虎、李思中的弑君之罪吗？

就算他会，他敢吗？

外有胡沙虎这样的权臣，想必任何人都只能做一个绑在龙椅上的傀儡。

不过，她还是要写出来。她为什么不写呢？她决不能让杀害父皇的罪人和他们的罪行被时光湮没，她不写，又有谁能知道那晚的真相？

她要写，一定要写。哪怕只有一线希望，哪怕她会为之粉身碎骨，她也要将胡沙虎和李思中的罪行揭露出来。

"公主？"贺谦探询地望着灯影下公主平静坚毅的脸庞，这个女孩的胆气，着实令他肃然起敬。

老天眷顾！一个窝囊了一辈子的皇帝，竟能生出这样的女儿。

岐国缓缓地问："贺知事，现在的皇帝是哪一个？"

"升王。您认识他吗？"

岐国点了点头。她当然认识升王，升王单名"珣"，乃先帝章宗的亲弟弟。章宗在世时，对完颜珣并不重用，相反防范甚严。倒是父皇即位后，对完颜珣格外器重，将他外放霸州，加封为升王。

"原来胡沙虎拥立了升王。"

"是。"

岐国抬头直视着贺谦的眼睛。贺谦没有闪避，内心深处却不无内疚：对不起，公主，我不该欺骗你，可是，我也是没办法。你放心，至少有一点我可以向你保证，只要掌握了足够的证据，术虎高琪一定会设法说服皇上，先拿李思中开刀，然后伺机除掉胡沙虎。这样，也算他为你的父皇报仇了。

"贺知事，你备着纸和笔吗？"

"是，我都带来啦。"

"那好，我可以写。"

"您……"

"怎么？"

贺谦做了个稍等的手势，蹑手蹑脚地走到门边。在门边，他略停一停，然后迅速拉开门，探出半个身子向外张望了一眼。外面黑漆漆的，不见一个人影。

他合上门，回到屋中，在桌上摊开了笔墨纸砚。

公主，成败在此一举，愿老天保佑我们！他在心里默默地想。

岐国坐在椅子上，沉稳地吩咐："贺知事，把灯拨亮些。"

"是。"贺谦恭敬地应道。

伍

岐国写下状纸不久，完颜珣果真于金殿之上以弑君之罪将李思中赐死。

据贺谦描述，李思中被拉出金殿之时，曾一边叫冤，一边大骂胡沙虎心狠手辣，言而无信，过河拆桥，胡沙虎一怒之下，夺过护殿侍卫的长剑，竟将李思中刺死于大殿之上。事后，群臣抗议，胡沙虎却倨傲不言，扬长而去。

胡沙虎的放肆无忌，越发招来百官的憎恶。

李思中既死，弹劾胡沙虎的奏章如雪片一样飞向完颜珣的案头，但完颜珣考虑到蒙古大军二度压境，胡沙虎身为监国大元帅，还需用他抵御外敌，因此将所有奏章封存，一律朱批不发。

送走贺谦，岐国由奶娘陪着，跪在黑漆漆的院子里，流泪祭拜父皇、母后的在天之灵。同时，感谢苍天做主，为她除去了仇人中的一个。

另一个，她坚信，天欲报之人必报。

奇怪的是，自这晚之后，贺谦再没有来看望过岐国。岐国与奶娘猜测，贺谦想必已被调往前线，但愿他安然无恙。

接下来的六个月，在战事胶着中匆匆而过。七月，蒙古军再次越过居庸关，挥师向中都城郊逼近。金帝完颜珣接受了完颜承晖的建议，于双方激战之时，派出百名侍卫速接离宫的人撤回城内。

此前，奶娘罹患了风寒，开始还只是咳嗽几声，奶娘没太在意，不料慢慢地竟严重起来，几乎咳到夜不成眠的地步。岐国十分担忧奶娘的病情，不止一次请求看守她们的士兵去为奶娘请个大夫来，可是蒙古大军压境，将士们人心惶惶，没一个人肯管这件事。后来，一个略通医术的士兵用岐国给他的银两随便给奶娘开了几服药来，奶娘吃了后，咳嗽方稍稍压住了些。

金帝的侍卫奉命来接岐国时，奶娘已经卧床不起了，侍卫怕带上她会耽误时间，决定将奶娘留下，其他的人抓紧时间在黄昏前进城。听了他们的话，岐国一声不吭，费力地背起奶娘，艰难地、一步一挪地跟在侍卫后面。没办法，侍卫们只好腾出一匹马来，驮着奶娘赶路。

一行人进城时天色已晚，岐国和奶娘被安排在宫城内一处空置出来的宅院里。夜里，奶娘又开始咳嗽，清晨，奶娘吐了很多血。大家都慌了，正在这时，丞相完颜承晖来探望岐国，看到这种情况，他急忙派人去请许国祯。

许国祯是宫廷名医许御医之子，年纪虽轻，医术却很出众。听说他能来，岐国的心里稍稍轻松了一些。

完颜承晖还要上朝，不便久留，与岐国简单说了几句话，便告辞而去。完颜承晖刚刚离开，许国祯就匆匆地赶来了。

许国祯不及拜见公主，先为奶娘诊视。他检查得很细，岐国注意到，他的脸色越来越凝重，眉宇间也仿佛叠起了层层乌云。查毕，他为奶娘开了张药方，吩咐一个士兵速去抓药。

士兵很快回来了，许国祯亲自为奶娘熬药，在此期间，他一直埋头研究药方，一句话也没对岐国说过。

奶娘吃过药，睡去了，许国祯陪着岐国来到外面，坐在一根木桩上。现在，岐国终于有机会向他询问奶娘的病情了。

许国祯不忍心欺骗岐国，可是，要他一点希望都不留给岐国，他同样做不到。

"公主，奶娘的病情被延误太久了。明天一早，我会请父亲过来给她再做诊治，或许……"

"或许？"

"啊，公主，臣是说，臣父子一定会尽最大的努力医治病人。"

"这么说，奶娘的病很严重？"

"臣不能骗你，是这样。不过……"

"不过什么？"

"臣已用了最好的药，希望这几服药能控制住奶娘的病情。"

"求你，一定要救奶娘。"岐国恨不能给他跪下。

许国祯不敢去看面前的公主。岐国幼时体弱多病，永济皇帝又爱女心切，只要岐国有些病痛，就会请许国祯的父亲许御医进宫诊治，而那时，他经常随父亲进宫，因此他与岐国相识许久了。

在许国祯的印象里，岐国是个绝顶聪明的女孩子。每当岐国处于康复阶段，永济皇帝都会将他留在宫里，一来要他随时观察岐国的病情，二来要他陪着岐国一起做游戏、猜谜语、下象棋，为岐国排遣寂寞。

无论哪一样，许国祯对岐国都只能甘拜下风。

可惜，这样一个聪明的女孩，却要经历如此坎坷的命运。

"国祯。"

岐国的轻唤打断了许国祯的沉思，他吃惊地抬起头，看了岐国一眼，又飞快地移开了视线。国祯！以前公主从来没有这样称呼过他，她总叫他小御医，因为他的父亲是许御医，所以他是"小御医"。公主从来没有叫过他的名字，可是，与"小御医"这样的称呼相比，他更愿意听公主这样叫他。

"国祯。"岐国的声音轻轻颤抖着。

许国祯急忙应道：“是，公主。”

“请你答应我，一定救活我奶娘，好吗？”

许国祯点了点头，心里一阵难过。公主，有的时候，大夫真的很无能，大夫争不过死神。

除了奶娘的病让岐国担忧，许国祯还带来了宫廷的消息。

去年秋天，永济皇帝被胡沙虎毒害前夕，成吉思汗率领的蒙古主力在攻克西京（今大同）、东京（今辽阳）等金国军事重镇后原本已退回蒙古本土，在金腹地只留下少数部队继续攻打云内各州（今内蒙古土默特旗西北）和辽东、辽西诸城。随着蒙古主力部队撤退，许多被占领的城池重又回到金军手中。

国不可一日无君，永济皇帝死后，胡沙虎迫于群臣压力，不得不迎回章宗之弟完颜珣（史称宣宗），立为新帝，改元贞祐元年，永济则被废为庶人，草草埋葬了事。这件事，岐国已通过贺谦了解得十分清楚。

因胡沙虎拥立有功，皇帝将胡沙虎封为监军大元帅。如此一来，胡沙虎一人独揽军政大权，皇帝对胡沙虎极其惧怕，几乎唯命是从。

永济皇帝被权臣胡沙虎毒害的消息传到蒙古，正在养精蓄锐的成吉思汗于隆冬季节从蒙古本土祭旗出征，再伐金邦。

胡沙虎在大权独揽后确实做过重整山河的努力，每日忙于加固工事，操练兵马，金军士气有所恢复。但即使如此，一直心怀畏惧的金军仍然不是挟裹着北方风暴大举南下的蒙古骑兵的对手。只有在抢渡永定河的战役中，胡沙虎因为运筹得当，抢先在河对岸集中了优势兵力，在成吉思汗指挥大军抢渡之际，出其不意地从对岸以炮火拦截，才使成吉思汗的主力受到打击，不得不撤回岸上。

永定河一战，胡沙虎的计划不可谓不周详，岂料奉命从侧后截杀蒙古军队的术虎高琪按兵不动，贻误战机，从而给了成吉思汗保存主力、重整旗鼓的机会。

胡沙虎恨死了术虎高琪，欲以纵敌逃脱的罪名将术虎高琪杀头治罪，但完颜珣力保术虎高琪，胡沙虎无奈，只得下令术虎高琪第二天出城与成吉思汗决战，如果再败，治他个二罪归一。

术虎高琪哪里是成吉思汗的对手！只经一仗便败回了中都城。术虎高琪知道这一次胡沙虎一定不会再放过他，思前想后，与其乖乖地送上项上头颅，不如死里求生，先下手为强。

进了中都城，术虎高琪也不去见皇帝，而是直接引兵包围了监国大元帅府。胡沙虎失于防范，仓皇中在几个侍卫的保护下逃往后花园，欲翻墙而出，不料被术虎高琪手下的贺谦追到。贺谦喝了一声，将手中的尖刀用力掷向胡沙虎，胡沙虎刚刚爬上墙头，这一刀正中他的后心，他仰面朝天跌在墙下。

尖刀穿透了他的胸膛，他连喊都没喊出一声来就丢了性命。

看到主子死了，几个侍卫全无斗志，跪地讨饶。

贺谦走到胡沙虎身边，从他身上拔下佩刀，回手割下他的头颅去向术虎高琪复命。

术虎高琪知道大功告成，紧急求见金帝完颜珣。

胡沙虎始终是完颜珣的心腹之患，何况，胡沙臣毒杀先帝永济之事尽人皆知，完颜珣便在金殿之上宣布胡沙虎的罪状，同时命术虎高琪接任监国大元帅之职。

至此，术虎高琪终于实现了取胡沙虎而代之的心愿，志得意满。

第二天，丞相完颜承晖不失时机地提出接岐国进宫。完颜珣考虑到安抚群臣的需要，加上术虎高琪也不反对，便做出大度的姿态，一边命人在宫城内收拾出一处宅院供岐国居住，一边派自己的侍卫去将岐国接进城来。就这样，岐国在离开皇宫近十个月后，再次回到了皇宫……

许氏父子竭尽全力，却仍然无法阻止奶娘的病情迅速恶化。临终，奶娘拉着岐国的手，千叮咛万嘱咐，要她好好活下去。

她说，活着时，能将岐国奶大，能与岐国朝夕相伴，她很知足。

奶娘含笑而逝。

岐国不知道自己怎么样将奶娘送走，她只知道，伴着青烟缕缕，她失去了她在世间所有最亲近的人。

苍天如此不公，总要留下她独自受苦。

完颜承晖担心公主出意外，要府上的四位侍女过来服侍岐国，并送来许多经卷要岐国阅读。他想用这种方式使岐国尽快摆脱求死之心。

白天，还有许国祯陪伴在岐国身边。

不能救治奶娘，许国祯的内心充满了深深的愧疚，他找不出任何理由来原谅自己，他唯一能做的，就是陪伴岐国拼命地读书。奶娘虽然死了，他还是要找到这种病的医治办法。岐国当然知道奶娘在回宫之前已经病入膏肓，她的死不是许氏父子的错，可是，伤心欲绝的她不想再对任何人敞开心扉。

蒙古大军在岐国离开离宫的第二天攻入中都城近郊。这之后，成吉思汗并不急于攻打中都城，而是兵分三路，横扫中都城周围军事重镇，次年春末，三路大军如约会师于中都城下。

一连十数日，成吉思汗对中都城围而不打，完颜珣摸不清他的意图，心里既焦急又无奈。早朝议事时，术虎高琪建议趁蒙古军南下方返，人困马乏，由他率兵杀出，打成吉思汗个措手不及。自蒙金交战以来，像这种调虎离山的当，金军上得多了，所以完颜珣当即一口拒绝。

早议未决，成吉思汗派使臣送来了劝降诏书。诏书很简单，要完颜珣归降，条件却相当苛刻：金国必须充当蒙古国的附庸；废金帝帝号，退为河南王；纳女乞和；和平时进贡，战争时任调出征。

完颜珣很客气地请使臣先下去休息，他说，这样大的事，他还需要与群臣商议才能答复。

目送使臣离去，仁政殿中的君主群臣陷入一片静默。他们一个个目光闪烁游离，谁也不敢直抒己见。

完颜珣思索了许久，心里已有打算，见群臣呆若泥塑，他不得不强自打起精神，问术虎高琪："监国大元帅，对于和议，你怎么看？"

高琪出列，躬身回道："回陛下，臣以为不可。"

"哦？"

"臣闻蒙古军南下而归，军中瘟疫流行，病者死者过半，是以成吉思汗急于退兵。欲退兵而先议和，是他惯用的障眼法而已。再者，蒙古军长途奔袭，已然兵马疲惫，因此，臣请率城中守军，乘夜杀出，臣有把握，一定能杀他们个措手不及。"

完颜珣略一沉吟，"唔……完颜右丞相，你的想法呢？"

"回陛下：自蒙古军陈兵中都城下，臣一直坚守在城头之上。臣与守将反复观察过他们的队阵，真的是军容整肃，纹丝不乱，不像是军中瘟疫横行的样子。我军与蒙古军交战两年有余，成吉思汗此人，用兵虚虚实实，尤其惯用调虎离山之计，如果我军贸然杀出，说不定正中了他的圈套。何况还有一点，我军城中将士，家眷多留在城外，如果出城作战，胜还好办，败则军心不稳，万一出现哗变，只怕变生肘腋，防之无及。因此，臣不赞同主动出击，主张坚守城池。蒙古军善于野战，对于中都城这样坚固的城池，他们毕竟还没有好的攻坚办法。"

"这个朕知道。朕现在问你的是和议之事……"

"和议未尝不可。我军屡战屡败，畏敌如虎，再战只能徒增慌恐，不若先答应成吉思汗的条件，俟蒙古军退去，再从容收复失陷城池，整饬兵马，待我锐气恢复，何妨与蒙古军再作较量。"

"完颜丞相所言极是，老臣也这样认为。"左丞相徒单镒扶笏出列，他也站在主和的立场。

"还是监国大元帅说得有理，应该与蒙古军展开决战。"

"不行，决战必败无疑。"

"皇上，不能议和，千万不能议和啊。这哪是议和，分明是要您投降，投降了，大金国的颜面何在！"

"不降，难道亡国就好吗？"

"这……"

"决战。"

"议和。"

朝堂上的争吵声此起彼伏。

术虎高琪和完颜承晖分别代表着两派的观点，他们已经开了头，刚才还沉默不语的群臣便顺着他们的话头激烈地争论起来，而他们的观点无非两种：战或和。

完颜珣按捺着焦躁的心情，听着群臣的争论，渐渐地，他听出点味儿来了，群臣中，十成倒有九成赞同与成吉思汗议和。

议和，这与完颜珣自己心里的想法不谋而合。

术虎高琪一反常态，沉默不语。同朝为官多年，这还是他第一次让完颜承晖占了上风，而且他几乎是主动地让完颜承晖占了上风。身为监国大元帅，他当然不能说出与蒙古人议和的话来，那样只会令他给群臣百姓留下畏敌如虎的话柄。他早知道皇上被蒙古人吓破了胆，而他之所以率先提议出城决战，只不过是在嘴上显显他的勇武罢了。此前，他与成吉思汗数次交锋，每次都被成吉思汗打得落荒而逃，他对成吉思汗的畏惧其实并不亚于皇上本人。他才没有那么傻，非要以卵击石。但即便如此，议和的话他还是不能说，这话只能让完颜承晖去说。

完颜承晖是右丞相，他主和，皇上乐意接受。反过来，如果他这个监国大元帅主和，皇上多半会对他产生疑虑，失去信任。

战是战不得的，蒙古军驰骋千里，连战克捷，正气势如虹，恐怕只有议和，才能换得他们退军。

退军自然最好，蒙古人退回漠北草原，他照做他的监国大元帅，何乐而不为？

术虎高琪不坚持，主和的声音明显低了下来，最后，大家都看着皇帝。完颜珣摆摆手，说了句："完颜右丞相，你替朕多操点儿心吧。"

这句话，表明议和之事终于敲定，而且，完颜珣将一切事务都交与了右丞相完颜承晖全权处理。

完颜珣宣布退朝。群臣恭送皇帝，一些好事的人心里却在暗暗揣测：不知皇帝会将哪位公主献给成吉思汗？

无论哪个女儿，皇帝他舍得吗？

天知道！

陆

皇帝的一名近侍从殿中走出，将岐国引入仁政殿，冷冰冰地说了一句要她等着，就离开了。

仁政殿的两侧，依旧站着木偶一样面无表情、一动不动的护殿侍卫。岐国环顾着仁政殿内熟悉的陈设，心头泛起阵阵酸楚。似乎不久又似乎很久之前，她的父皇曾在这里临朝视事。

她看到了那张龙椅，那张世宗皇帝坐过的、章宗皇帝坐过的、她的父皇也坐过的龙椅，那张历朝历代都会为无数人觊觎着的龙椅。如今，龙椅之后，到底换了主人。能不能说正是这张龙椅让父皇失去了宝贵的一切，包括生命？

她不知道父皇在饮下那碗毒酒前，是否后悔过他为争得这把龙椅而做出的种种取悦于章宗的努力？父皇以前把章宗对他的青睐当成一种荣誉。但在被迫喝下毒酒的那一刻，父皇想必一定感到后悔，只是当时他无法将他的悔意表述出来，因为早已被命运扼住了咽喉，他没有选择的权利。

龙椅后的新帝岐国多年前就熟识，他是先帝章宗的弟弟，章宗在世时从来无意将皇位传给他，他一直遭到章宗的冷落因而郁郁不得志。他的处境是在父皇即位后才得以改善，父皇将他改封升王，给他权力地位，待他优渥有加，而他在父皇死后坐上龙椅的第一件事就是将父皇降为庶人，草草埋葬，第二件事是将母后赐死。

多么可怕的龙椅啊，它居然具备如此巨大的魔力，让坐在它上面的人转瞬间泯灭人性……

"皇上驾到！"一阵尖细的声音传来，岐国敛衽，平静地迎视着穿着一身便装的皇帝完颜珣在近侍的导引下走入大殿。

岐国跪了下来，行礼如仪。

完颜珣俯视了岐国片刻，脸上闪过些许感慨。

"民女参见皇上。"岐国很自然地说道。

既然父皇已被废为庶人，她只能自称"民女"，就她的境遇而言，她也未必强似"民女"多少。

完颜珣似乎有些尴尬地轻咳一声："岐国，请平身吧。"

"谢皇上。"岐国站起来，按照长年宫廷训练形成的习惯，将双手叠放在小腹处，垂首而立。

岐国不看完颜珣，完颜珣正好可以无所顾忌地将她端详了个仔细。

自从上一次回到封地，他差不多有两年没有见过岐国了。还是少女的岐国，除了个头又长高了不少，其他方面的变化并非很大，经历了诸多痛楚和磨难，她依然无喜无怒、无忧无惧。

岐国的性格是很奇特的，与她喜怒无常的父皇迥然不同。几乎在她还是个小孩子的时候，人们与她相处，就已经很难猜测到她真实的内心，在寂寞的宫廷之中，她能让人们津津乐道的，唯有她出众的才华。

她虽是个女孩子，却出人意料地像冰山一样冷静，像岩石一样坚定。这样的女孩子，把她献给那个可怕的蒙古人之王应该是最好不过的了，再说，除了她，完颜珣也想不到其他的合适人选。至于他与宸妃所生的、与岐国年龄相仿的亲生女儿，他可是万万舍不得让她远离自己。

"岐国啊……"完颜珣似乎无限感慨地唤了一句，又停住了。

岐国应道："是，陛下。"

完颜珣居然长长地叹了口气道："岐国啊，朕知道，这些日子，让你受了不少委屈。朕也有不得已的苦衷，你要体谅朕。"

岐国依旧平静如水，应道："陛下言重了。"

"现在，谋害了你父皇的元凶皆已伏诛，你该回到宫里了。"

自觐见皇帝，岐国还是第一次抬头看了完颜珣一眼。她的眼神里没有丝毫惊奇，却只有些许无奈。

完颜珣像被人看穿了心事一般，有些难堪地移开了视线。

"皇上，右丞相完颜承晖求见！"大殿之外的这个禀报正是完颜珣此刻最想听到的，他立刻离开岐国，坐回到御案后的龙椅上，说了一个字："宣！"

完颜承晖低头进入大殿，经过岐国的身边时，他抬眼看了看岐国，脚步稍顿，脸上微露讶异。

完颜珣从御案之后抬了抬手，完颜承晖急忙跪伏在御案之下，"臣完颜承晖参见陛下！"

"爱卿平身。都准备好了吗？"

"各色礼物，全都按照陛下的吩咐准备妥当。不过……"

完颜珣打断了他的话，说道："右丞相，朕正要告诉你，朕已经决定立刻恢复岐国的公主身份，朕还要将她收为义女。"

岐国与完颜承晖不约而同地将惊诧的目光投向皇帝完颜珣。

岐国是意外，刚才，完颜珣可没有这么说。她惊奇地发现，完颜珣比起两年前胖了许多，宽阔的脸上竟显露出诸多老态。

完颜承晖则是顿悟，他知道皇帝接下来要怎么做了。

可怜的公主，可怜的公主！皇帝做出这样的决定，一定是经过了深思熟虑，而且一定在事先与术虎高琪进行了密谈。

这就是皇帝！这就是术虎高琪！

将岐国冒充自己的女儿献给成吉思汗，在完颜承晖看来并非什么高明的主意，因为通过这件事，很容易让成吉思汗看出金国新君虚伪、狡诈的一面，而这，绝不是国家祥瑞的征兆。

可是皇帝会接受他的劝谏吗？在皇帝的心中，岐国只不过是废帝的女儿，他待她如此，已是对她莫大的恩惠，何况这还事关一个父亲的私心，皇帝绝对不会为他的劝谏而改变主意。

他也不可能说服术虎高琪。

多年来，他与术虎高琪同殿为臣，他太了解此人的心机和手腕。术虎高琪甚至是一个比胡沙虎还不容易对付的人。从这一次准备降礼之事就可以看出来术虎高琪的精明，这位刚刚取代胡沙虎掌握了朝廷军政大权的都元帅，既不想承担坚持再战可能失败的责任，也不肯落下不战而降的骂名，他宁愿远远躲在皇帝的身后，与此同时，又借助皇帝之手，游刃有余地操纵着一切。

在殿中初见公主的刹那，他还天真地以为皇帝对前皇的孤女终于起了怜惜之心，事到如今他才明白，岐国只不过是皇帝为蒙古人准备的一份昂贵的贡品。

对不起，公主！对不起，先皇！老臣无能，老臣有罪，老臣帮不了你们任何人！

完颜承晖不能回避岐国公主疑惑的注视，他黯淡的双目里闪出点点泪光。他歉疚，他痛心，可他无能为力。

岐国什么都明白了，她用挺直的瘦弱的脊背掩去了内心的凄惶和悲凉。

尔为刀俎，我为鱼肉！覆巢之下，安有完卵？废帝之女，命运只能如此。

岐国默默地忍着，忍住了所有的悲哀。

天地之大，何处才是她的归宿？

"右丞相，岐国已是朕之义女，亦为朕诸女之长，当以大金长公主呼之。今蒙古成吉思汗慕我大金上邦之国，欲求朕膝下公主忝充后宫，朕思前想后，唯有岐国才德俱佳，品貌无双，乃不二人选。丞相以为如何？"

完颜承晖心思飘忽，没做回答。

"丞相？"完颜珣提高了音量，有点不满。

完颜承晖这才反应过来，急忙回答道："啊……是，是，陛下。"

"朕来口述圣旨，丞相你要记下来，记好。"

"是。"

完颜珣开始念他事先想好的一段话。他将语速放得很慢，一字一句地。但不知什么原因，也许是由于大殿上的气氛太过压抑，他的声音听起来气喘吁吁的，有点尖利："朕以上天赐予之名，着即以长公主完颜氏岐国赐婚蒙古成吉思汗。天下皆知，岐国长公主，才德冠后宫。朕代上天，晓谕天下臣民：公主岐国，贤淑温良，迤迤远嫁，上体天意，下慰朕心。朕之爱女，无愧社稷。四月初八日，跪辞祖庙之地，初上和亲之路。此去，于国，息兵祸，安百姓；于己，载史册，流芳名。其德，其才，其功，何输汉时昭君，唐时文成！丞相，你记好了吗？"

"臣记好了，陛下。"

"如此甚好。另一件事是，朕已命宫中术士推定，四月初八，也就是后天，乃良辰吉日。丞相你再辛苦一次，代朕护送岐国长公主于辰时出城，将公主和礼物安全送至抚州辖境。朕已派使臣与那边商定，丞相离开中都城之后，在半途之中，会有那边的人前来迎接并护送你们。"

"臣明白。"

完颜珣将目光转向岐国，和蔼地问："岐国，你还有什么要求吗？"

岐国淡然一笑："没有。"

完颜珣目不转睛地注视着岐国。他原以为岐国听到刚才的圣旨会伤感，会哭泣，甚至会抗议，没想到，她平静得超乎他的想象。

好个奇怪的女孩子！如果不是面临目前这种非常时期，或许他真的可以将她作为女儿养在宫中……

完颜承晖实在不忍再看岐国，他默默地垂下了眼帘。

大殿中一片静默。许久，完颜承晖上前一步，"陛下。"他唤了一声，声音有些嘶哑。

完颜珣吃了一惊，"丞相，还有什么事？"

"如果陛下没有其他吩咐，臣打算告退了。"

完颜珣点点头："你去吧。"

完颜承晖面向岐国，"公主，臣……告退！"

岐国收起浅浅的笑容，与完颜承晖四目相对。

"对不起，公主！"完颜承晖用眼睛说。

"没什么，你尽力了。"岐国用眼睛回答。

"保重！"

"会的。"

看着完颜承晖躬身退出大殿，完颜珣走下御案，踱到岐国身边："岐国啊，朕想现在就带你回后宫见过太后娘娘和皇后。你在宫中这两天，太后她老人家以及皇后都会尽心尽意地照顾你的。"

岐国仍然温顺地回答："是。"

心已如死灰。

柒

岐国坐在专为她搭建的白帐中，静静等待着成吉思汗的到来。

两个蒙古侍女为她端上奶食和各色炸果子后便退到帐外，偌大的帐子里只剩下她和陪嫁宫女冯梦璃。

梦璃的父亲冯宣曾在章宗朝官拜大学士，以博学多才著称朝野，通晓六七种语言和文字。章宗病逝，永济皇帝登基之后，接受权臣胡沙虎的建议，欲在成吉思汗向金国进贡之时擒杀成吉思汗，成吉思汗得到密报，趁机与金国断交。此后，战争的阴影便笼罩在永济皇帝和金国将臣百姓的心头，京城中各种流言四起，人们惶恐不安。为了稳定人心，同时也为了图个耳根清净，永济竟下了一道荒唐的圣旨，大意是禁传边事，凡有违旨者依法论处。

此圣旨一下，朝野上下果然安静了许多，不料偏偏有个不识趣的边关守将哈朱买侦知蒙古军的动向，派快骑向永济皇帝呈上了一道蒙古军可能近期攻打金要塞乌沙堡的奏章，与此同时，冯宣上书，提出惩办朝中奸臣和将蒙古大军阻于长城之外的十项主张。看到严令之下，竟然还有人敢直言犯谏、触犯龙颜，永济大怒，当即下旨将哈朱买和冯宣投入监狱，冯宣妻女亦被官府衙门充为官娼。

御守使术虎高琪之妻与冯妻有亲戚关系，在她的请求下，术虎高琪不得不出面从中斡旋，冯宣妻女终于被释放，梦璃入宫，成为一名宫女。

梦璃长在书香门第，自幼受过良好的教育，既识文断字又通晓汉、蒙古、女真三种语言，加之容貌清丽脱俗，很快在诸多役使宫女中脱颖而出，受到当朝皇后的器重，要她专门陪伴小公主岐国。

梦璃年长岐国六岁，岐国将她视作姐姐和老师，闲暇时也会跟她学几句蒙古语，对此永济皇帝倒是表现得无可无不可，并不横加干涉。永济想的是，蒙古国虽是敌国，语言却没错，再说，如果女儿真的掌握了蒙古语，说不定将来对国家有利。

不过，对岐国而言，学习蒙古语更多的只是觉得好玩，她并没有放在心上，所以一年下来，她除了一些日常用语之外，还远远达不到与人自由交流的程度。

梦璃一边陪伴岐国公主，一边仍设法营救父亲，岐国听说了她的经历后十分同情，不止一次帮她央求父皇释放冯宣，永济皇帝却因权臣胡沙虎必欲置冯宣于死地而后快，只是虚与委蛇，始终不敢有任何实际行动。

胡沙虎何以对冯宣忌惮仇恨若此？真正的原因与冯宣两次上奏皇帝提醒皇帝警惕胡沙虎的野心有关。

第一次是在永济皇帝登基不久，冯宣曾与一些文臣联名上疏，弹劾胡沙虎狼子野心，觊觎神器，请求永济皇帝将其罢免并逐出宫外。永济皇帝看过奏章，吓出一身冷汗，急忙将这份奏章压下，并严令有司不得将奏折内容泄露出去。永济皇帝的本意自然是不想激怒实权在握的胡沙虎，从而给自己带来不必要的麻烦，但他这样做的结果，无形中也起到了保护冯宣和其他大臣的作用。

而其后条呈十事，冯宣仍将诛杀奸臣作为固国本、正朝纲的首要，再者对阻止蒙古大军侵入提出自己的见解。永济皇帝见冯宣居然不顾他三令五申禁传边事，仍拿这件事情来惹他心烦，一气之下将冯宣和通告蒙古大军动向的边将哈朱买一起投入监狱。

永济皇帝倒是没有要杀冯宣和哈朱买的意思，他这样的目的无非是为了维护天子尊严，说白了就是要杀鸡给猴看，避免更多的人效仿这两个不知死活的臣子。他却没想到，在他将这份奏章退回有司前，竟被他身边最亲信的太监李思中偷看到了。李思中早些时候已被胡沙虎收买，看到奏章，他立刻将这份奏章的内容连同上回那件事情一并密报给胡沙虎。

在朝中炙手可热的胡沙虎哪里咽得下这口气，当即面见永济皇帝，要求以抗旨和诽谤大臣、扰乱朝纲之罪诛杀冯宣，若非随后进殿的术虎高琪竭力回护，冯宣这会儿恐怕早就人头不保了。

术虎高琪虽能保得冯宣不死，但要放冯宣出来，却也是万万不可能的。别说术虎高琪没有这样的能力，即使永济皇帝本人也绝对不敢释放冯宣。

成吉思汗六年（1211），蒙古大军越过长城，接连攻克金要塞乌沙堡、乌月营，穿越天堑野狐岭、居庸关，在短短的一年间，连克金国许多军事重镇，宣化、怀来、西京等城池先后落入蒙古军手中，胡沙虎却连战连败，永济皇帝迫于内外压力，不得不将胡沙虎免职。

胡沙虎既免，朝中依然无人可用。眼见蒙古大军兵临城下，永济皇帝思虑再三，只能请回胡沙虎，要他重掌帅印。可是，对永济而言，这应该是他此生所做的最后的、也是最错误的一个决定，因为这个决定不久便将他自己送上了断头台。

胡沙虎弑君之后，原想趁势压服群臣，自己也做一回皇帝。岂料群臣多不买账，右丞相完颜承晖和左丞相徒单镒皆力主迎回章宗的弟弟、其时正驻守霸州的升王完颜珣进宫，承继大统。术虎高琪原本与胡沙虎不睦，知大家皆不欲奉胡沙虎为主，当机立断，不给胡沙虎任何搪塞拖延之机，立请胡沙虎与他一起前去迎接升王。

胡沙虎明知众怒难犯，只好妥协，随术虎高琪一道将升王迎回，择日将其推上皇位，改元贞祐，史称宣宗。

新帝完颜珣登基当天，下旨将胡沙虎擢为监国大元帅，军国大事悉由胡沙虎裁处。此外，被毒死的永济皇帝废为庶人，草草埋葬了事。永济的皇后被赐死，嫔妃罚为宫中奴役，岐国公主则被迁于离宫，任她自生自灭。

在那段最艰难的日子里，只有丞相完颜承晖敢秉持道义，冒着生命危险接济岐国，他还时常鼓励岐国，拿书给岐国读。就这样，岐国阅读了大量她在安逸的时候从不愿学习的书籍，变得更加深沉多思，超然独立。

非人的生活在术虎高琪发动兵变杀掉胡沙虎后有所改变，岐国被重新接进宫中。但这个宫殿已经不是岐国自幼生活和熟悉的宫殿，在这里，她扮演的只不过是个寄人篱下的角色。

成吉思汗的蒙古大军三面出击，横扫中都周围州郡，之后会师中都城下。成吉思汗却对中都城围而不打，只派使者进城谕降。金军连战连败，完颜珣及绝大多数朝臣迥无斗志，只能忍辱受降。作为受降的条件之一，完颜珣决定将岐国冒充自己的女儿献给成吉思汗。

完颜珣将岐国召进宫中说了一些冠冕堂皇的话，岐国既不反驳也不抗争，事实上，对于这位踩着她父皇的尸骨才登上皇位的大金国主，她实在无话可说。唯一的意外是，在即将作为社稷贡品出城的头一天晚上，岐国再次见到了冯梦璃。

从父亲被胡沙虎毒死，她和家人被撵出宫外，她就失去了梦璃的消息。

可是，在她最伤心、最孤单的晚上，这个曾经被她视作姐姐的女子，不仅突然出现，而且明确被告知要陪她远嫁蒙古。

在重新见到梦璃的一刹那，她有些惊诧。然而，不知是不是因为在分别的三年里她们各自经历了太多的事情，重新聚首时一切都已物是人非，她们的相见并没有期待的喜悦，没有激动甚至没有交谈，她们面对彼此时，平静得近乎陌生。即使当她被带到成吉思汗为她设立的新帐时，她与梦璃之间的这种陌生感也依然存在。她把这归结为梦璃的无奈和不甘，正如她内心的无奈和不甘一样。

此刻，她坐在新帐中，外表虽然平静如初，心灵深处却充满了难以言喻的悲凉。她曾经是受万人尊重的金国公主，如今却变成了一只任人摆布、任人宰割的羔羊。她无法预知等待她的命运会是什么，然而除了等待，她什么都不能做。

突然，帐外传来了杂沓的脚步声。

梦璃掀开帐帘，向帐外看了一眼，又急忙缩回身体。她的表情告诉岐国，有人来了，有人正向她们这边来。

"大汗到！"随着侍卫的通报，成吉思汗走进帐子。

梦璃急忙退至一旁，躬身施礼。岐国却不慌不忙地从她坐的床上站起，以蒙古宫廷礼节见过成吉思汗。

成吉思汗注目端详着岐国，眼神里流露出些许好奇。

平心而论，岐国并不漂亮。她的额头很高，肤色白皙，鼻子和嘴都算不得精致，但她的眉毛和眼睛都是乌黑乌黑的，形状也很好看，尤其是她的眼睛，长长的睫毛下覆盖的双眸，像宝石一样明亮，像泉水一样清澈。正是这双眼睛让她的整个脸盘都显得灵动聪慧，为她增色不少。

岐国也在望着成吉思汗，并无羞赧之态。

这就是那位让父皇又恨又怕的蒙古大汗吗？不过，他的样子倒是很慈和，并不让人恐惧。想想一切多么可笑，又多么荒唐，如果父皇知道他的宝贝女儿有一天会以这样一种方式面对这个人，他会作何感想呢？

成吉思汗先笑了。这个女孩子居然一点儿也不怕他，也不显得多么伤心难过，这不免让他感到新奇。

他在桌前坐下，要岐国过来。

梦璃为成吉思汗和岐国端上茶水，然后恭恭敬敬地立于岐国身后。岐国原本能听懂一些简单的蒙古语，加上有梦璃在，她与成吉思汗的交谈没有任何障碍。

成吉思汗呷了一口滚烫的茶水，茶水色泽清绿，初尝有点苦涩，余味却是清香无比。"这是什么呢？"

"这是臣妾从宫里带来的龙片茶。"

"龙片茶？"

"是。南面宋朝出产的片茶原是茶中上品，其中，尤其以福建路的建州和南剑州所产为上品中的上品。片品的制作方法很复杂，很精细，有龙、凤、石乳、白乳之类共十二等。他们常以此作为贡品。"

"原来如此。是你父皇要你带来给我品尝的吗？"

岐国的双眉间游移着一道苦涩的纹路，她摇摇头："不是。"

"哦？"

"这是臣妾和亲的代价，不过，臣妾还是把它带来了。"

"你说什么，我听不懂。"

岐国不做解释。

成吉思汗不知道该对岐国说些什么好，面对岐国原本应该天真无邪却平添了几分沧桑之感的脸庞，他丝毫没有多做停留的打算。

岐国似乎还是个孩子，河南王怎么会将自己尚未成年的女儿献给他，这真让他觉得不可思议。

"你……"他又喝了一口茶，努力寻找合适的话题。

岐国望着他，顺手为他将茶水斟满。

"你今年有多大了？"成吉思汗几乎是没话找话。

"臣妾今年十六岁了。"

"才十六岁吗？我不知道河南王有几个女儿？"

"河南王有六个女儿。"岐国很干脆地回答。

"那么你是——"

"臣妾不是河南王之女。"

"什么？"

"因为不是河南王的女儿，所以才献给了大汗您。"

"哦，你是——"

"臣妾的父皇在登基前曾被封为卫绍王。"

成吉思汗大吃一惊，"永济？"

岐国稍稍垂下眼帘，又很快抬起头。她面前的这个人是蒙古大汗，是她的国家的敌人，就算有泪，她也不会在他面前流。

"我真的很意外，你竟是永济的女儿。我逼迫河南王献女求和，不过是想借此羞辱他罢了，没想到他竟……不管怎么说，我与永济，在蒙古有过数面之缘，那时我在名义上还是金国藩属。尽管我对永济的品行才德实在不敢恭维，但他毕竟还算我的故人。我只是没想到，完颜珣乃堂堂一国之主，竟会行此小人勾当。"成吉思汗的这番感慨倒的确发自肺腑。

岐国只是苦笑了一下。

"我过来看看你。从中都到抚州，这几天你鞍马劳顿，一定也感觉累了。这样吧，你早些休息，咱们明天就要起程返回蒙古本土。但凡你有感觉不习惯的地方，尽管告诉我，我会设法为你解决的。"

"谢大汗。"

"好啦，我该走了。"走到门前，回头又向岐国笑道："你别想那么多了，事到如今，也只能'既来之，则安之'了。你说呢？"

"是。大汗。"

岐国和梦璃一起将成吉思汗送至新帐之外，远远地，她们看到一个年轻将军正匆匆向成吉思汗这边走来。

岐国漠然看着来人那高大匀称的身形，突然，她心头微微一震。

这不是——

这不是那个人吗？

这怎么可能？

捌

年轻将军走到成吉思汗面前，神情愉悦地唤道："父汗。"

"拖雷，怎么样啦？"

"都安排妥当了。"

"那好。"成吉思汗揽住儿子，正欲离去，又想起什么，回头指着拖雷向岐国介绍道："公主，这是我的四儿子拖雷，你从中都到抚州，就是他一路护送的。"

岐国点头，脸上悄悄一热。

拖雷以手抚胸，向岐国深施一礼，表情一如既往，既不苟言笑又沉静平和。

岐国急忙垂下眼帘，突如其来的羞涩让她心头有如鹿撞般"突突"乱跳。

成吉思汗与儿子相偕，渐行渐远。岐国呆呆地目送着拖雷的背影，脑海中重又浮现出她从中都来抚州的路上所经历的那惊险的一幕。

只是那时她并不知道，一路护送她并且救了她一命的年轻将军竟然就是成吉思汗的四子拖雷。

事实上，对于所有亲历了这场复仇战争的金国君臣百姓而言，"拖雷"这个名字绝不陌生，从他在怀来战役中第一个登上那坚固的城墙起，从他一路斩将夺旗，他的英勇和神武就如他的父汗一般，让人恐惧，也让人震慑。

可是他留给岐国的印象并非如此。

因此，岐国并没有想到她的恩人与"拖雷"这个名字会有什么联系。

那一次马惊得着实突然，在马惊的瞬间，岐国将这个偶然归结为父亲的阴魂不希望看到她凄然远嫁。

那匹马狂奔不止，失去了控制，车夫架不住车辕，被重重甩到了路上，岐国在恐惧中听到车夫的惨叫和许多人的惊叫。车身剧烈地颠簸着，似要将岐国的五脏六腑颠碎倒出。岐国挣扎着爬到车门前，挣扎着拉开车帘。她不知道自己会被狂奔的马带到哪里，但她不想就这样死去。

她要逃出去，她要为自己争取一线生机。

她努力张大眼睛向四周搜寻，尽管她并不知道自己该做什么，能做什么，可求生的本能支撑着她努力搜寻，她渴望着有奇迹出现。

在人生的路上她还未走过十六个春秋，假如就这么轻易地放弃了生还的希望，还不如当年随父亲一同离去。

她想到跳车。

她向下看着，可是她头昏眼花，迟迟下不了决心。

"别动！"她听到一个严厉的声音。

"千万别动！千万别动！"那人气喘吁吁的，急切的声音好像飘浮在空气中，她一时以为这是自己的幻觉。

"公主，坚持一下，相信我！请千万坚持一下，再坚持一下！"声音好似从左侧传来，她费力地将头从右边转向左边，这时她看到一匹棕黄色的战马，马上，一位年轻将军正在紧紧追赶着惊奔的马匹。

她看着他，她不知道他要做什么。

年轻将军的坐骑离惊马越来越近，越来越近，在两马齐头并进的瞬间，年轻将军突然从马上一跃而起，稳稳落在惊马的背上。

剩下的事岐国完全不记得了，在强烈的惊悸和一定可以获救的信念交织中，她的意识出现了空白。

这是她一生中第三次昏倒。

当她醒来时，她正躺在草地上，年轻将军跪在她的身边，用手托起她的头，正向她的嘴里灌着一种辛辣的液体。

从小到大，这是她第一次尝到酒的味道。以前，她讨厌所有的人包括父皇嘴里喷出的酒气，但是在她为自己劫后重生感到庆幸的这一刻，她意外地喜欢上了这种既辛辣又甘醇的滋味。

更何况，从小到大，她还从没让自己的身体与任何一个男人如此接近，那种陌生的男人气息比马奶酒更让她晕眩、惶惑。

看到她醒了，年轻将军显然松了口气。

"你醒了。"年轻将军用蒙古语说。对于这句话，她即便听不懂，也能猜得出来。

她没有说话。

大概意识到两个人语言不通，年轻将军也就不再说什么了，只是用力地将她从地上搀扶起来。

她一眼看到自己的裙摆和他的战袍上都留有秽迹，这使她隐隐想起自己在被人抱下马车时曾拼命地呕吐过，她的脸顿时红了。

年轻将军很细心，他猜到了令她尴尬的原因，当即掏出一块丝帕蹲下身子为她擦拭着裙摆的秽迹，最后才胡乱地抹擦了一下自己的战袍。

岐国鼓足勇气看了他一眼，他也正好望着她。四目相对的一刻，她看到他的脸上虽然没有笑容，却一点不显得严厉，相反，他的脸上倒是有一种表情，一种奇怪的、混合着怜惜和关切的表情。

岐国急忙垂下头,脸上的红晕更加浓重了。她想赶快回到车上,刚一举步,却觉得脚步虚飘,差一点儿又摔倒在地。

年轻将军伸手撑住了她的身体,想也没想便抱起她,一直将她送回车中。他的怀抱坚实、温暖,她在羞怯和自责中清楚地听到他的心跳,尽管她知道自己一定是疯了,但她仍旧情不自禁地希望未来的日子里可以永远依靠在这样坚实、温暖的怀抱中。

当马车终于停下来时,她听到许多人向她跑来的脚步声、马蹄声,听到年轻将军从马车上跳到地上的声音,接着,她听到人群中爆发了一阵快乐的欢呼声……但是从那之后,她再没有机会见到救她一命的年轻将军。

没想到,他竟是……

岐国回到新帐里,一颗心仍在"怦怦"乱跳。救他的年轻将军竟是成吉思汗的四子,这个发现让她心乱如麻。假如此生再也无法与她的救命恩人相遇,她或许会在平静的思念中让这个人永远沉埋在她的心灵深处,可是,他是成吉思汗的儿子,这便意味着她将无法逃避经常面对他的痛苦。

她该怎么办?

梦璃端来一盆温热的清水,滴了一滴鲜果汁,然后,像她以前经常做的那样,细心地为岐国擦拭着她的脸、脖颈、胳膊和手。岐国任她服侍,目光里却流露出些许羞赧。对于梦璃,她的确存有几分歉意,这种歉意产生于她得知父皇竟将梦璃的父亲投入监狱的那一刻,直到现在,这歉意不但没有随着时光的流逝而冲淡,相反在梦璃又一次成为她的陪嫁宫女时便重新复苏而且更加沉重地压在了她的心头。

想一想,她如此年轻,却已然经历了人生的大起大落、大悲大喜,在她得知完颜珣将她作为礼物送给蒙古大汗时,她强使自己平静地接受了命运的裁决,她不抗争是因为她目睹了父皇被奸人谋害,她经历了最坏的事情,所以可以对任何事、任何人无所畏惧、无动于衷。

岂料命运又一次运用了自己魔术般的权力。假如不是命运安排了那场马惊事件,她原本会心若止水地度过一生吧?可是,现在的她恐怕连这个小小的心愿都无法达成了。当那个矫健、挺拔的身影以一种特殊而执拗的方式出现在她的面前时,她发现她累积了那么久的坚强就这样轻而易举地被击垮了。

老天为什么要让自己遇到他?

难道,是觉得她经历的苦难还不够多吗?

梦璃掀起岐国公主的发髻,为她擦拭着后脖颈。在完全避开了岐国视线的瞬间,她淡漠的眼神里闪现出些许复杂的内容:怜惜、忧郁、惊慌、仇恨。

只有她,能够懂得岐国公主此刻的心境。

当公主的马匹突然受惊时,所有人都被这突如其来的变故惊呆了。人们呆呆看着马车载着公主狂奔而去,就在这千钧一发的时刻,一匹黄骠马闪出人群,顺着惊马飞驰的方向追去。

接下来的时间似乎显得格外漫长。

就在人们惶惶不安、不知所措时,骑黄骠马的将军护送着岐国平安地回来了。人们一拥而上,将年轻将军团团围住,问长问短,只有她急着去看望岐国。她掀开车帘,看到岐国脸色虽有些苍白,却依旧镇静从容。

这实在不是一个普通的女孩子所具备的从容,这从容不能不让她心生钦佩。经历了不幸的岐国的确变了许多。

她发现,这种钦佩轻易地压倒了她对废帝女儿的怨恨。

是的,她并不真正地仇恨岐国,尽管是岐国的父皇,还有胡沙虎让她的父亲身陷囹圄,让她被迫远离故土,随岐国远嫁蒙古,她仍然不愿意将这笔账记在曾与她情同姐妹的岐国身上。

她不知道,未来的日子,她要用多少年陪伴公主留在这样一块儿陌生的土地上。这非她所愿,可她别无选择。

公主失去了她的父皇,而她所做的一切,都是为了父亲。

忍辱活下来,也是为了父亲。

记得临行前,她好不容易才争得与父亲见上一面的机会。见不到父亲的日子她忧虑满怀,见到父亲她更加痛苦。残酷的牢狱生活,使不到四十岁的父亲头发全白了,看起来像是一位耄耋老者,而且父亲一直在咳嗽。她不敢告诉父亲自己就要随公主远嫁,她只能尽量与父亲聊起一些愉快的事情。

虽然形销骨立,父亲依然乐观。他对女儿说,等他出了狱,他再也不做官了,他要带着女儿周游天下。

而她,只能把泪水咽在肚里。

告别父亲，她来见了术虎高琪。术虎高琪居然很爽快地答应给她父亲治病，并说他将设法劝说皇上尽快赦免她父亲。得到了术虎高琪这个承诺，她义无反顾地扮演了一个陪嫁宫女的角色。

她要为父亲活下来，哪怕为之粉身碎骨，她也在所不惜。

玖

处理完公事，拖雷先将父汗送回大帐，然后才回到自己的行军寝帐。

苏如正在灯下绣着一个小帽的花边，花边的图案是苏如从许多图案中精选出来的，是一望无际的大海，海面上，有海鸥、有帆船，深褐色的暗礁隐隐可见。拖雷曾问过妻子为什么要选这个图案，苏如说，她希望自己肚里的孩子出生后，心胸能够像大海一样辽阔，而且，当他的双脚站在大海边上时，他要学会欣赏大海的深沉与美景，也要懂得避开海中的暗礁。

苏如的想法在拖雷听来总有些不可思议，但这并不妨碍从不轻易称赞子女的父汗多次当众称赞儿媳有头脑，可信赖，也不妨碍他在与苏如成亲八年之后，仍然对她怀着初恋般的情怀。

没错，在他的几位妻妾中，只有苏如是他在情窦初开时第一个爱上并且唯一爱过的女人。

记得那个时候，他刚刚十五岁，苏如与他同年。短短的一年中，父亲消灭了草原第一大部克烈部，接着又消灭了西部强部乃蛮。为了庆祝胜利，同时也为了感谢札合敢不的助战之功，父汗在金顶大帐举行了一个盛大的宴会。当札合敢不的家眷们跟在他的身后走进大帐时，他一眼便看到了苏如。

或者说，他的眼睛只看到了苏如。

札合敢不是王汗的弟弟，克烈部的王爷。王汗活着时，与父亲之间有着太多的恩恩怨怨，他或许是父亲的敌人，但他也永远是父亲的恩人。正因为如此，父亲对札合敢不表现出非同一般的礼遇。父亲请札合敢不坐在自己的身边，而苏如，恰恰就坐在他的对面。那个时候，他不明白他的紧张和窘迫从何而来，他只记得，当他偶尔抬起头来，发现苏如正用一种有趣的目光看着他时，他顿时慌了手脚。他先是不小心被小刀割破了手指，接着又将酒杯碰到了地上，他狼狈的样子引得她嫣然一笑。

　　宴会结束后，她随她父亲回到了封地。她走后许久，他都觉得心里空落落的，即便如此，他仍然没有意识到，这是自己在想念她。好在，接连的征战使他暂且忘记了她，直到父亲君临全蒙古的那一天，他才再次见到她。与两年前相比，她长高了许多，举手投足间，别有一番成熟的风韵。之后，他们有了一段时间的相处，他在她面前还是紧张、慌乱，她却落落大方，一副不知人间忧愁的模样。

　　很快，她又得随父亲回到驻地，行前，她特意来向他辞行。想到即将到来的分别，他的心里难受极了，比起两年前还要难受许多倍，可他偏偏说不出口，也不知道该不该说出口。他送她出去的时候，鼓起勇气问了她一句：以后，我可以去看你吗？她站在坐骑前，指着另一匹无鞍马（她带了两匹马来），笑道：你要去看我，就骑上它吧。又拍拍搭在马背上的包袱，接着说：穿上它。

　　他没明白她的意思。当她扬鞭远去，他打开包袱，才发现那里面放着一双做工十分精细的马靴。那是她亲手做给他的。

　　不料，他还没找到合适的借口去看望她，就听说她父亲已经将她许配给了西辽国的王子，而且来年春天就要完婚。这个惊人的消息使他如遭雷击，心乱如麻。他失魂落魄地来到母亲的帐子，他不会在别人面前流泪，可在母亲的面前，他再也掩藏不住内心的煎熬与绝望。

　　他以为他就这样失去她了。他以为这一生他再也不可能见到她。

　　他却没有想到，半个月后的一个黄昏，她竟神奇地出现在他的面前。她消瘦了许多，眉目间却是一如既往地开朗。她对他说，她不会嫁到西辽国去，她要嫁的人只有他。那天晚上，她将自己洁白的身体交给了他。他要她别怕，他会请母亲为他们做主。第二天，他醒来时，她已经离开了，她让侍卫转告他：不要去找她。他们的事，她得告诉她父亲，她必须让她父亲先向西辽退婚才行。

　　她这一去便杳无音信。他每天都在为她担心，后来，他把他们的事情告诉了母亲。母亲虽然意外，心里却很高兴。她答应儿子，要帮他说服父亲，由父亲亲自出面向札合敢不求亲。恰在这时，原来归降的篾儿乞部发生叛乱，他奉命随征平叛。等他从篾儿乞部回来，又发生了札合敢不叛离之事。札合敢不被父亲的大将生擒，接受父亲的发落，然而，在札合敢不的家眷中，唯独不见苏如的踪影。他当时便慌了神，母亲同样担心苏如的安危，她向苏如的母亲询问状况，才知道苏如在数月前去了篾儿乞部寻找拖雷，而且，苏如走时，已怀有身孕。

等他再次赶赴篾儿乞部，辗转找到苏如并将她接回自己身边时，他们的头生子已经三个月大了。他无法确知苏如为他吃了多少苦，直到有一天他与苏如的大哥那木哈一起喝酒，那木哈喝醉了，絮絮叨叨地对他说了许多话。那木哈说：他妹妹其实一直做着打消父亲叛离念头的努力，不料父亲充耳不闻，一意孤行。后来，父亲知道妹妹怀了身孕，就逼着妹妹将孩子打掉，妹妹以死抗争，父亲不敢过分相逼，只好将妹妹关了起来。父亲平生第一次动手打了妹妹，还对妹妹说，明年春天，就算死，也要让妹妹死在西辽。他了解妹妹的性子，经过一番筹划，他暗中潜回父亲的营地，将妹妹救了出来。妹妹听他说四太子正在篾儿乞部平叛，当即决定前往那里。他亲自把妹妹送出营外，无奈地看着妹妹消失在茫茫的夜色中。那个时候，他简直不敢想象，一个挺着大肚子的年轻女人，孤身一人上路，前面会有怎样的困难和危险在等待着她。

说到伤心处，这个五大三粗的汉子哭了起来，哭得满头都是汗，满脸都是泪。

晚上回到寝帐，他搂着妻子，心疼地问：你到底为我吃了多少苦？你为什么不肯告诉我呢？妻子却是一脸茫然地看着他，似乎不明白他在说些什么。他将那木哈的话讲给了妻子，妻子听着，笑了起来，然后不以为意地说：我没觉得苦，那些事我都忘了。从我知道自己怀上了你的孩子起，我的心里就只剩下幸福和力量。

那一刻他明白，苏如，他的妻子，果然是这世间极少见到的女人。

其实，作为拥有无限财富和权力的成吉思汗的儿子，拖雷和几位哥哥一样，身边都有多位妻妾，这些妻妾。或是父汗所赐，或是为了政治联姻的目的被送到他的身边。他对她们保持着应有的尊重，怀有真诚的关心，她们也像苏如一样，为他生儿育女。但他的心是属于苏如的，只属于苏如。因为，不论是成婚前还是成婚后，这个女人，总会在意想不到的时候，带给他意想不到的惊喜。

唯一遗憾的是，苏如随后生下的女孩早早夭折，由于伤心过度，苏如此后一直没再怀孕，直到父汗趁着金国发生宫廷政变再次出征金国之际，苏如才又怀上了他们的第三个孩子。

在蒙古人的习惯法中，只有正妻所生的嫡子才可以继承父亲的绝大部分遗产，苏如是拖雷的正妻，也是拖雷最信任、最钟爱的女人，因此，在拖雷的蒙古包里，任何女人都不可能取代苏如的地位。另外，拖雷无论走到哪里都喜欢将苏如带在身边还有一个原因：在拖雷的感觉里，除了祖母，除了母亲，除了三姐，就只有妻子的心胸如大海一样广阔，他坚信，这样的女人，才会为她的男人和孩子们带来无尽的福气。

苏如看到丈夫进来，很细心地结好最后一针，才将针线和小帽放下，去为丈夫倒了一杯滚烫的奶茶来，放在桌上。

"怎么样，都安排好了吗？"她问的是明天撤军诸事。

"安排好啦。"拖雷随手将鹿绒大氅递给妻子，却没有急着去喝奶茶，而是先将小帽取在手上，欣赏了好一会儿，才在桌边坐下。

"公主呢，也安排好了？"

"公主？"拖雷一时没反应过来，停了片刻，才意识到妻子问的是岐国公主。

前往中都护送岐国公主回返抚州的人正是他，回来后，他忙忙碌碌的，还没顾得上跟妻子说说这件事。

"你说岐国公主吗？父汗早就命人为她安排好了新帐，直接送去休息就是了。不过，父汗今晚没有留宿新帐。我有种感觉，父汗并不打算纳这位公主为妃。"

"为什么？莫非是因为公主长得不够漂亮吗？"

拖雷笑着责备她："难道一定要容貌绝美才有资格成为孛儿只斤家族的女人吗？咱们的三嫂乃马真长得也不漂亮，她不是比任何人都更得三哥的宠爱吗？"

这些话拖雷跟别人是万万不会说的，哪怕开玩笑也不会，但他同苏如一向无话不谈。苏如仍旧觉得奇怪，说："可是父汗如果不打算纳公主为妃，为什么要迫使金主献女求和呢？这不像是父汗往日行事的风格。"

"谁知道！也许父汗原来的想法，是要借机羞辱一下完颜珣，结果这位金国的一国之君却将废帝永济的女儿冒充自己的女儿献给了父汗，父汗对他这种行为很不耻，相应地不想伤害故人的女儿，就放弃了纳公主为妃的打算也未可知。好了，不提这件事了，反正父汗有父汗的想法，我们瞎猜也没用。"

拖雷一边说着，一边将杯中的奶茶喝尽。苏如问他是否还要，他摇摇头，苏如便服侍他洗漱了，让他躺下先睡，她想把小帽做完。

拖雷却不愿意，抓住她的手，一把将她拉进怀中。苏如急忙挣脱了他，"不行，你忘了我们的宝贝了吗？你这样会惊到他。"

拖雷有点扫兴，松开手，翻过身体，不再理她。

苏如轻抚着他的肩头，他却赌气似地拨开了她的手。

苏如丝毫不以为意，拖雷在她面前一向是这个样子。当然，拖雷也只有在她的面前，才会表现出性格中单纯任性的一面。

她在他耳边轻轻地唤了一声："拖雷。"

拖雷没吭气。今天，他也不知道怎么回事，对她的拒绝很介意。仔细想想，他好像真的被她冷落了好久了。

苏如依然温柔地哄劝着他："拖雷，要不今晚，你去别的帐子歇了吧。"

"少烦我！"拖雷回答，声音里已经带上了明显的怒意。

拖雷犯倔的时候，苏如从来拿他没办法。她不再说话了，吹熄了灯，静静地躺在他的身边。

黑暗中，拖雷见苏如沉默着，心里多少有点不安。他又将身体转了过来，"你怎么不说话？"他重新握住了她的手，语调仍旧是闷闷的。

"你是不是累了？先睡吧。"

"你不说话，我睡不着。"

苏如笑了："这个人啊，真是的！"

"也好，你要是不困，陪我说会儿话吧。"

"要我陪你也行，就一会儿。你先告诉我，你想什么呢？"

苏如在想岐国公主。她对这个大国公主充满了好奇，很想多了解一些关于这个公主的一切，至于为什么，她自己也不完全清楚。尤其是当她听说父汗并没有纳岐国公主为妃的打算时，她就更加关注这位公主的命运。

"拖雷，你是见过岐国公主的，不是吗？"

"是见过。怎么，你想问什么？"

"她长得漂亮吗？"

"没觉得有多漂亮。"拖雷说完，想了想，又补充了一句："像你一样。"这也算他小小地报复了苏如一下，谁让她最近总是躲着他呢。

"还有呢？"

"还有？哦，额头高高的，眼睛很亮，别说，真的有几分像你呢。我第一次被你吸引，就是因为你的高额头、亮眼睛，后来母后跟我说，这样的女孩子最聪明，娶来做妻子最好不过了。事实证明，她看人比我更准。你确实聪明，聪明到什么事你说在父汗母后那里说就可以，我说就不行。"

"后悔了吗？"

拖雷点头，"嗯。"说完，轻轻地叹了口气。

苏如笑了："明天扎营后，我想去看看岐国公主。"

"你去看她做什么？"

"我想问问她还缺什么东西？咱们那个地方的气候比中都恶劣多了，她在宫里娇生惯养的，还不知道受得了受不了。另外，我顺便看看她带的衣服够不够，如果不够，我会设法为她准备的。"

"你这么关心她，是不是别有企图？"拖雷已经开始打哈欠了，眼皮越来越沉。

"是。"苏如直率地承认。

"什么企图？"

"我想，她是金国公主，不管她是否会成为父汗的妃子，我都可以跟她做朋友。她在金国宫廷这么久，一定认识或者听说过不少金国的才俊之士，我想通过她，延聘一批这样的中原大儒进入王府，教习我们的孩子学习中原礼仪和中原文化。这对我们的孩子有好处。"

"什么好处？"拖雷为问而问，苏如说什么，他听着，却全不记得内容。

"中原之地，自古以来就是一个特别的地方，我们的孩子要想真正地在这片土地上立足，就必须接受这里的文化、这里的习惯，否则，统治这片土地谈何容易。我有一种预感，岐国公主可以帮助我们……"

拖雷不等她说完，已经发出细微的鼾声。苏如便不再往下说了，为他拉好毯子，然后怜爱地抚弄了一下他的脸颊。

拖雷没听到苏如后来说些什么，苏如却是说到做到，第二天扎营后，她果然带了几件礼物来拜会岐国公主。

对于苏如的来意，岐国公主完全不清楚。不过，苏如毕竟是第一个来看望她的成吉思汗家族的女人，再说，她又是拖雷的夫人，这一点尤其让岐国感兴趣。她很想见识一下漠北草原的女人是什么样的，换言之，她很想见识一下拖雷的女人是什么样的。出于这种心理，她竟一反常态，非常爽快地请苏如到帐中一叙。

岐国洁白的新帐中隐约飘散着淡淡的花香，正中的桌子上摆放着成吉思汗刚刚派人送来的一捧清晨开放的野花，野花已被梦璃插入水晶瓶中，巧妙地摆成一簇云团的形状，与新帐中一条浅绿色底面绣着羊群图案的挂毯着实相映成趣。

这挂毯也是成吉思汗派人送给岐国公主的，除此之外，从昨天晚上到现在，成吉思汗本人再不曾来新帐看望岐国。

岐国对此倒不放在心上。她是被作为社稷贡品献给成吉思汗的，从她披着红色的嫁衣走出宫门的那一刻，她已经把自己当成了一件物品，一件会呼吸但没有生命的物品。她根本不奢望自己能得到什么好的待遇，也不在乎成吉思汗是会把她耐心地供起，还是随便地弃于一旁。

她原本是这样的，对一切绝不萦怀，可是命运偏偏让她遇上了那个人，那个不该让她遇上的人。当软弱无力的她躺在那个坚实的怀抱里品味着自己的紧张与慌乱时，她很清楚，尽管那一段路很短，可注定要在她的内心走过一生……

岐国不知道自己是怎么与苏如见礼的，直到苏如坐下来，并且望着神情恍惚的她微笑，她才强使自己恢复了常态。

拖雷夫人的落落大方出乎她的想象，她们通过梦璃的翻译简单地说了几句客套话后，苏如便拿出了自己带给岐国的礼物：蓝色的靴子、蓝色的蒙古袍、蓝白相间的罟罟冠、纯白色的腰带、纯白色的披肩，无论蓝色还是白色，都如同被雨水洗过的天空和云朵的颜色，纯净得令人心旷神怡。

苏如指着罟罟冠解释道，等岐国大婚之后，就该戴罟罟冠了，这是草原上已婚妇女的标志。她希望岐国公主喜欢这顶她为她精心准备的罟罟冠，因为她觉得，岐国公主一定也像她一样，喜欢蓝天白云。

"为什么？"岐国明知这样问有失礼貌，可还是忍不住这样问了。她很奇怪与她素昧平生的拖雷夫人，如何偏偏了解她的喜好。

苏如对她并不友好的语气，仍报以温暖的微笑，"我听拖雷说，你是个额头高高的、眼睛亮亮的女孩子，和我有几分相似，特别是气质很像，所以我才想到，或许你也有着与我相似的喜好。"

原来是这样！

原来四太子还注意过她的容貌特点，并且形容得分毫不差！岐国的一颗心莫名地急跳了几下，脸上悄悄泛起红晕，羞涩中又有几分酸楚：纵然我的长相和气质都与你相似，我们的命运却何其不同。她默默想着，愈觉黯然神伤。

苏如一直都在留意着岐国的表情变化，岐国注意到她关切的目光，想说什么，终究没有说出口。

自从目睹父皇被胡沙虎那班奸臣毒死后，岐国就越来越不相信任何人，也越来越不想同任何人讲话了。如果此刻换了别人这样无所顾忌地端详她，一定会令她厌恶，但苏如是个例外。因为岐国知道，这个比她大不了几岁的女子对她充满了真诚和好意，她无法拒绝这种真诚和好意，就像她无法拒绝救了她的那个男人悄然走入她的内心……

苏如将目光移向她进来之前岐国一直在阅读的书籍，笑着指了指，用生硬的汉语问道："什么？"

"噢，你说这本书吗？是一本记载着草药用途的书籍。"

"我看到书上每一页似乎都画着图，翻开的那一页上画着的植物好像是我们草原上经常可以看到的覆盆子，有人发烧时，我们常用它来帮助病人退烧。"

苏如和岐国又恢复了原来的交谈方式，继续由梦璃从中为她们充当翻译。

岐国惊诧于苏如的细致，将书推给她："是覆盆子没错。"

"其实我们草原上有许多可以入药的植物，可惜我们还不能完全掌握和利用。很久以来我都有个想法，希望能将草原上生长的药用植物尽可能地挖掘出来，帮助更多的草原人医治病痛。我知道在中原和南方，人们已经发现的可供入药的植物有许多种，而我们草原上受环境和气候条件所限，不可能应有尽有，但我们只要能把草原上现有的药用植物都利用起来，那也是件很有意义的事情。你能来草原真好，我知道你一定可以帮助我们。"苏如一口气说着，好像恨不能立刻领着岐国去辨认草原上所有的药材。

岐国双目微闪，望着苏如，眼神里不无惊奇。

苏如意识到自己的话未免说得太多太急了，也不知道岐国理解没有。她急忙收住话头，向岐国歉意地一笑。

此时此刻，岐国原本淡漠的表情发生了一些微妙的变化，不再挂着千篇一律的彬彬有礼的笑容，相反透着几分严肃，几分专注。

她的确没想到苏如会说出方才那一番话来，此时，她不得不承认，她眼前的这位蒙古女子竟然拥有着像草原一样广阔的心胸。

对于这个发现，岐国莫名地为之兴奋：原来草原上有这样的女人，原来拖雷有这样的妻子！

在放弃了私心杂念的一刻，岐国真心地为拖雷感到庆幸。

当然，也为她自己感到庆幸。

是啊，她怎么可能不为自己感到庆幸？在那片陌生的土地，因为有苏如在，她至少就有了一个可以说说知心话的朋友。苏如好像是老天赐给她的礼物，让她寂寞的心灵从此找到了一片可以停留的栖息地。

"公主。"苏如轻轻地唤道，试图驱走笼罩在帐中的沉寂。

"什么？"岐国平静地问，表情一如既往，既严肃又专注。

"我还不太了解你，可是见了你，不知为什么会有许多话想说，总觉得你能理解。不瞒你说，除了大汗，好些时候我想做的许多事都让人们觉得我是在异想天开。"

"拖雷太子呢？他也会吗？"

"是啊，他也会。不过，最终他只能选择维护我。我是他的妻子，他拿我没办法。"苏如笑着回答，语气里有些许的抱怨，更有无限的疼怜。这是相知相惜的夫妻间才会有的语气，这语气让岐国为之羡慕，也有点不快。

"真好。"过了一会儿，她缓慢地说。

"但现在你来了，一定可以帮我、教我。"

"教你认草药吗？"

"是。还有其他许多事，关于中原的许多事。另外，我从很以早前就有个想法，想延请中原名儒进入王府，教习孩子们学习中原文化，让他们的目光不要只盯在脚下的草原，而要看到草原以外的世界。"

岐国的嘴微微张开了。拖雷的这位夫人，真的让她刮目相看。

良久，她慢慢地问："我可以吗？"

"除了你，谁还能够帮我和拖雷呢？长生天把你赐给了草原，你会给草原、给我、给许多人带来福气。我有这样的预感。"

"可我……"

"公主，你能听我一句话吗？"

"你说吧。"

"在我们草原上，有一句话是这么说的：有陡坡处必有缓坡，有进路处必有退路。公主，人的一生如果必须经历起起落落，那也不一定就是坏事。留着心里的伤痕，还得往前走，往前看。"

岐国更加吃惊地望着苏如。这个年轻女人，似乎可以看透她的内心，看透一切。

"你……"

"公主，在路上的这些日子我会时常过来陪你的，等回到漠北，我还要陪你去看四季的草原。"

"对不起，我真的不明白你为什么要对我这么好。"

"你一定想不到吧，我的身世和经历都跟你很相似呢。"

"哦？"

"哪天我会讲给你听。"

"好。"

"另外一个原因，在我的心里，你像是我的一个妹妹。我曾经有过一个妹妹的，如果她还活着，也有你这么大了。"

苏如的目光和语气里流露出一种浓浓的伤感，这伤感在不知不觉中打动了岐国，使她向苏如敞开了心扉。这是真的，她喜欢有这样的一位朋友，当然，也希望有这样的一位姐姐。

拾

后来，苏如真的给岐国讲起了她的故事。

她说，她是当年草原第一大部克烈部王汗的侄女，王汗之弟札合敢不王爷的女儿。成吉思汗统一草原之际，王汗败亡，父亲札合敢不被迫投降。在款待降众的盛宴上，她的姐姐被父亲献给了成吉思汗。

她以为从此她的家人可以在成吉思汗的护佑下平静地享受荣华富贵了，她却一点都不了解父亲的苦恼。

事实上，父亲的内心从没有忘记过家族昔日的荣耀，也不愿永远居于成吉思汗之下。在父亲归降成吉思汗的第三个冬天，父亲率领部众反叛了成吉思汗。但是，这不过是一次以卵击石的尝试，成吉思汗迅速派出一支亲军击败了父亲的部众，并很轻易地将父亲、母亲和她的几个哥哥生擒。

随后，她的亲人被解往成吉思汗的金顶大帐。

谁都知道，成吉思汗一生从不原谅背叛者。在成吉思汗的金顶大帐，她的姐姐跪在成吉思汗的面前，请求他宽恕她的至亲骨肉。

姐姐苦苦哀求，拖雷和孛儿帖夫人也一起帮姐姐说情，终于，成吉思汗答应不治父亲的死罪，让他回到原来的封地养老。与此同时，成吉思汗却剥夺了父亲的一切权力，他把这权力转交给了她的哥哥。

成吉思汗只许父亲待在一个他特意命人为父亲准备的小帐子里，这个小帐子没有天窗，永远不能拆迁。

没有人敢违背成吉思汗的命令，包括她那已经成为一部之主的哥哥。其后不久，姐姐被成吉思汗赐给功臣，性情柔弱却对成吉思汗一往情深的姐姐受不了这个打击，被赐嫁没多久便去世了。当这个不幸的消息传到父亲耳中时，父亲大哭了一场，没有多久，他便在没有天窗的小帐子里郁郁而终……

这段辛酸的往事，苏如是在北返的途中讲给岐国听的。

苏如原本是个心细如发的女子，路上，她因为担心岐国受不了鞍马劳顿之苦，每天抽空陪伴她、宽慰她，而苏如的关心与坦诚，也进一步地拉近了岐国与这位拖雷夫人之间的距离。

但岐国仍旧有些想不明白："你不恨他吗？"

苏如知道，岐国口中的"他"是指成吉思汗。她微笑着摇头。

"为什么？"

"草原需要统一，需要和平，需要强大，这是无数草原人梦寐以求的愿望。成吉思汗带领草原人艰苦奋斗，终于实现了这个愿望，别说是成吉思汗，就是一个普普通通的牧民，他也不会允许任何人来破坏它。这是大势所趋，父亲却要逆天而行，他最后的结局只能如此。"

"可他是你的父亲啊。"

"是，我的父亲，一个给了我生命的人，也是生前最溺爱我和为我所敬爱的人。你以为我做了孛儿只斤家族的女人就不再爱他吗？不，不！哪怕过去一千年，一万年，他也是我深深热爱、永世不能忘怀的人。"

"那么你……"

"记得当时，得知父亲去世的消息后，拖雷立刻带我回家奔丧。父亲的遗容消瘦了许多，但是很平静，有一种解脱的感觉。成吉思汗顾念昔日父亲给予过他的帮助，同时也顾念姻亲关系，下令以贵族之礼将父亲安葬。然而，尽管有拖雷和哥哥全力张罗，父亲的葬礼仍然十分冷清，对于父亲的死，人们的态度普遍很漠然。这种漠然是发自心底的，并不是出于对成吉思汗权力的畏惧。人们漠然，是因为父亲的行为差一点让他们再次回到昔日的噩梦中，而那不堪回首的一切，使人们即使在父亲去世之后仍然不愿意原谅他的背叛行为。也就是在那时，我第一次意识到，身为父亲的女儿和孛儿只斤家族的女人，我该怎么做和做些什么。父亲下葬的那一天，天上突然下起了一阵疾雨，我跪在雨地里，把对父亲的誓言，一起埋在了他的身边。"

岐国深切地注视着苏如。她不会表露她的惊奇，可她真的很惊奇，她从没想到，在那个蛮荒之地，竟然会有苏如这样的女人。

当然，还有拖雷那样的男人。

这个女人，与她有着相似又不尽相似的身世和经历。这个女人，还是拖雷心爱的妻子……

"公主。"

岐国回神，轻轻地"嗯"了一声。

"一旦回到蒙古宫廷，我不知道你的身份会有什么变化，我又该面对怎样的一个你，但有一点，我喜爱你、需要你的心不会改变。我有信心，我一定能帮助你敞开心胸爱上草原。而你，也可以帮助我，帮助我的孩子们。我要他们跟在你身边学习许多知识，让他们长大后成为有用的人。"

"这就是你对你父亲许下的誓言吧？"

"是的，做一个无愧于孛儿只斤家族的女人，让父亲的在天之灵为我骄傲。"

有了苏如的陪伴，旅途不再显得那么孤寂。甚至有的时候，岐国希望这样的旅途永远不要结束，那么，她也就不必担心身份被最后确定。

她是金国的贡品。苏如劝她敞开心胸，但她永远不愿成为成吉思汗的女人。

晚上宿营的时候，成吉思汗经常会来探望她，多数情况下，他只待一会儿，跟她聊几句家常。对于她的态度，成吉思汗表现出一种少有的慈爱和克制，她把这当作成吉思汗对昔日金帝的尊重。

有的时候，她走出车帐还能见到拖雷。

或许还有别的男人，她记不住。她的心里、眼里只有这两个男人，成吉思汗让她不得不记住，拖雷让她不得不努力忘怀。

这让她很累，远远超过旅途的疲惫。

大军越过阴山山脉后，汗廷孛儿帖夫人派来迎接成吉思汗的队伍也到了，成吉思汗当即下令宿营，让大家尽情欢乐。

白天，岐国没见到苏如，天近黄昏时，苏如亲自来接岐国和梦璃参加一个盛大的篝火晚会。

岐国换上了苏如送她的蒙古袍，走出车帐，眼前不觉一亮。

原来，这就是苏如无数次向她描述过的草原。

夏季的草原，到处都是花的海洋，花的世界。

地面和空中萦回着成百种鸟类飞禽唧啾地鸣唱，兀鹰展开双翼，盘旋在空中，伺机捕获地面上的猎物。

鸭绒般的云朵中钻出一群鸿雁，在蔚蓝的湖面上投下翩跹的姿影。夜莺栖息在灌木丛中，像个骄傲的公主，不停地施展着美妙的歌喉。雪白的天鹅恰似涂着朱红的仙女，在湖泊、河面上振翅高飞，飘曳浮游在蓝色的波涛里……

一个魁梧健壮、身着戎装的年轻人匆匆向她们这个方向走来。看到他，苏如唤了一声："移相哥。"

"四嫂。"年轻武士应着，目光无意中触到岐国无嗔无忧的脸容，心头不由一震，愣住了。

"移相哥，这是公主。"

移相哥毫无反应。

"移相哥？"

移相哥猛醒，脸上顿时胀满了红潮。他以手抚胸，向岐国施礼，然后，不等岐国还礼，他便慌里慌张地走了，再没有一句话。

苏如笑嗔："这个移相哥，怎么像丢了魂似的。公主，你在金国宫廷的时候，听说过二王爷哈撒儿的名字吗？"

岐国点头。当然听说过，成吉思汗、哈撒儿、木华黎、哲别，这些人的名字，都是父皇的噩梦。

"移相哥是二王爷的儿子。二王爷已经是草原上家喻户晓的神箭手了，这个移相哥，箭法比二王爷还要厉害。在草原上，不知有多少姑娘崇拜着他，希望有朝一日能做他的新娘。"

岐国不感兴趣，没接话。

篝火晚会的地点设在绿草茵茵的两座山丘之间。而最大的一堆篝火，在离成吉思汗车帐五十步的地方点燃，这里聚集的多是成吉思汗的侍卫、功臣宿将以及他们的家眷，有数百人之多。

苏如正带着岐国和梦璃寻找一个合适的位置，一位年龄看起来比苏如略微年长一些的女子向她招了招手，要她过去坐。女子的容貌并不是很美丽，体态却修长窈窕，凹凸有致。

苏如让岐国坐在自己和这位女子之间，她给岐国介绍道："这是我三嫂乃马真。三太子窝阔台的夫人。"

岐国礼貌地向乃马真笑了笑。路上走了这许多日子，她还一次也没见过这位三太子夫人。

乃马真一把抓住岐国的手，夸张地摇着，"瞧瞧，到底是大国公主，这气质，这风度，真是与众不同！"

岐国心里不舒服，可又不好抽出手来。

"嗯，对了，公主，我该怎么称呼你呢？"

"叫我岐国吧。"

"那怎么可以呢？"乃马真别有深意地眨眨眼，这样一来，谁都看得懂她没有说出口的话外音。

一位德高望重的老者宣布，篝火晚会开始。

太阳一点点向西边沉去，岐国的目光越过人群，向四周眺望。晕红的夕阳下，蒙古包犹如点点白云，洒落在碧绿的草原上。弯弯曲曲的河流，珍珠般游动的羊群，火焰般炽烈的马群、牛群，浮云般飘荡的天鹅；美丽的姑娘、英俊的小伙子，勤劳慈祥的额吉，勇敢豪爽的阿爸……

　　这就是蒙古高原，蒙古人世世代代繁衍、生长的家园。人群中传出稚嫩的歌声，赞美炊烟缭绕的蒙古包：

　　　　因为仿制蓝天的样子，

　　　　才是圆圆的包顶；

　　　　因为仿制白云的颜色，

　　　　才用羊毛毡制成。

　　　　这就是穹庐——

　　　　我们蒙古人的家庭。

　　一个身材高大的年轻乐师此时正坐在人群中，拉响了马头琴。在悠扬的琴声伴奏下，乐师粗犷的声音应和着孩子天籁般的音韵。孩子继续唱道：

　　　　因为模拟苍天的形体，

　　　　天窗才是太阳的象征；

　　　　因为模拟天体的星辰，

　　　　吊顶才是月亮的圆形。

　　　　这就是穹庐——

　　　　我们蒙古人的家庭。

　　这一段被反复吟唱，应和，最后变成了所有将士的合唱。岐国望着一张张被战火熏黑，被晚霞映红了的脸，蓦然就有了一种久违的感动。

　　一百余年前，她的先民们想必也是如此豪放、热血沸腾吧？

　　乐师站了起来，最后一个音符在他的琴弦上奏响，久久回荡在天空与草原。

　　岐国总觉得这个乐师有些面熟，想了好一会儿，才终于想起他就是自己刚刚见过的移相哥，只不过他换了一身装束而已。

　　没想到，他的嗓音这么动听。还有那个小孩子是谁呢？怎么光听到他的声音，却没有见到他的人？

　　岐国正想着，人群稍稍向两边散开，一个被他们藏在中间的六七岁的小男孩从人堆里钻了出来。

　　"额吉。"他飞快地向苏如跑来。

　　苏如将他抱在怀中，在他的脸上响响地亲了一口，亲昵地说："我的小蒙哥，你唱得真好。"转向岐国，介绍道："公主，这是我的儿子蒙哥。"

蒙哥大睁着一双细长的、清澈的眼睛打量着岐国，岐国也怀着一种特别的感情凝视着这个孩子。小小的人儿，清俊、机灵，他的脸型比他父亲要瘦削一些，前额、嘴和鼻峰活脱脱是拖雷的模子，乌亮的眉眼却随了母亲。

"你好。"岐国用蒙古语问好。

"您好。"蒙哥礼貌地回答，然后问："您就是金国的公主吗？"

"是啊。"

"您长得比我见过的许多人都要高贵。"

岐国没想到蒙哥会这么说，好笑之余又有几分惬意。

蒙哥丝毫不认生，以一种庄重的语调继续说道："金国的公主，额吉说您懂得许许多多我们不懂的道理，您还带来许多有趣的书籍，以后，我可以到您的帐子里，看您带来的书吗？"

岐国笑了，这孩子真是太可爱了。

"当然可以。你很喜欢读书吗？"

"是啊，非常喜欢。父王和额吉给我请了先生，我和两个弟弟每天都要一起读书。您来了，我想我又多了一位先生。"

蒙哥的两个弟弟都是庶出，不是苏如的亲生子，这一点，苏如在闲聊中已经告诉过岐国。苏如身上所表现出的母爱十分强烈，不仅对自己的儿子蒙哥，即使对于自己丈夫的别妻所生的两个孩子，她也视如己出，百般疼爱。

或许，这就是草原上的女人？

而在她离开没有多久的那个宫廷中，这种事是无论如何不可想象的。

岐国问苏如："蒙哥什么时候到的？"

"大概是巳时吧，父汗下令宿营前。母后派人来迎接父汗的大军回师，我没想到，我的小蒙哥也在其中。"

"我想，四太子一定很高兴。"

"他呀，还没顾上跟他的宝贝儿子亲热一下呢。"

"是吗？"

"父王被祖汗派去做别的事情了，不过，我见到了祖汗。祖汗说我又长高了，还让我背《大札撒》（蒙古第一部成文法）给他听。"

"《大札撒》？"

"噢，就是在草原上人人必须遵守的准则，谁也不能违背。在南面的宋朝，在金国，应该被称作法律吧？记在纸上的那种。"

"我懂了，是成文法。"

"对。"

"蒙哥，你都能背得出吗？"

"我必须要背得出才行，我不能让祖汗失望。"

"你可太了不起了！"

蒙哥向岐国伸出手，碰碰岐国的手背，这是他接受了岐国的表示。

"蒙哥。"

"是，公主。"

"你随时可以来我这里看书，我很愿意教你。你看，这位梦璃姨娘，她懂好多国家的语言，她的父亲是金国了不起的大学士，你有不懂的，还可以向她请教。"

"我的天哪！难怪祖汗总说金国是藏龙卧虎之地，原来连你们这些女人都很厉害！"这句话说得一本正经，跟个小大人一样，岐国、苏如、梦璃三个人实在没想到，互相望望，都笑了。

只有一个人的脸色变得越来越难看了，不过，在被别人发现之前，她迅速地扭过脸去，假装饶有兴致地看着下一个节目。

恰在这时，她看到移相哥正从人群中悄悄地向她们这里张望。

她不由心念一动。

拾壹

按照成吉思汗的吩咐，孛儿帖将岐国安排在了离第一斡耳朵（宫帐之意，孛儿帖是第一斡耳朵的主人）不远的一处崭新的宫帐里。这里离苏如的住处也不远，而宫帐的规格一如孛儿帖本人，显示出成吉思汗对金国公主的敬重。

人们原以为凯旋后举行的盛大宴会上，成吉思汗一定会给岐国一个名分，但是没有，对于岐国的安排，成吉思汗只字未提。

于是，岐国的归属，开始成为人们茶余饭后谈论的话题。

没有迹象表明，成吉思汗要纳岐国为妃，除此之外，岐国倒与真正的孛儿只斤家族的女人差别不大。她要参加孛儿只斤家族的一切活动,宴会、狩猎、祭祀等等，在这些活动中，她的位置安排很微妙，表面上似乎是被列在孛儿帖夫人之下，但又明显不在汗妃之列。

人们百思不得其解：成吉思汗到底想要怎么安排岐国公主呢？难道他想将公主赐给自己的子侄之一吗？如果是，谁又会是那个幸运的男人呢？

一些人的心不由得开始蠢蠢欲动。

第一个坐不住的人是移相哥。

那一天，从见到岐国公主第一眼起，移相哥的心就被她牵住了，打动了。但他以为公主早晚是大汗的妃子，这种倾慕的感情他只能放在心里。若非大汗迟迟不肯纳公主为妃，他断然不会产生任何非分的念头。

偏偏岐国公主总要在不同的场合出现在他的面前——当然不止他，还有其他人，孛儿只斤家族所有的人——出现了，还要让他为之眩惑，他一直努力克制着，克制着，为了克制，他尽了自己最大的努力。

可是人性就是这样，越克制，感情越炽烈，越无法自控。

这是一段最折磨人的时光，他需要有人帮助他，他想到苏如，他相信，四嫂一定可以给他指点和帮助。

他来到苏如的大帐，却没有马上进去。他在犹豫，见了四嫂，他究竟该如何向四嫂表明自己的心意。

苏如在帐中，一边做针线，一边督促蒙哥和两个异母弟弟读书。苏如对这几个孩子管教甚严，每天下午，她都要亲自考问他们的功课，如果他们回答不上来，就要留在她的帐中看书。尤其是蒙哥，苏如决不允许他有一丝懈怠。

这一段时间，苏如的小腿浮肿得吓人，岐国担心她的身体，已经写信托人带到中都，她想请丞相完颜承晖设法将信交给许国祯，她在信中说，如果可能，她想请许国祯前来漠北宫廷效力。

由于皇后孛儿帖和四太子夫人苏如都把她当成自己人，而她以金国公主的尊贵身份也有权参加任何宫中宴会和蒙古国的忽里勒台（集会），这使她在漠北宫廷得到的消息远比在金国宫中得到的消息要多得多，当然也可靠得多。此前，因她所请，成吉思汗留在金国的将领奉命替她打听关于许国祯的消息，不久以前消息传回，许国祯的父亲许御医受到术虎高琪的构陷，被投入狱中，次日便传出许御医自杀的消息。这整桩事的前前后后都透着蹊跷，但个中原因扑朔迷离，谁也说不清楚。

父亲死后，许国祯似乎离开了中都。岐国想通过完颜承晖找到许国祯，将信交给他，至于许国祯最终如何决定，她只能听凭天意。事实上，她并不强求许国祯一定要留在漠北草原，但如果可能，她希望许国祯接到信后能够来草原一趟。许国祯尤擅妇科，素有神医之名，她希望许国祯能够留在苏如身边，直到苏如诞下婴儿。到那时，如果许国祯仍然坚持离开，她将倾尽财力相酬。

她的这些想法从来不会瞒着苏如，苏如完全赞同。由于身体的关系，苏如近来不太出去，岐国便每天都来看望她，移相哥来时，她刚刚离开。

移相哥看到了岐国远去的身影，他的心情平静不下来，正因为如此，他才没有马上进去。在见苏如前，他起码得先理清自己的思绪。

不知不觉地，移相哥在外面已经溜达了半个时辰。终于，苏如的帐门又开了，蒙哥带着两个弟弟告辞出来，他们大概完成了功课，一个个像小鸟一样快乐。

他们没有看到移相哥，手牵着手跑远了，移相哥好不容易下了决心，来到苏如帐前，请侍卫通报。

苏如闻报，亲自将移相哥迎了进去。

侍女奉上奶茶，退下了，苏如将腿遮在宽大的蒙古袍里，她的行动越来越不方便了，但她不愿让移相哥看出来。

移相哥环视着苏如洁净的帐子，没话找话，"我四哥还没回来吗？"

"他有公事，恐怕晚些才能回来。"

移相哥沉吟着，思索着下一句话该说什么。

苏如并不催促他。她其实从一开始就已看出移相哥的来意，但这件事的确令她为难，她知道自己帮不上移相哥。

帐中蓦然出现了一种尴尬的静默，而过去，移相哥与四嫂一向无话不谈。

"四嫂……"

"移相哥，你想对四嫂说什么？"

"我……"

苏如打趣地说："看你这犹犹豫豫、躲躲闪闪的样子，哪像是我们那位有着草原雄鹰之称的移相哥。"

移相哥吭哧了半天，憋得脸都发紫了。

"你真的什么也不打算对我说吗？"

"我……"

"你怎么样？"

移相哥豁出去了："我，我想求四嫂一件事。"

"你说吧，看我能不能帮上你。"

移相哥飞快地说道："是这样四嫂，我喜欢上岐国公主了，四嫂你能不能帮我向她求亲。"他生怕说得慢点，就再没有勇气说下去了。

苏如望着他，不知道该如何回答。

"四嫂，你是不是不愿意帮我？"

"不是不愿意，是我不能帮你，移相哥。"

"为什么？"

"你难道忘了吗？归巢的鸟儿，飞翔的速度不一样。钟情的人儿，相视的眼神不一般。如果你真的爱公主，喜欢她，你就应该先学着看透她的心，至少，也要看得懂她的眼神。你要牢牢记得，在情人面前，眼睛就能代替舌头。"

"我不懂四嫂的意思。"

"你会懂的。公主的心像大海一样，你可能永远不知道在幽深的海水里隐藏着什么，但是，海上的风，海上的波涛，是你能够看得到的。"

"四嫂，你能不能说得更直白一点？唔，我知道了，你是不是在暗示我，公主心里已经有人了？"

"我没有暗示你什么。移相哥，你是男人，要有勇气担当。如果你真的爱公主，就去对她说，哪怕她拒绝你，也要有被拒绝的勇气。"

"我懂了，我会的。"移相哥站了起来说。

岐国没想到移相哥会来她独自居住的小帐求见。她犹豫片刻，实在找不出理由拒绝，只好让梦璃去请移相哥进来。

岐国自来到蒙古已度过了两个月的平静时光。在这两个月中，她经常需要与其他的王公贵族及其家眷一道参加在蒙古宫廷中举办的各种宴会，因此她知道这位移相哥乃成吉思汗的侄子，同时也像他的父亲二王爷哈撒儿一样，是一位在草原上久负盛名的神箭手。但仅此而已，对于移相哥的禀性为人，她根本不了解，而对于移相哥今天为什么突然光临她的宫帐，她更是百思不得其解。

移相哥鼓足勇气，随梦璃走进了岐国的宫帐，岐国早从书案前站起身来，以目相迎，算是一种礼貌，一种欢迎。

岐国所住宫帐的规格与成吉思汗其他嫔妃的宫帐相仿，尽管成吉思汗一直未将岐国纳为妃子，不过，岐国毕竟是大国公主，她在孛儿只斤家族中所得到的礼遇，甚至还要高过除孛儿帖夫人之外的其他女眷。

岐国生性恬淡，与世无争，每日除了与书为伴，最大的乐趣就是接待经常来看望她的苏如和孛儿帖夫人。她与她们和睦相处，尤其是苏如。对她而言，苏如就如同她的姐妹一般，以一种独特的方式让她熟悉着草原。她知道，这位贤惠的女子不仅要时时刻刻操心着她饮食起居，还总有那么多的幻想会告诉她，有那么多的问题喜欢问她，而相应地，她也跟着苏如学到了不少东西。

她的归属问题一直为草原人津津乐道，她并不为此憎恨成吉思汗，事实上她倒很感谢成吉思汗不动声色地恢复了她的自由身。

在强大的蒙古铁骑和成吉思汗面前，作为国家的贡品，她原本没有选择自由的权利，但成吉思汗的放弃成全了她，现在的问题只是，她自己还没有做好重新开始的准备。她努力强迫自己心若止水，可是她的心仍会隐隐作痛，当她在宴会上与拖雷面对，当她偶然走出宫帐的某一时刻与拖雷相遇，她的心上就会有一个尖锐的东西划过，痛得她无处躲藏。

她时常为此彻夜难眠，而到了早晨，不管她的泪水是否洇湿了枕角，她还得打起精神继续做好她的公主。

梦璃请移相哥坐下了，这个有着高大结实的身板和一副大嗓门的男人，在两个女人面前居然格外拘谨，不断擦着从额头上渗出的汗珠。

岐国示意梦璃去取毛巾来，她没想到这样凉爽的天气还会把移相哥热成这样。

梦璃将毛巾递给移相哥时，移相哥慌乱中竟抓到了她柔软的手指，他越发慌了。梦璃的脸也微微一红，不过仅仅瞬间，梦璃又恢复了常态，去给公主和客人倒茶。

岐国对所有的一切都恍若未见，她知道移相哥冒昧地前来一定有话要说，如果移相哥不说，她也决不会主动询问。

孩儿茶的清香在宫帐中弥漫开来，移相哥好不容易才挤出了几个字来："公主，我，我……"

岐国抬眼望着移相哥。

岐国总是这样，不喜欢说话也不喜欢笑，男人与她在一起往往会感到压力，甚至会无所适从。可不知为什么移相哥就是迷恋她这种沉静、高贵的样子，而且还不是一般的迷恋，他简直迷恋到无法自拔的地步。

是不是正因为如此，三哥的夫人乃马真才看穿了他内心的秘密，才会在他离开四嫂苏如的帐子之后把他叫过去，给了他许多忠告和鼓励，才会让他此时此刻鼓足勇气坐在岐国的面前？

梦璃将茶水放在岐国和移相哥的面前，然后悄然出去了，她知道有她在场，移相哥一定更是有话说不出来。

移相哥慌乱地端起茶杯喝了一口，又急忙放下了，茶水很烫，烫得他不由自主地吸了一口气，差点儿将茶水吐了出去。

岐国终于开口了："王爷。"

在蒙古草原的这段时间，岐国学会了一些简单的常用语。她原本蕙质兰心，聪明绝顶，学习语言对她来讲并不是一件非常困难的事情。何况，想与苏如交流的心愿，想有朝一日与拖雷自在交谈的心愿，都给了她学习的动力。

移相哥将茶水咽了下去，"啊？"

"您来……有事吗？"

"没事。啊，不，有事。是这个。"移相哥手忙脚乱地从怀里摸出一个锦盒，递在岐国的面前。

"这是什么？"

岐国接过锦盒，打开来，锦盒里面的粉绸上，放着一支梅枝状的纯金金簪，金簪的工艺极其精巧，显然价值不菲。

"这是……"

"是……是我得来的，送给你。"

乃马真说，只要公主收了金簪他就可以趁热打铁向公主表白心意。可是乃马真并没有告诉他，如果公主拒绝接受他又该怎么办。

岐国只在盒中看了一眼金簪便将锦盒合上，推还给移相哥，慢声细气地说道："谢谢你的好意，不过，我一向不习惯戴这些东西，你还是拿去送给其他人吧。"

移相哥如同被兜头浇了一盆冷水一样，他抬头紧紧地盯着岐国，一张脸渐渐地涨成了青紫色。

他的神态，让岐国心中暗暗一惊。她不知道自己是不是已然伤害了这个男人的自尊，如果是，这个男人盛怒之下，该不会做出什么出格的举动吧？

事实证明，她多虑了。移相哥站起来，礼貌地向她告辞了。

拾贰

乃马真扭动着腰肢进了移相哥的帐子，移相哥睁着一双血红的醉眼望着她，片刻，向她举了举杯，笑道："你……你也要……要来一杯吗？"

乃马真坐在移相哥的对面，从他手里一把夺过酒杯，重重地蹾在桌子上。移相哥打了个饱嗝，酒气喷在了乃马真的脸上，乃马真不由得皱紧了眉头。

"你……为什么……不要我喝……酒？"移相哥的口齿纠缠不清。

乃马真冷冷地问："她拒绝你了？"

移相哥打着嗝，笑道："你知道……还问？"

"瞧你这副德行，她怎么可能不拒绝你！你哪里像是神箭哈撒儿的儿子，你真给你父王丢人！"

"我……我父王？我父王……是什么样？"

"至少你父王不会遇到点挫折就躲在帐子里把自己灌得烂醉如泥。我真不敢相信，我一直以为你是我们草原上最令人骄傲的雄鹰，没想到你还不如一只爱惜自己羽毛的锦鸡。这点挫折算什么！她拒绝了你，你可以再想办法呀。你想，既然成吉思汗不打算娶她，她总要在草原上嫁个人才行。"

"她要……要嫁人关我什么事？"

"真笨！难道你不可以想个办法嘛，让她只能嫁给你？"

"啊？"移相哥一惊，酒顿时醒了大半，"难道你让我……不行，不行，这我不干！我移相哥好歹也是个堂堂男子汉，怎么能做这种乘人之危的事？再说，这位公主也够可怜的了，她人又那么娇弱……"

"想不到我们的移相哥也会怜香惜玉。不过，你猪脑子啊，谁说一定要让你霸王硬上弓了。"

"那你什么意思？"

"我的意思是说，你可以光明正大地去请求成吉思汗同意啊。成吉思汗同意的话，岐国公主……你想想，她又能如何？"

"你是说让大汗为我赐婚？"

"对呀，这难道不是个好办法吗？"

"好！好是好，谁知道大汗是怎么想的。也罢，我听你的，现在就去求见大汗，请求他赐婚。"

"不行。现在不行。"

"怎么又不行了？"

"你也不想想，你这个样子去，满嘴酒气，父汗会同意你的请求吗？等明天吧。记住了，明天，你要清醒着去请求成吉思汗，你可不能再喝酒了。"

"哦，好吧，我听你的。"移相哥醉眼蒙眬地望着乃马真，真心实意地说："没想到在这件事上帮我的人会是你，我原以为……"

"原以为什么？原以为只有你的苏如四嫂才肯帮你，是吗？可笑！你的这位四嫂太聪明了，她怎么想，我清清楚楚。她这种女人——"

"不许你说我四嫂的坏话，她是个好女人，最好的女人！"

乃马真眼珠一转，"我没有说她坏话，我只是提醒你，如果你再不抓紧行动，或许坏了你好事的，就是你的这位好四嫂！"

"什……什么意思？"

"慢慢地，你会明白的。好啦，我先走了，别忘了明天去见大汗啊。"

走到帐门前，乃马真正要推门，似乎又想起了什么，回头望着移相哥，意味深长地补充了一句："你苏如四嫂待岐国公主亲如姐妹，你不觉得，她或许真的很想与公主成为姐妹吗？"

说完这句话，她推门离去了。对她这句没头没尾的话，移相哥琢磨了好久才醒过味来。

亲如姐妹？成为姐妹？

果真如此，四嫂暧昧的态度就可以得到解释了。

一层薄雾披在连绵起伏的丘陵草原上，山风掠过，渐渐驱散暮霭。

一队身着牛皮铠甲的蒙古骑兵急速驰骋在蓝色的原野，旷野里，"嗒嗒——

嗒嗒——"的马蹄声格外响亮。

斡难河边的蒙古大营，九旄白纛迎风招展，传令兵在离大帐两箭远的地方勒住坐骑，翻身下马，缰绳在马鞍上挂牢，然后随侍卫走近金顶大帐。

"传令兵有紧急情报禀报大汗！"侍卫朗声通报。

不多时，里面传来了一个声音，"知道了，已经启奏大汗！"

话音甫落，侍卫长跨出大帐，将传令兵引了进去。

肃穆的大帐中，成吉思汗正与耶律阿海下棋。耶律阿海是契丹人，才兼将相，成吉思汗攻金之初他即主动款服，这些年，他与汉将郭宝玉一样，深得成吉思汗信任，被成吉思汗视为左膀右臂。

传令兵直驱大帐中央，跪地施礼。

"什么事？"成吉思汗手里旋着棋子，眼睛盯着棋盘，问道。

"回大汗：金国宫廷传来消息。"

"讲。"

"河南王完颜珣已与都元帅术虎高琪密定迁都之事。"

"哦？"成吉思汗目光一闪，"迁往何处？"

"汴京（今河南开封）。"

"你说密定？也就是说，迁都一事尚未公开商议。"

"是这样。"

"消息确切吗？"

"应该不会有错。消息是三公主派人送回的。"

传令兵所说的三公主，是指成吉思汗的三女儿阿剌海。阿剌海坐镇净州，是北平王镇国的夫人。早年，成吉思汗曾派妹夫宝图进入金国活动，宝图一手创建了蒙古在金国的情报网。蒙古第二次攻入金国时，宝图病逝，临终前，他将业已成熟的情报网交给了耶律阿海的族弟耶律容沁。多年来，耶律容沁一直都是宝图麾下最得力的助手，而与此同时，他也是三公主阿剌海的挚友。

不仅如此，阿剌海似乎还有别的情报渠道。

既然消息是女儿派人送出的，成吉思汗便不再怀疑它的真实性和准确性。

"公主是否告之，这个计划如今进行到了哪一步？"

"近期恐怕要与群臣商议此事。据三公主掌握的情报，完颜珣决心已定。"

"哦？"

"哦"了一声之后，成吉思汗没有再说别的，而是将棋子放在棋盘上，抬眼向耶律阿海一笑："你输了。"

耶律阿海沮丧地叹口气："微臣恐怕永远不是大汗的对手。"

"还下吗？"

"听凭大汗吩咐。"

"今天就这样吧。"

"是。"

耶律阿海细心地收起棋盘、棋子。成吉思汗示意侍卫将传令兵带下去吃饭、休息。

"你怎么看？"成吉思汗问耶律阿海。

"这是好事。"

耶律阿海不会误解成吉思汗问话的用意，他的目光与成吉思汗的目光相对，君臣脸上同时露出心照不宣的笑容。

只要完颜珣确定迁都，中都城兵力空虚，他们便可乘虚攻下中都城……

"大汗。"

"什么？"

"臣想，应该有所准备。"

"去做吧。这件事，暂时不必张扬。完颜珣既然确定迁都，很快会与群臣商议，而我们的出兵之日，当在完颜珣离开中都之时。"

"臣明白。臣请往金国一趟，统领乣军驻守中都郊区的札达将军是契丹人，与臣相知甚深。大汗两度攻金，契丹族将领降者甚众，完颜珣已经失去了对契丹人的信任。如果迁都，札达必定扈从，他想必也清楚，一旦他跟随完颜珣进入河南地界，完颜珣一定会下令除去乣军。乣军是一支可贵的力量，只要运筹得当，使其归附大汗，就将使我军未战而先胜一局。"

"好，很好。你想得很长远，也很现实。对了，阿海，你可是要由净州境进入中都？"

"对。大汗是不是有话要臣带给公主？"

"你跟三丫头说，那边的事，她还要多留点心才行。中都有容沁坐镇，她居中联络，切不可掉以轻心。"

"这个您大可放宽心怀。公主的能力，臣心中有数，大汗心中更有数。"

"好。劝降札达一事，时机、方式皆由你定夺。需要什么，你可与阿剌海和容沁联系，他们会给你提供最好的帮助。"

"臣遵旨。"

耶律阿海躬身而退，刚出帐门，看到孛儿帖夫人正向这边走来。耶律阿海急忙站在一旁，一边恭迎夫人，一边代为通禀："大汗，夫人来了。"

孛儿帖知道耶律阿海要走，就在门前与阿海寒暄了几句。

"孛儿帖，进来吧，陪我下几盘棋。"成吉思汗洪亮的声音传出帐外，阿海恭送孛儿帖进帐，然后匆匆离去。

在下棋上耶律阿海远不是成吉思汗的对手，成吉思汗只赢不输，意犹未尽，很想与孛儿帖再杀上几盘。作为结发夫妻，在三十余年相濡以沫的岁月里，但有闲暇，孛儿帖经常会陪成吉思汗下棋。她头脑冷静清醒，棋艺非凡，绝不亚于成吉思汗本人。因此，凡以孛儿帖为对手，成吉思汗最好的"战绩"也就是输赢各半。而这一点，恰恰成为成吉思汗对与孛儿帖对弈乐此不疲的主要原因。

早有侍卫将棋盘重新摆上，成吉思汗揽着孛儿帖的手，夫妻刚刚坐定，帐外侍卫通禀："移相哥王爷求见大汗。"

成吉思汗命传。

移相哥进帐，正欲施礼见过大汗和夫人，帐外侍卫又高声禀报："四太子夫人苏如求见大汗。"

成吉思汗和孛儿帖互相看了一眼，成吉思汗笑道："你一来，我的大帐立刻热闹起来了。"

孛儿帖微笑。

"让她进来吧。"

不用成吉思汗派侍卫迎接，苏如已经走进大帐。

"父汗，母后。"刚刚进门的苏如正欲施礼，突然"哎哟"了一声，弯下了腰，脸上露出痛苦的表情。

成吉思汗和孛儿帖夫人吓了一跳，顾不上跟移相哥说话，孛儿帖离开座位，快步走到苏如身边，弯腰握住了她的手，连连问道："怎么啦？哪里不舒服？是不是肚里的孩子……"

苏如全身大汗淋漓，已经说不出话来了。

　　成吉思汗喝令侍卫："快去请仲禄大夫！快！"

　　移相哥第一个跑出帐外，去接刘仲禄。成吉思汗和孛儿帖守在苏如的身旁，两颗心揪成了一团。

　　天哪，但愿不是胎儿……

中卷　妾心如月君似海

　　他爱上了她。他说，他要与公主心上的那个人展开竞赛，谁胜，谁才有资格成为她的丈夫。她清楚，这是一场没有悬念的竞赛，然而，无论胜负，她只将心给她爱的人。

　　在她坚定的双眸中，他将手中的箭对准了掠过天际的一对秃鹫。

壹

乃马真紧张地望着奥都朝克，她真希望奥都朝克告诉她，苏如肚里怀的是个女孩，她无须为之担心。

足足等了半个时辰，奥都朝克终于从天国回来了，他停止了手舞足蹈，睁开双目，全身放松。

乃马真急切地问："怎么样？是男是女？"

奥都朝克并不急于回答，而是慢慢走回到大帐中间，席地而坐。

"你快说啊。"

"六夫人莫急。是个男孩。"

乃马真脸色一变，"真的是个男孩？"

"天父透露给我的，不会有错。天父说，苏如的第二个儿子以后会成为一个了不起的人，他将和他的大哥蒙哥一道，将权力永远地从窝阔台家族中夺去。但是蒙哥的成就恐怕还不及他。六夫人，这是天父对我说的，你不可不信，更不可不防。"

按照奥都朝克半年前请回的天意，窝阔台将来能够继承父亲的汗位，对此，乃马真深信不疑。然而，越是如此，她对四太子拖雷越是忌惮，特别是拖雷的妻子，她的妯娌苏如，她有时甚至将苏如视为自己命定的克星。

"我知道，我知道，所以我才会到你这里来，要你帮我弄个明白。那样一个金光灿灿的王冠，明明带在三太子窝阔台的头上，却被蒙哥伸手摘下来了。我喝令蒙哥放下，蒙哥不听，抱着王冠就跑，往山林里跑，我在后面紧紧追赶。眼看着就要追上了，谁知道恰在这时，从山林里，哦，不，天知道是从哪里，突然跑出来一个小男孩，蒙哥叫了声'弟弟，接着'，便将手里的王冠抛给了小男孩。小男孩稳稳地接在手中，挑衅似地向我摇了摇，笑了笑，随即化作一道红色的光芒，落在东方的山梁上。我吃惊极了，定睛看去，只见山梁上站着一个人，一个女人，她的周身沐浴在橘红色的光芒中，我看不清她的脸，可我知道她是苏如。这个孩子，一定是苏如的孩子。"

"是，我知道这个梦让夫人很担忧，否则，夫人也不会来找我。"

"果真吗？苏如肚里怀的这个孩子果真就是我梦中的孩子？"

"对。"

"也就是说，只要除掉了这个孩子，拖雷家族便不足为惧？"

奥都朝克轻蔑地笑了一下。

"你笑什么？"

"夫人没听懂我的意思。"

"你的意思？什么意思？"

"我的意思是：你若想永远消除心中的恐惧，就决不能单单想着如何除去苏如夫人正怀着的孩子，而是要考虑如何阻止苏如夫人再度怀上孩子。"

"我不懂……"

"像六夫人这样聪明的女人，怎么会听不懂我的意思？你除掉了苏如夫人肚里的这个孩子，她还会怀上下一个孩子，蒙哥还会有弟弟。只有让她再不能生育，才是唯一的可以一劳永逸的办法。"

"你要怎么做？"

"不是我要怎么做，而是夫人要怎么做。夫人，你选择吧。"

乃马真的身上不知不觉地打了个冷战，她抬眼望着奥都朝克，奥都朝克仍是一副镇定自若、莫测高深的表情。

选择？

奥都朝克的意思她懂，可是这样一来她要冒很大的危险，搞不好，还会要了苏如的命。她恨苏如不假，但她的恨还不足以让她杀死苏如。不，她不能做得太绝，若苏如只是不小心小产还好，若是死了，万一成吉思汗追查下来，说不定就会追查到她的头上，到那时，谁也救不了她，她面临的将是五马分尸的酷刑。

不，她不敢，再说，她也没狠毒到这般地步。

奥都朝克眯起了眼睛，左右摇摆着脖颈，他不用看乃马真，也知道乃马真在想些什么。

女人就是女人，成不了什么大气候，即使像乃马真这种性格强悍的女人也不例外。乃马真如何决定对他而言都不是问题，说白了，他不感兴趣。

微妙的寂静漫长无边，不知过了多久，乃马真终于拿定了主意。"也罢，先弄掉她肚里的这个孩子再说。我听别人说，有的女人一旦流过产，以后再不能怀孕，我们不妨赌一把吧。"

奥都朝克冷冷地说道："不是我们，是夫人你。"

乃马真心中暗暗骂了一句："老东西，在我面前摆不够你通天巫的臭架子吗？早晚有一天我会让你好看。"面上却依旧不动声色："无论如何，得先除掉苏如肚里的这个孩子。你有办法吗？"

奥都朝克盯着乃马真看了好一会儿，看得乃马真心里都有些发毛了，他方才慢悠悠地站起，走到箱子前，从箱子里面取出一个小纸包，交给乃马真。

"这是什么？"

"药。"

"这药怎么用？给她喝下吗？"

"不！当然，如果你想被人发现，给她喝下药效会更直接。不要跟我争辩，我知道你没这胆量。所以，你只需要把我给你的药装进香囊里，挂在衣服上，然后，只要你能想办法让你的弟媳跟你待上半个时辰，保险起见一个时辰更好，她在离开你之后肯定会在毫无征兆的情况下突然流产。而你，既达到了目的，还不会露出任何破绽，这不正是你所需要的吗？"

"这药，果真有这么神奇吗？"

奥都朝克根本不屑回答，回到自己的座位上，将手一挥，做了个要乃马真离开的手势。

乃马真心里对奥都朝克一贯妄自尊大的做派厌恶已极，并不致谢，转身离去。她的脚步很重，很有力量，奥都朝克望着她的背影，蓦然发现，这个女人挺直的背影无意间流露着某种杀气，即使当这个女人已经离开了他的帐子，却仍把这股杀气留在了帐中。随之，这股杀气一点点侵入了他的肌肤，让他燥热的全身迅速冷却下来。

奇怪，真奇怪，多少年来他还是第一次对一个女人充满杀气的背影产生了一种莫名其妙的渴望，尽管这种渴望算不得极其强烈，却已经让他为之惊恐不安。

作为一个令人敬畏和景仰的通天巫，奥都朝克所坚守的原则是：他会无条件地满足一个虔诚的"信徒"所提出的一切愿望，只要这个"信徒"可以奉上足够的资财达到让他动心的地步。而至于"信徒"提出的愿望是否正当，则不在他的考虑范围之内。因此，一般情况下，有能力求他施以帮助的多是些王公贵族，而他也总能令他们满意而归。有求必应带给他显赫的威望，但他坚守着两样铁一般的规则：第一是决不接待女人，他认为女人对他而言永远都是个麻烦；第二是决不染指权力。多年前，通天巫呼克出凭借神权的力量，曾做过试图与成吉思汗分庭抗礼的努力，最后却落了个死不见尸的下场。这对他永远是个警示，他决不会让自己重蹈覆辙。

今天，他能在自己的帐子里接待乃马真，这的确是他多年来为数不多的几次破例之一。他无法拒绝这个女人，这个女人仿佛是野性和野心的混合体，而他，正是身不由己地被她这种坚强冷酷、毫不容情的气质所吸引。她对他的吸引，如同一只机灵的猎物吸引着一头极度饥饿的狼。

不过，这个女人在吸引他的同时，早晚有一天会要了他的命，他有这样的预感，这是长生天给他的启示。

乃马真直到走出很远，才停住脚步，回头向奥都朝克的帐子张望了一眼。她来的时候没太注意，原来这个里面阴冷潮湿、隐隐散发出一股奇怪的草药气味的帐子，竟远远地避开了人烟，孤寂地竖立在山谷之下。

乃马真的嘴角微微一翘，牵出一个冷酷的笑纹。

奥都朝克，这个离群索居的男人，因为身上具备着某种被他人反复渲染的神秘力量，令草原上的王公贵族们对他趋之若鹜。她是通过奥都朝克的小徒弟尔鲁说情，并暗暗奉上了一笔可观的资财才终于见到他。从见到他的第一眼起，她便知道这个男人一定可以帮助她，她需要这个男人的帮助，一旦这个男人帮助了她，便意味着他将在她的面前永远闭上他的嘴巴。

当然，也永远闭上他的眼睛。

下午，乃马真套了一辆马车来到苏如的帐子，她带来了几种从汉地弄来的花样子，请苏如帮她选一种绣在窝阔台的袍服之上。选好花样子之后，她便待在苏如的帐子里安静地做了差不多一个时辰的针线。苏如以前很少看到乃马真绣花，更别提是跟她这位弟媳在一起做一件她平素不喜欢的事情。然而，对乃马真突然迸发的绣花的热情，苏如并没有深想，她的个性原本随和，虽然她明知道乃马真对她怀有很深的成见，却从来没有真正跟乃马真计较过。

在她的心中，乃马真始终是她的三嫂，妯娌之间，并没有什么过不去的事情。

乃马真一直将领口的花边全部绣好才告辞离开，苏如留她吃饭，她拒绝了，说要回去等窝阔台回来。苏如猜测乃马真一反常态地急于讨好三哥窝阔台，一定是有什么要事商议，便不再勉强，拖着沉重的身体将她送到帐外。

乃马真正要上车，突然想起什么，问苏如："今天怎未见到岐国公主？"

苏如回道："她上午来过。下午，蒙哥小哥仁非要带她去百花谷，想必她跟他们去了那里。"

"噢，是这样。"

乃马真一边上车，一边若不经意地说道："移相哥对岐国公主真是迷恋得很，昨天我听他说，等他吊训完马匹回来，他要亲口向父汗求亲呢。"

苏如心中一惊，"他什么时候说的？"

"昨天傍晚，我偶然遇到他，他喝得有些醉了，对我说起此事。我想，他大概是希望向我这个做嫂子的讨个主意吧，可是这种事我又能有什么主意！我让他来找你，他说，你不肯帮他。他还说，如果大家都不肯帮他，他会亲自向父汗提亲。他相信，父汗疼爱他，一定会成全他的。"

说完这番话，乃马真向苏如挥挥手，驾车离去了。

苏如思索着乃马真的话，终究有些放心不下。片刻，她离开帐子径直往成吉思汗的金顶大帐而去。她很清楚，一旦成吉思汗失口答应了移相哥，那一定会同时害了岐国公主和移相哥两个人，她比任何人都能洞察岐国公主的心思，无论如何，她得帮公主实现她的心愿。

事有凑巧，她来到金顶大帐时恰好看到移相哥站在帐前。她紧随移相哥之后求见父汗、母后，按照她的想法，如果移相哥真的向父汗和母后提亲，她一定得想个办法把这个话题岔过去。没想到她刚刚走进帐中，蓦觉小腹一阵剧痛，瞬时间，一股鲜血顺着她两腿间汩汩而下……

贰

刘仲禄尽了最大的努力，最终还是没有保住苏如肚里的孩子。苏如怀的是个男孩，胎儿已经成形。成吉思汗虽然为此感到惋惜，但是现在对他和孛儿帖来说，更重要的是苏如的安危。

岐国从百花谷回来，几乎和巡营归来的拖雷同时出现在苏如的宫帐之外。

岐国是闻讯赶来看望苏如的。刘仲禄命人传话，苏如夫人刚刚脱离了生命危险，他请拖雷入帐。成吉思汗和孛儿帖夫人见儿子已然回来，决定还是先回金顶大帐，等候进一步的消息。

岐国跟在拖雷的身后进入大帐。无论如何，她一定要亲眼看一看苏如，无论如何，她不能让苏如离开她。

黯淡的灯光下，苏如的一张脸血色全无，惨淡如纸。岐国俯视着苏如的脸，泪水不断地流过面颊。苏如的神情恍惚，岐国猜得出她在想些什么。她真的猜得出来，如果可以，苏如一定希望长生天将她的孩子留下，让她去死。

是的，苏如宁愿死，只要能让她的孩子活着。

拖雷轻轻握住了苏如冰凉的双手。岐国看到，他的眼圈早已红了，他强忍着不让自己流泪，是因为她正站在他的身边。他是多么钟爱他的妻子啊，失去了孩子固然不幸，苏如却有幸拥有这样一个爱她至深的男人。

"苏如。"拖雷轻唤着妻子的名字。

苏如费力地转动着眼珠，呆滞的目光落在拖雷的脸上。

良久，她嘤嘤出声，"拖雷，我们的孩子……"

岐国两腿一软，不由自主地在床边坐了下来。蓦然，她闻到一股淡淡的香气，这香气有一些熟悉，似乎很久以前，她曾在什么地方闻到过类似的气味。

她的目光在苏如的宫帐中逡巡。她敢肯定，大夫并没有在帐中煎过草药，而且，整个宫帐中没有一束花草，正因为如此，这香气的出现才实在显得有些突兀，也让她隐隐地有些不安。

难道，一切只不过是她的错觉使然吗？

拖雷轻拂着苏如脸上的泪水。他是苏如的丈夫，他比任何人都清楚，失去了这个孩子，苏如的心里有多么痛苦。自生下蒙哥，女儿又早早夭折之后，苏如一直没有怀孕。那一天，当苏如确定自己终于又怀上了身孕时，她欣喜若狂的表情让拖雷至今都难以忘怀。然而就在那天晚上，拖雷梦到不儿罕山上一棵郁郁葱葱的大树突然枝叶零落，梦醒后，他的心中充满忧虑。但他不敢将这种忧虑透露给苏如，他只是小心地呵护着苏如和苏如肚里的孩子，没想到最后……

苏如透过蒙眬的泪眼，看到岐国也在她的身边，她立刻向岐国伸出了手。拖雷起身，让出了位置，岐国移坐在苏如的身边，将苏如的手握在自己的手中。

"公主。"

"苏如。"

"公主，我正在想着你呢。"

"我知道，苏如，我都知道，所以我来了。只是，你要听我的，千万不要因为伤心而绝望，特别是遇到这样的事情，你更要好好地保重身体，快一点好起来。将来，你还会有很多很多孩子的。一定会的，相信我。"

"可是，这个孩子我真的怀得很不容易。"

"是。以前听你说过，我就在想是不是蒙哥出生后你的身体出了些问题。前一段你的两条腿肿得吓人，我更觉得自己的判断是对的。苏如，我想帮你。你知道吗，我在金国时认识一位杰出的大夫，他尤其精通治疗各种妇人疾病，我已经写信去请他前来蒙古高原了，如果他接到我的信，一定会尽快赶来的。我对他有信心，只要他来了，将你身体上的隐疾治好，你再次怀有身孕就不成问题了。可是，在此之前你得乖乖地听我的，你必须振作起来，只有这样，你才能再做母亲。"

苏如点了点头。岐国的话给了她很大的安慰，在这种时候，似乎也只有岐国才能使她悲哀的心绪平复下来。她很庆幸长生天把岐国送到蒙古高原，送到她的身边，更庆幸自己那么喜欢岐国，与她情如姐妹。

拖雷站在岐国的身后，默默倾听着两个女人的交谈。

自从岐国被河南王当作社稷贡品献给父汗，随后又以金国公主的身份进入蒙古宫廷，他总在有意无意地躲避着她。他不知道自己为什么会如此，可是，他没办法，每当他面对岐国的时候心里总是很慌乱。这个气质高贵的女子，像透过薄薄云雾的一束明亮的阳光，令他不敢将视线移向光的方向。

严格地说，他与岐国几乎没说过几句话，但他竟像苏如一样全无保留地相信她，相信她请来的大夫一定可以治好苏如的病，而事实上，这种全身心的信任并没有任何道理可言。甚至可以这么说，除了三姐和苏如，他还从来没有像信任岐国一样信任过任何别的年轻女人。

父汗对岐国的归属一直没有做出任何决定，越是如此，他越不敢接近岐国。他担心自己无法把握与她接近的尺度，从而在无意间伤害了这个纯洁的好女孩。因此，无论岐国与苏如的感情多么亲密，他在自己这一方面都小心地选择了回避。

偶然地，当他想到岐国早晚有一天会成为别人帐子里的女主人，他的心里也会莫名其妙地产生一种惆怅，一种沮丧，但是，他从不允许自己多想，有些事情他是绝对不能想的。

岐国的安慰，果然使苏如的情绪渐渐稳定下来。虽然失去孩子的痛苦不可能立刻得到缓解，可是岐国说她已写信去请名医这件事对苏如真的有一种奇妙的镇定作用。此时此刻，苏如心里最急迫的一个念头就是，她要快些养好身体，然后再要一个孩子。

她不能没有孩子，无论儿子还是女儿，她都想要。她与乃马真不同，乃马真生性不喜欢小孩，总嫌带孩子太麻烦，哪怕她已为三哥生了几个儿子，她仍然不喜欢孩子。但她不一样，她是不能没有孩子的，她太爱孩子了，如果她不能生育，那对她来说才是人世间最悲惨的事情。

刘仲禄熬好了药端了进来，岐国从他手里接过药碗，细心地给苏如喂着药。刘仲禄和拖雷互相对视了一眼，心照不宣地离开了宫帐。他们知道，这种时候，苏如或许更需要一位知心的姐妹而不是丈夫或者大夫。

岐国俯视着苏如稍稍浮上一丝血色的脸。她实在佩服苏如，苏如是个性格坚强的女人，从她努力吞咽着苦涩药汁的样子，岐国就知道，这个女人，不论遇到什么样的灾难，都不会轻易地被击垮。

宫帐中，弥漫着药草浓郁的气味，除此之外，自岐国进帐就隐约感觉到的那种奇怪的、淡淡的香气依然在她的鼻翼间萦绕不散。岐国天生对香气很敏感，她喜欢淡雅的香气，然而苏如宫帐中的这种淡香却一再地令她为之心悸。

怎么回事？究竟是怎么回事？她到底在哪里闻到过这种淡淡的清香？为什么她会没来由地感到害怕呢？

也许是觉察到了她的不安，苏如喝完药，看着岐国将药碗放在一旁，轻声问道："你有心事。难道，有什么事情不妥吗？"

岐国吃惊地看了苏如一眼。这个女人太聪明也太细致了，在她的面前，你很难将自己完全遮掩起来。

"不是。"

苏如抓起岐国的手，她原本冰冷的手指多少有了一些暖意。

"你是不是有点担心，怕我的病好不起来，再也不可能生孩子了？果真如此，这也是命。"

岐国摇了摇头道："不是的，苏如，相信我，你将来一定还会有很多孩子，对此我一点都不怀疑。你说我有心事，是因为我想到了一些别的事情。"

"别的事情？"

"是。那会儿，我还在宫中……"岐国顿住了。

脑海里闪过一道光亮，一件久被遗忘的事情在一瞬间浮上她的心头。

宫中？宫中？她想起来了，是在宫中！那会儿她还是个小孩子，她不听劝阻执意留在母后的殿阁中，御医和宫女在母后的殿阁中来回穿梭，全然忘掉了静静躲在角落中的她。她怕极了，小小的心灵里一直在担忧母后会死掉。她闭上眼睛，向无所不能的苍天祈祷，祈求苍天保佑她的母后。也就是这个时候，她突然闻到一股奇怪的、淡淡的清香，淡雅的香气经久不散，随之，她的脑海里出现一个可怕的影像，她看到了死神夹在手中的花朵。

多年之后，她才知道母后在那天流产了，胎儿是父皇梦寐以求的皇子。从那以后，母后再未怀有身孕……

死神手中的花朵，死神手中的花朵，那花朵难道是可怜的胎儿幻化的吗？所以才有那样一种令人心悸的清香？

不，苏如不会像母亲一样，不会的。

苏如用手指碰了碰岐国的手背，唤道："公主。"

岐国回过神来，脸色却仍然有一些恍惚。

"公主，你在想什么？"

"啊，没什么。"

"你一定想起了一些不幸的事情？"苏如温婉的话语里充满了同情。

岐国勉强一笑："是的。"

苏如和岐国互相注视着对方，片刻，岐国提到了她最关心的问题："下午，我带孩子们离开时还一点征兆没有，怎么突然就……"

苏如叹口气，"我也不知道怎么回事。下午，我三嫂……"

"乃马真夫人？"岐国心里"咯噔"了一下，下意识地打断了苏如的话。

"是啊。我三嫂来我这里做针线，我们一起待了差不多一个时辰，我当时一点儿事儿都没有。三嫂离开后，我赶去金顶大帐看望父汗，移相哥也去了父汗的大帐，我担心，唔……谁想我刚刚进门，下身突然就开始往下流血了。唉，要不我怎么说，这次流产来得真是猝不及防。"

"原来下午你是与乃马真夫人在一起？"

"嗯。"

"哦，那么……"岐国欲言又止。

"你想说什么？"

"我只是想问问，乃马真夫人进来的时候，有没有给你带来……带来……"岐国一时不知该如何表达自己的意思。她虽有所怀疑，但怀疑终归只能是怀疑。

"带来什么？"

"比如花草之类。"

"花草？没有。她只带来些花样子，让我帮她选出一种绣在我三哥窝阔台的袍服之上。其实，这若换了别的女人，绣个花做个针线什么的我肯定觉得再正常不过了，可是对我三嫂这种情况就不同了。不瞒你说，看到她居然能静下心来绣上一下午花，我真是感觉有几分稀罕呢。"

"听你说话的意思，乃马真夫人平素并不喜欢绣花？"

"何止是不喜欢！我三嫂这个人有点男人的性格，很要强，很刚毅。我常常想，如果她身为男人，一定会成为一个领军打仗的将军或者是统率一个部落的酋长。"

岐国没再说什么，脑子里却暗暗思忖，既然六夫人乃马真从来不喜欢女红，为什么偏偏今天下午会一反常态地来找苏如绣花？而且，为什么又偏偏在她离去之后，就发生了苏如流产的事情？难道这一切都只是巧合？如果是，那么，她在苏如宫帐中隐隐闻到的香气又是怎么回事？她敢肯定，上午她离开苏如的宫帐时绝对没有闻到过类似的香气，她敏锐的嗅觉不会欺骗她。

苏如无言地注视着岐国默默思索的脸容，其实，在她心头积聚的忧伤并没有令她的头脑失去往日敏锐。

很显然，岐国对乃马真不早不晚偏偏选择在今天跟她一起绣花的事情充满了疑虑，这种疑虑很快传递给了她，而此前，她并没有产生过一星半点的怀疑。

如果仔细回想，她不得不承认乃马真下午的行为的确有一些反常之处，但让她就此确定她的流产与乃马真有关又是一件同样不容易的事情。首先，乃马真不应该有这样的动机；其次，乃马真在她这里安静地待了一个下午，在这个过程她没有做过任何令人起疑的事情。或许，真的是她们多虑了，一切纯属偶然，是无法掌握的天意不愿让她拥有这个孩子。

岐国沉思地望着苏如，苏如也沉思地望着她。良久，苏如勉强地笑了一下，她的笑容告诉岐国，她并不相信乃马真会害她。岐国很想向苏如说出她对乃马真起疑的原因，可是话到嘴边又收住了。

是啊，如果让苏如知道当年自己的母后可能就是由于相同的原因而导致终身不孕，这对苏如来说恐怕是一件比失去孩子还要残忍的事情。何况，她并没有真凭实据，一旦似曾相识的香气散尽，她也就失去了所有的证据。

作为永济皇帝的女儿，她生在宫廷，长在宫廷，在她很小的时候，宫廷中残酷的角逐争斗就时常让她不寒而栗。没想到当她被作为宫廷斗争的牺牲品送到蒙古，她才发现这里的宫廷也不平静。即使在成吉思汗强大的威慑下，宫廷表面的平静祥和仍旧挡不住内中的暗流汹涌。真的不敢想象，有朝一日成吉思汗撒手西去，他留下的这艘偌大的帝国之船将会驶向何处？

成吉思汗膝下几个才能出众的儿子或许还能同舟共济，可是站在这几个儿子身后的那群人，他们真的就能同心同德，就能温恭俭让，确保帝国不致因为他们的私欲而最终分崩离析？

不会的，绝对不会！

如果会，她就不会再一次在这里看到死神手中的花朵，而苏如本应是乃马真最亲近的妯娌。

太可怕了！一个女人，如果不幸生在宫廷中或者进入宫廷，那将是一件最无奈的事情。

"公主。"苏如轻轻地拍了拍岐国的手背，打断了岐国的思绪。

"你要什么？喝水吗？"

苏如摇摇头，"不是。公主，我可以起来坐一会儿吗？"

"时间不能长。"

"我知道。"

"来吧，我扶你。"岐国将枕头垫在苏如的身后，扶着她半坐在床上。岐国本来没有多少力气，这一番折腾，两个人都有些气喘吁吁。

苏如更紧地攥住了岐国的手，她的眼神告诉岐国，她有话要对岐国说。"公主，我……"

"苏如，你有什么话要对我说？"

"我想求你一件事。"

"说什么求啊。你说吧，只要我能做到，我一定答应你。"

"我想，如果我以后真的再不能生出孩子了，你能不能允许我帮你把你的孩子们带大？"

岐国万没想到苏如说出这样的话来，一张脸"腾"地涨得通红。

然而，无论她的内心有多么羞涩，她都不能回避这个话题。她看得出来，苏如的神态是认真的，苏如没有一点点要亵渎她的意思。这个女人实在太爱孩子了，孩子就是她生命的一部分，甚至是最主要的一部分，她生而为女人的最大愿望就在于亲自将孩子们养大成人，这不会让她感到辛苦，只会让她感到快乐无比。

"公主，可以吗？"苏如仍在追问。

岐国垂下眼帘，深深地点了点头。

这是一种承诺，但这个承诺能变成现实吗？连她都不知道，她的归宿究竟在哪里？

倘若不能如愿嫁给她心上的男人，她还会有孩子吗？换句话说，她会为别的男人生下孩子吗？

不会的。

好在，她所承诺的只是，如果她有了孩子，她会把孩子交给苏如抚养，她会让她所有的孩子像爱她一样爱苏如。

但恐怕这是不可能的，恐怕她最终只能让苏如失望了。

得到了岐国的承诺，苏如的神情轻松了许多。她是这样的女人，她可以宽容地接受一切，包括命运对她的不公。

岐国去倒了一杯水来，让苏如润润沙哑的喉咙，她脸上的潮红褪去了，代之而来的是严肃。

无论如何，她一定要想方设法治好苏如的病，她对许国祯的医术充满信心。即使许国祯最后真的无能为力，她也不会放弃，哪怕她需要通过许国祯请来中原所有的名医，她也在所不惜。

毕竟，苏如是她来到蒙古宫廷后唯一视她如姐妹又令她心悦诚服的女人，而在此前，她从来不相信身在宫廷中的女人之间也会存有温暖的情谊。她可以为苏如做一切事情，除了不会违心嫁给自己不爱的男人。

只有这个，她做不到。

叁

梦璃匆匆赶来求见苏如，拖雷让她进去了。

梦璃为苏如带来了一盒珍贵的高丽山参、一盒鹿茸和一小瓶出自金国宫廷的止血秘药血宝。岐国得知苏如流产的消息后连帐子都没进就赶来探望苏如，这些东西她根本没想起要带，因此，她从心里感谢梦璃的细致。

这几样东西，的确是病中的苏如最需要的。

梦璃在苏如的身旁坐下来，还没来得及跟苏如说些什么，拖雷在帐外说了一句："苏如，三嫂来了。"

梦璃和岐国急忙站了起来。

乃马真像一阵风一样出现在帐中，继而旋至苏如的面前。这是岐国的错觉，对于这个女人，她始终心存疑忌。

乃马真看了岐国一眼，"公主，你也在？"对于冯梦璃，她根本不理不睬。

岐国微微一笑，算作回答。

乃马真走到苏如面前，坐下来，端详着她的脸。

"三嫂。"

"怎么会发生这样的事？下午我们在一起时，你不是还好好的吗？"

"是个意外……"

乃马真叹了口气，"你呀，让我怎么说你，你也太不小心了。现在怎么样？刘仲禄怎么说？"

"孩子没了。现在，只能先把病养好。"

"事已至此，你就别想太多了，等养好了病，再要孩子也不迟。"

"是。"

乃马真扭头看了岐国一眼，说道："公主，您还得多安慰安慰我家妹妹。"

"是。"

岐国的目光看似不经意地掠过乃马真，乃马真穿着一件素色的衣袍，衣袍不加装饰，朴实无华。岐国原以为会从乃马真的身上发现些什么，但是没有。

难道，对于乃马真的怀疑，真的是她多虑了吗？

小产后的苏如还很虚弱，乃马真、岐国和梦璃不敢太过打扰她，因此，几个女人说了一会儿体己的话，便一起向苏如告辞。来到帐外，她们看到拖雷和刘仲禄还在帐子外面站着。

"公主、三嫂、冯姑娘。"拖雷不失礼貌地跟三个女人打着招呼，眼神却始终回避着岐国。

"进去吧，老四。你要好好照顾苏如。"

"我会的。你要走吗，三嫂？"

"是啊，我们都准备回去了。"

拖雷仍然不敢看岐国，"那……我就不送三位了……"

"不用，不用。老四，你和仲禄大夫赶紧进去吧。仲禄大夫，你一定要费心治好苏如的病，让她早日康复。"

"臣自当尽心竭力。"

拖雷一贯听从乃马真的话，加上他的心里确实惦记妻子，也就不再跟她们客套，跟在刘仲禄的身后走进帐子。

乃马真长长地呼出一口气，眼珠一转，客气地对岐国说："公主，哪天到我的帐子坐坐吧。"

岐国知道这只是乃马真的客套，笑了笑，说了声："好的。"

乃马真是套车来的，岐国陪着她走到马车前，乃马真提起衣袍，登上马车。

就在乃马真踏上马车的一刻，一股淡淡的香气从她的衣袍间飘散开来，钻入岐国的鼻孔。岐国顿时一阵晕眩，不觉扶了一下车架，这才勉强站住了。乃马真并没有注意到她的失态，向她挥了下手，扬鞭离去了。

岐国呆呆地望着渐行渐远的马车，一种恐惧夹杂着悲怆的感情油然而生。

就是这种香气，就是这种香气！而在此前，她多么不希望她的猜测是真的，多么不希望那个将可怕的香气留在苏如帐中的人是苏如的至近亲人。可是，乃马真粉碎了她对宫廷的最后一丝幻想，原来天下所有的宫廷都会充满血腥的权力之争，都会因为血腥的权力之争而泯灭人性。可惜，她这个出生于宫廷中的弱女子，只怕终其一生无法离开宫廷。

这是她永远的宿命——永远的不幸。

再次看到死神手中的花朵，依然散发淡淡的清香，却艳丽得无比诡异。没想到，将它无声无息、不露痕迹地带给苏如的，终究还是乃马真。

这太可怕了，太可怕了！而比事实本身更为可怕的是，无论她怎么想，都想不出乃马真要加害苏如的动机。

梦璃注意到岐国倏然变得惨淡的脸色，慌忙上前扶住了她，"公主，您是不是哪里不舒服？您怎么了？"

岐国无力地倚靠在梦璃的身上。

她还能说什么呢？宫廷曾让她失去了父母，也曾让梦璃失去了家，而她的父皇恰恰是让梦璃流离失所、最终被迫陪她远嫁的始作俑者。奇怪的是，梦璃并不因此就痛恨她，她能感受得到梦璃的内心对她所怀有的关切和情谊，这种关切和情谊，在人情冷漠的宫廷中，恐怕是最难能可贵的吧？

"公主，我送您回去吧。"梦璃在她的耳边轻轻地说。

岐国点了点头。她是得回去，她需要将所有的事都重新梳理，仔细想过，然后再来决定是否将此事告诉苏如。苏如是她唯一的姐妹，唯一的朋友，也是拖雷家族不可缺少的人物，她决不能眼看着她再次受到伤害。

无论如何，为了苏如，她必须做出尝试。

苏如突然流产，使移相哥不得不暂时放下了向成吉思汗请求赐婚的念头。

乃马真见移相哥迟迟没有向成吉思汗请求赐婚，经过一番斟酌，终于选择了一个合适的机会将岐国可能喜欢拖雷的猜测告诉了移相哥。之后，乃马真对移相哥说了一句话：你可以忍气吞声，但如果你还是个男人，真正的男人，就去拖雷的手里把你心爱的女人抢回来，不要让成吉思汗的儿子吓到了你这位草原上的雄鹰，不要让草原上的女人从此瞧不起你。

对于她的话，移相哥没做任何回应。不过，从他的眼中，乃马真分明看到一丝愤怒的光芒在闪烁。

对于乃马真而言，这便足够了。

拖雷离开二哥的临时营地，赶回家中看望苏如。今天，父汗在他的金顶大帐中召见了刚从封地返回的大哥术赤、二哥察合台，加上一直留在主营中的三哥窝阔台和他，他们兄弟四个人一起陪父汗吃了一顿午饭。

虽是同胞兄弟，却因驻守不同的营地而难得相聚，今天好不容易聚在一起，大家都很高兴，不免多饮了几杯。结果除了他和大哥，二哥、三哥都喝醉了。吃过饭，大哥送三哥回去，他送二哥。

吃饭的时候，父汗说要在草原上修建一座都城，这是一件早在计划中的事。父汗把这座城池的督造权交给了三哥、他和岐国公主，父汗说，岐国公主那里，他将亲自同她商谈，要在草原上建造一座像金国中都一样的城池，他们需要得到公主的帮助。父汗建议他们不妨广开言路，博采众长，然后拿出一个具体的方案来。

从二哥的临时营地回到主营，要经过一处比较特殊的营盘，住在这个营盘中的人，多数是父汗的宿卫及其家眷。这些人，无论老人还是孩子，大多认识拖雷，他们随意地与拖雷打着招呼，有些人还热情地邀请拖雷到家中坐坐，拖雷都一一婉拒了。

将要走出营盘时，拖雷看到前面骑马过来一个人，看到这个人，拖雷急忙拍马迎了上去。

这个人，正是移相哥。

马头交错时，拖雷习惯性地向移相哥举了举右手，手尖轻触额角，向斜上一挥。拖雷与移相哥亲如兄弟，这个手势有一定的玩笑成分。

移相哥跳下了马背，拖雷不知道他要做什么，也跟着下来，与他对面而立。移相哥的脸色很严肃，与平常的他判若两人。

"你怎么了？"拖雷随随便便地问道。

"拖雷，我问你一句话，你要老老实实地回答我。"

拖雷笑道："哦？这么一本正经，可不像我们的移相哥。好，你别顾着瞪眼睛，你问吧，什么话？"

移相哥沉默了一下，或许，他在寻找合适的词句。拖雷也不催促他，拿出梳子，细心地为坐骑梳理着鬃毛。过了一会儿，仍不听移相哥说话，拖雷笑问："说啊。一句话，有这么难吗？"

移相哥向拖雷走了一步，眼睛盯着拖雷，音量却一点没放低，"拖雷，我想问你，你爱岐国公主吗？"

这句话，他是鼓足勇气说的。而恰恰就是这句话在拖雷听来却有如石破天惊。拖雷梳理马鬃的手一下停下来，两只眼睛定定地望着移相哥，一时间竟有点怀疑自己是不是听错了。"你说什么？"

已经说出口的话是不可能收回的，移相哥豁了出去，"我在问你，你是不是也爱上了岐国公主？"

拖雷不知道该如何回答。

"我要听实话。"

拖雷的额头、脸颊、鼻尖一点点涨满了红潮，很快连耳朵也变成了红色，他憋了半天，才尴尬地轻咳了一声，"你这话从何说起？"

"从你的心说起，我要听实话。"移相哥固执地重复。

"我……"拖雷本想回答他"不是"，话到嘴边却终究没能说出口。

多么古怪的问题！爱上岐国公主，这怎么可能？可是他突然意识到，如果自己确实不爱她，为什么总会有意无意地让自己的目光停留在那顶洁白的新帐之上？为什么当他在黄昏的时光看到那座新帐里炊烟袅袅升起，会莫名其妙地感到宽慰？

他本应该比任何人都清楚，这宽慰，既是为了命运多舛的公主，也是为了他内心一种无可辨明的情愫……

从来没有想过的问题，竟被移相哥一句话点醒。

原来在他的内心深处竟还隐藏着这样一种奇特的感情，可是，这种感情真的就能算作爱吗？可以吗？还是不可以？

移相哥的眼睛紧紧盯着拖雷的脸，拖雷的犹豫暴露了他的内心秘密。移相哥是个粗心的人，但在这件事上，他一点也不粗心。他并不真的需要拖雷做出回答，拖雷不回答本身就是回答。

"拖雷，我们得了断这件事。"他尽可能平淡地说出自己的想法。可是，当他这样说时，心里竟如翻江倒海般地难受。乃马真说得没错，拖雷果然又一次成了他的对手。他实在是感到奇怪，为什么每一次在感情上拖雷都会成为他的对手？每一次。而他和拖雷还是感情最亲密的堂兄弟。

拖雷心不在焉地问道："你这话什么意思？"

"我们爱上了同一个女人，不能稀里糊涂下去。我们得把这件事弄清楚，否则，我们兄弟的情分也就完了。"

拖雷心头一震，如梦初醒。面对移相哥的疑虑，他必须用最坚强的意志让心情恢复平静，"你要如何了断？"他问，语气在一瞬间变得超凡冷静。

"比赛吧。三场，三局两胜，比赛项目由你选。如果我败了，我决不会让自己的眼睛再多看公主一眼；如果你败了，请你退出。"

"荒唐。"

"荒唐？我吗？"

"是啊，我实在想不出自己为什么要跟你比赛。"

"想不出？"

"对，我找不到任何理由跟你比赛。移相哥，你要相信自己，既然你爱上了公主，就试着去用自己的心感动她。对你，我只能说这么多。"

移相哥苦笑，"有你在，我怎么可能相信自己？"

拖雷翻身跃上马背，大声说："那是你的事情。"

"你真的不比？"

"不比。"

"我是不是可以理解为，你打算放弃公主？"

拖雷没说话。

"是吗？"

"随便你怎么想。"

拖雷催开坐骑，转眼消逝在最近的一处营盘之后。移相哥没有上马，而牵着马向相反的方向走去。

然而，无论拖雷还是移相哥都没有注意，他们停留的地方，蒙古包的门半开着，包里坐着两个女人。其中一个是岐国公主，另一个是怀着感恩的心情接受了公主送给她衣物和食品的侍女。这个侍女的第十个孩子刚刚满月，岐国从梦璃那里听说这个侍女侍候过小时候的四太子，特意带了东西来看望她……

肆

拖雷与移相哥分手，未及赶回宫帐，又被刘仲禄派人请去了。

苏如的身体还很虚弱，她知道拖雷去了父汗的金顶大帐，中午不会回来，便让侍女带蒙哥回去睡觉了。她自己想休息一会儿，刚刚躺下，侍女去而复返，对她说岐国公主帐中的冯姑娘请求见她。

苏如不知梦璃有什么事，要侍女带她进来。

梦璃的手里捧着岐国留给苏如的金项圈和一张说明将金项圈留给蒙哥的字条，神色慌张。她一来便告诉苏如一个让人震惊的消息：公主不见了。

苏如当即从床上坐了起来。她顾不得还在病中，满怀焦虑地向梦璃询问起岐国失踪前后的情形。

对于这一点，梦璃也说不大清楚，她只是有一种不好的预感，而她的这种不好的预感来自于公主未时从外面回来后的一些反常的言谈举止。公主向她交代了一些事情，还嘱咐她将来一定设法回到金国，与父母家人团聚。公主说这些话时一如既往地冷静，但她知道，这些话在正常情况下公主是不应该对她说的。当时，她问公主发生了什么事，公主却什么没说，后来，她去刘仲禄大夫的帐子取一种药——那也是公主吩咐她去取的——等她回来时，发现公主不见了，她见到的只是桌上的项圈和项圈下的一张字条，字条用汉语写着：给蒙哥。

她问了很多人，大家都说没有见到公主。她以为公主或许来过苏如夫人这里，到了苏如夫人的帐外一问，才知道公主根本没来过。这一下，她彻底地慌了，她坚信公主一定是出事了。若非如此，她也不会不顾苏如夫人尚在病中，贸然求见苏如……梦璃一边讲一边流泪，一边流泪一边不断地问苏如怎么办，好像除了这句话，她再想不出自己还能说些什么。

苏如见梦璃六神无主、方寸大乱，只好强迫自己先镇静下来，她细细地询问了岐国公主上午去过哪些地方，见过哪些人。梦璃猛然想起，公主一个时辰前带了东西去看望一位生了孩子的侍女，走时还一切正常，回来后才发生了后面的事情。

经过这段时间的朝夕相处，苏如对岐国公主了解日深，她知道岐国是一位外表坚强、内心柔弱的女子，她曾经历了人世间最惨痛的事情，她承受了太多，不可能一而再、再而三地承受打击。

那么，她到底遇到了什么样的事情，又是什么样的事情才能使她放弃希望，毅然离去？

不行，她不会眼看着岐国出事，岐国是她的朋友，她的妹妹，尽管她与岐国暂时还没有姐妹之分，可是，她早想好了，等她病情好转，她就会亲自向父汗、母后请求，将岐国赐给拖雷。

苏如强挣着从床上下了地，刚一站起，就感到一阵头晕，梦璃急忙扶住了她。

苏如的下体仍在隐隐作痛，小腹尤其痛得厉害，而且她一动，下体似乎又开始出血。可她已经顾不得这许多了，她必须尽快见到那位生了孩子的侍女，只有弄明白其间到底发生了什么事，她才可能判断出岐国去了哪里。

梦璃担心地望着苏如，苏如的脸色变得更加难看，她无力地靠在梦璃的肩上，额头、鼻尖不断冒着豆大的汗珠。

"夫人，你……"

苏如微微闭上了眼睛，过了好一会儿，她感到自己有了一些力气，睁开眼向梦璃微微一笑，"好啦，走吧……"

"夫人。"

"没事，没事。快点带我去找那位侍女，晚了，恐怕真的来不及了。"

苏如在梦璃的指引下见到侍女，侍女向她讲述了四太子拖雷与移相哥在她帐前的一番对话。得知拖雷在不知情的情况下断然拒绝了移相哥提出的要求，苏如什么都明白了。苏如心急如焚，要梦璃尽快找到四太子，见到四太子后，如此这般对他说。然后，让他一个人来找她。

交代完这件事，她顾不得尚在病中，吩咐套车，她要去一个地方。

苏如拼命抽打着驾辕的马匹，以最快的速度向百花谷疾驶。汗水不断地流入她的脖颈，她却顾不得擦上一下。她一刻不敢耽搁。她无法想象，如果她不能及时赶到，岐国会发生什么样的事情。

百花谷离蒙古主营不到十五里，东侧是主营附近最著名的哈达牧场，西侧是不儿罕山的支脉红格脉山。但愿岐国与她走的路线相同，都是从东向西步行穿过百花谷，这样，她或许还有时间赶上岐国。

哈达牧场的周围是地势平缓的山坡，水草丰美的牧场同一片片苍翠的森林交相辉映。草原的尽头耸立着火山，火山周围可以见到史前时代的火山喷发物——大量的岩石和熔岩。千百万年来，火山熔岩阻塞了河流，形成湖泊和瀑布。

流经哈达牧场的两条河流，像天女丢下的一条银色丝带，弯弯曲曲地装点着绿色的草地。两条河流在流入鄂尔浑河的入口处交汇，巨大的水流从高处急泻而下，形成了瀑布，瀑布不断撞击着下面的巨大岩石，升腾起一片片云蒸霞蔚的漫漫水雾。

牧场附近的旷野中散布着许多温泉，泉水汩汩流溢，热气升腾，夏天绿草如茵，山花烂漫，风景异常秀丽。远近草原上的牧民像候鸟一样赶着牛羊，从容地在山谷里穿过。

狗熊、麋、麝香猫、麂、貂熊、松鼠等野生动物也活跃在温泉周围。五彩斑斓的杜鹃，漫山遍野；婷娉俏丽的雪山报春，美不胜收；万紫千红的蓝紫龙胆，名贵优雅，平添了几分人与自然的和谐与妩媚。

太阳一点点、一点点向西斜去，百花谷西侧少有人至的峰顶上出现了一个瘦弱的身影。

这个瘦弱的身影属于岐国。没想到，平素看起来弱不禁风的岐国竟然奇迹般地登上了陡峭的红格脉山。

她的怀里抱着她采自谷中的一捧鲜花，登上峰顶已经耗尽她的全部力气，她在一座陡峭的山崖上坐下来，俯视着下面陡然变得深不可测的谷底。记得苏如第一次带她来到百花谷时，她便深深迷恋上了这个地方。当时，她和苏如在谷里采了许多鲜花带回宫帐，她曾想过，如果将来她死了，不可能再回到中原，她愿意将尸骨埋在这里。

将她的尸骨埋在这个地方，也算是死得其所吧？

想到死亡，她一点也不觉得悲伤，也一点都不觉得遗憾。事实上，自从父皇和母后离开她以后，她的心里还从来像此刻这样感到轻松和闲适。怀着这份难得的轻松和闲适，她为自己摘了一束鲜花，她相信，当她怀抱着鲜花跃入百花谷时，她的灵魂一定可以浸满鲜花的香气。

也许，她早该随父皇和母后走了，至少，当她知道仇人皆已伏诛时，她也该陪着奶娘一同离去。

可是那时，她还留恋生命。

因为留恋生命，才会有了后来的马惊被救，才会遇到他，让她一直无法释怀。

因为遇上他，她才最终想将自己化作百花谷中最美的一朵鲜花。

她希望，有一天当他骑马从百花谷中经过时，会看到她的怒放，她的妩媚，她的婀娜多姿。

她从来没有恨过他，她所做的选择与恨无关。蒙古人相信的长生天，现在她也信，她相信遇上他和离开他都是天意。

让山上的风把她身上的汗吹干吧，她要走了。

岐国慢慢地站起身，在她起身的瞬间，她的脑海里蓦然闪现出苏如焦虑的面容。

苏如！

泪水渐渐地盈满了岐国的眼眶。她对生命无所留恋，却在心灵的一隅深藏对苏如的感激。

苏如，对不起，不能再陪你了。本来想亲眼看到许国祯为你治好病，看到你再怀上孩子，现在恐怕不能了。但是不管怎么说，我相信，即使我死了，许国祯只要接到我的信来到草原，他一定会想方设法治好你的病。他是个仁心仁术的大夫，病人对他而言比世间的一切都重要。

苏如，永别了！四太子，永别了！

"公主！"一个气喘吁吁的声音蓦然传来，岐国以为自己产生了幻觉。

"公主！"岐国看到苏如匆匆向她走来，惊讶万分。

"公主！"苏如的脸色苍白如纸，但她的脚步一刻也没有停下来。她坚定地走向岐国，无论如何，她一定要阻止岐国。

岐国骇然望着留在苏如身后的斑斑血迹。

这个年轻女子，这个刚刚流过产、身心饱受折磨的女人，这个躺在床上休息还不一定能够完全复原的女人，竟然一点不顾及自己的身体，竟然把生死置之度外，不顾一切地赶到这里，只是为了阻止她。

为了她！而她，只不过是一个失败的国家最屈辱的贡品。

如果她就这样死了，她怎么对得起这个心胸像大海一样广阔的女人，对得起这个对她怀有深情厚谊的女人？

可是，如果她活下来，她是否就真的可以忘记一切去做移相哥的妻子，去与一个自己永远不会向他敞开心扉的男人共度一生？

不，她做不到，她永远做不到。

她经历过人世间最糟糕的事情，她已经将生死置之度外。当初，她选择活下来只是为了看到杀害她父皇与母后的凶手得到报应，后来，是为了她爱上的男人。现在，她失去了她深爱着的男人，她对这片土地已毫无眷恋之情。

"公主，求你。"苏如气力衰弱，双腿一软，不觉跪在地上。

"苏如……"岐国惊慌之下，向苏如跑了几步，又站住了，回头望了望她刚刚站过的地方，目光中闪过一丝犹豫。

一边是永远的解脱，一边是永远的牵挂，在死亡与苏如之间，她终于做出此生最艰难的一次抉择。

她向苏如跑来，她选择了苏如。

苏如向她伸出了手，她们的手紧紧地握在一起，泪水从她们的脸上悄然滑落。

"公主。"

"苏如。为什么？为什么要赶来这里？"

"公主，我们一起来想办法，让我们一起来想办法。你一定不能放弃，我决不会让你放弃。你答应过我，要为我的孩子请来中原最好的先生；你答应过我，要教我和草原上的百姓辨识我们都还不认识的草药。你答应过的，你怎么可以忘记？请你一定要记得，任何时候都要记得，当你从那座有着无数房子的城池走到草原时，你已经不再是过去的你。那座空虚的城池抛弃了你，你脚下的这片草原却愿意敞开心怀接纳你。所以，请你一定要坚强地面对一切，请你一定不要为这片宽容的土地留下遗憾。"

泪水濡湿了岐国的脸颊，她像一个听话的孩子一样用力点点头。她不是为了草原，她知道，她对于草原还没有那么难以割舍的眷恋情怀，她只是为了苏如，她不愿意自己的轻松一跳在苏如的心中留下永远的遗憾。

"公主，你要听我说。"

"我在听。"

"拖雷他……"下腹一阵剧痛，苏如的声音听起来有点喘息。

"四太子，他怎么了？"

"他喜欢你。"

岐国一愣，接着，苦笑着摇了摇头。如果拖雷喜欢她，又怎会那么坚决地拒绝了移项哥的挑战？

"公主。"

"我们不说这个。"她环视着四周，琢磨着该如何将苏如尽快送回营地。苏如的情形很糟糕，她决不能让她为自己而遭遇危险。

苏如却使劲拉着她的手，"公主。"

"苏如……"

"我没有骗你，我不会骗你。拖雷他是喜欢你的，从来没像喜欢你一样喜欢过任何别的女人。我看得见他的心，他只是还没意识到而已。公主，如果你死了，他一辈子都不会原谅自己的。"

"苏如，我……"

"要活着，要活着。"

"好，你答应你。"

"苏如。"

这熟悉的声音让岐国心头微微一颤。她不用抬头也知道，这是拖雷不放心苏如随后寻到这里，如同苏如不放心她竟不顾病体攀上了这座陡峭的山峰一样。

拖雷匆匆地走到苏如身边。苏如抬头看着他，挂着泪珠的脸上闪出了温情的笑意，柔声道："拖雷，你来了。"

"仲禄找到了一个古方，他想试一试，我陪他弄到了所有的药材，返回帐子时见到冯姑娘，才知道……你不要命了吗？"

拖雷说着，俯身欲抱苏如。苏如却不肯松开岐国的手："公主。"

拖雷怜惜地看了岐国一眼，这匆匆一瞥满含着难言的情愫。对于这个年轻女孩，他的内心真的有一种无力相助的歉疚。

"四太子，请您快送夫人回去吧。不能再耽搁下去了，这样太危险了。"岐国慢声细语地对拖雷说，她的蒙古语说得还不是很流利，但足以表达清楚自己的意思。

"苏如，快点跟我下山去。你要坚持住，你不可以有事的。"

拖雷不敢再耽搁，强行从地上抱起了苏如。抱起苏如时，他感觉到某种异样，他惶惑地伸出了手。

他的手上，赫然沾满了苏如身上的血。

血，正从苏如的身体里一股一股地向外涌着。

拖雷惊呆了，岐国也惊呆了，他们的脸色变得比苏如的脸色还要苍白。

苏如的气息渐渐变得微弱了，她试图抓住拖雷的肩膀，却没有一点力气，低声道："不，先不要……等等，拖雷，你要答应我，你一定要答应我才行。"

"什么？"

"接受移相哥的挑战。你是成吉思汗的儿子。"

拖雷愣住。

他看到苏如眼中的期待和岐国眼中的泪水，隐约明白了为什么苏如不顾危险赶来这里的原因，也隐约明白了为什么留在宫帐里的侍女告诉他，夫人听说岐国公主不见了，就急匆匆地离开了帐子，而她们根本就拦不住她。

想必……想必……

那一次，岐国公主乘坐的马车惊奔，他试图勒住惊马，救了岐国。当他将岐国抱上马车时，他第一次感受到一种柔弱的无助，这不由得让他对她充满了怜惜。这是一种奇怪的感觉，以前他对任何人都从来不曾有过。

可是，她终究是不堪再战的金国献给父汗的女子，他绝不会有任何非分之想。他没想到父汗见过岐国后只把她当成故人的女儿，并没有纳她为妃的打算，他更没想到二叔哈撒儿的儿子，从小到大都与他最要好的堂弟移相哥会对岐国一见倾心，并且突然提出要在草原男儿引以为傲的"三艺"上与他一决胜负。

当时，他毫不犹豫地拒绝了移相哥。

不是怕赢不了移相哥，事实上他根本赢不了移相哥，移相哥继承了二叔哈撒儿的神箭和神力，在整个草原无人能及。

然而，这不是原因。

即便他赢不了移相哥他也应该应战，可他并不打算这么做，因为当时他不知道他要为什么而战。

直到此时他才醒悟到，他对移相哥的成全居然深深地伤害了岐国公主，这个柔弱的女子竟然愿以一死来捍卫她无助的爱情。一个女人尚且有这样的勇气，难道他就忍心看着一个如花的生命在草原上消失？

不！不！

"拖雷，答应我。"苏如仍在无力地催促，这是她目前唯一的心事。

"好，我答应你。"

苏如顿时热泪盈眶。

拖雷面向岐国："公主，请给我这个机会好吗？"

岐国没有说话，羞涩地垂下了眼帘，她的这个神态比她的任何语言都更令拖雷刻骨铭心。

拖雷不敢再留在这里，对岐国说道："公主，跟上我。"

岐国轻轻地"嗯"了一声。

知道岐国不会再做什么傻事，苏如在拖雷的怀中合上了眼睛。此时，她的力气已经耗尽了，甚至，她的耳边响起死神轻微的召唤。可她依然不后悔。拖雷是她的丈夫，她了解拖雷，只要拖雷答应了移相哥的挑战，他就一定会尽全力去争取。

她也了解岐国，这位痴情的女子所在乎的并非结果，而是过程。

拖雷向着下山的路飞快地走着，岐国只能努力跟上他的脚步。此时，让他们心里挂念的，只有苏如的安危。岐国既愧又悔。然而，拖雷的那一句"跟上我"，却给了她莫大的勇气，她不知道拖雷是否能够战胜移相哥，但是只要拖雷答应了移相哥的挑战，她这一生就不会再在心中留下任何遗憾。

她知道，这也正是苏如希望的结果。

伍

三个人刚刚进入营地，巡哨来报，他们在巡边时遇到一个身着金人服色的男人，这个男人请求面见岐国公主。

为首的将领进一步解释说，这个男人的蒙古语讲得不太好，但还好能听懂，他说他的身上带有岐国公主给他的书信。

岐国早已猜到是谁来了，心里一阵激动，连声问道："你说的这个人是不是很年轻？他有没有告诉他的名字？噢，还有，除了书信，他是否还带着别的有特征的东西，比如说，药箱之类？"

岐国因为心急，这几句话都是用女真语问的，大家一句听不懂，茫然地望着她。岐国意识到自己的疏忽，用蒙古语将同样的话又问了一遍。这一次，为首的将领才听懂了，回道："没见他带着什么，除了公主给他的书信。而且，他什么也不说，只是要求我们带他来见公主本人。"

"我知道了，你们带他过来吧。"

巡哨应声而退。

拖雷奇怪地问岐国："金国人？他是公主的朋友吗？"

岐国没有立刻回答。此时此刻，苏如的状况很不好，她蓦然想起了奶娘离她而去时的情形，她已经失去了奶娘，绝对不能再失去苏如。如果世上没有苏如，就算她如愿嫁给拖雷，她也不会幸福。她知道，拖雷同样不会。因为这是苏如用生命换来的他们的相守，这样的相守，她不需要。

见岐国脸色沉重，无意解释，拖雷也就不再追问。不过，从刚才岐国问巡哨来人是不是带着药箱这句话判断，这个人应该是个大夫。

公主的朋友？大夫？

难道，公主的大夫朋友是专为苏如而来？

不出岐国所料，巡哨带来的年轻人正是她久已盼望的许国祯。许国祯接到岐国的信后，辗转来到蒙古。

岐国将他介绍给拖雷，许国祯却看着拖雷怀中的苏如。这个女人血迹斑斑、气息奄奄，已经处于昏迷状态。他的心思全在苏如身上，甚至连话也顾不上对拖雷和岐国公主说。这就是岐国了解的许国祯，他对治疗病患的热情，远胜过他对吃饭、睡觉、交友这些人类最基本的需求，病者在他的眼中，就是世间的一切。

许国祯骑着一匹瘦马，布满灰尘的瘦削的脸上，只有一双眼睛炯炯有神。他确实没背什么药箱，但他带着针囊和药袋，这些东西都被他放在褡裢里，挂在马背上。他只字不提他是如何接到信，如何来到蒙古的，即使他为此付出了许多艰辛，他也无心陈述。他只看一眼就知道苏如的一只脚已经迈入了鬼门关，如果不赶快对她施救，只怕她连一个时辰都挨不过去。

这个女人显然就是公主在信中对他提过的那位夫人。按照公主在信中的说法，这个女人怀孕后身体浮肿十分严重，公主对她的情况有所担心，所以才修书请他前来蒙古宫廷为其诊治。但从目前的状况看来，这个女人已经小产了，他真纳闷，一个小产后身体未愈的女人，不好好在家里待着，跑到外面去做什么！他语气生硬地对岐国说："公主，赶紧找个空帐子，让我给这位夫人治疗。这位夫人情况不好，不能再拖延了。一刻也不能拖延。"他尤其强调的是最后一句话。

岐国的心倏然抽紧了，急忙向最近一处的牧民帐子跑去。拖雷抱着苏如跟上了她，他注视着岐国羸弱的背影，心中不由生出丝丝感动。苏如为了岐国不惜冒着生命危险登上了红格脉山，如果将岐国和苏如换一下位置，想必岐国也能做出同样的举动。原以为惺惺相惜的友情只存在于男人之间，没想到这两个女人对友情的忠诚比起男人更是有过之而无不及。

或许这就是人们常说的命运使然。命运让苏如遇到岐国，也让岐国遇到苏如，因此，她们注定要成为结伴同行的姐妹。

听说是四太子的夫人需要借用一下帐子，热情的牧人夫妇当即将他们唯一的帐子腾给了苏如。许国祯的内心虽焦急万分，可在拖雷和岐国面前还得强自镇静。他不让拖雷进入帐子，只请岐国和帐子的女主人帮忙，立刻开始对苏如施行救治。

许国祯以针灸暂时止住了苏如的出血现象，苏如却又呕吐起来，看到苏如饱受折磨的样子，岐国对于自己轻率的行为追悔莫及。

当许国祯筋疲力尽地走出帐子时，已是夜色深沉。拖雷一直守在帐子外面，一步也没有离开过。看到许国祯出来，他焦急地问："怎么样了？我妻子，她没事吧？她不会有事的，对吗？"

许国祯看了他一眼，叹口气，诚实地回道："我尽了最大的努力，就看夫人能不能熬过今晚了。我过一会儿再过来，你先进去吧。"

拖雷向帐子迈了一步，只一步，脚下一软，全身的力气便仿佛被抽光了。他颓然蹲在地上，用手抱住了头。

就看夫人，能不能熬过今晚了。

就看夫人，能不能熬过今晚了！

不！

不会的，不会这样的！苏如她不可以有事，不可以抛下他，绝对不可以！她知不知道，他是不能没有她的。她曾说过，当她知道自己怀上了他的孩子那一刻，她的心里就只剩下幸福和力量。她哪里知道，在她成为他的女人的那一刻，他的心里就开始拥有了幸福和力量。

未来还有那么长的路要走，少了她的陪伴，他不知道该走向何方。

帐子的女主人出来倒水，看到拖雷，她惊讶地走过来，在他耳边轻轻说道："四太子，你怎么不进去？夫人这会儿醒过来了，公主正陪着她呢。你快进去看看夫人吧。"

她说着，将拖雷扶了起来。拖雷都不知道自己是怎么走进了帐子。

苏如刚刚苏醒，岐国坐在她的身边，正为她擦拭着额头上的汗水。她望着岐国，问："我是不是要死了？"她的声音低弱，但是很平静。

岐国握着她的手，温柔地回道："不会。相信我，你很快就会好起来的，你要坚强，不可以胡思乱想。"

苏如蜡黄的脸上闪过一丝笑意道："公主，只要你肯答应我一件事，我就不再胡思乱想。"

"一件、十件、百件，我都会答应你。"

"如果，我说是如果，我死了，你要帮我照顾好蒙哥，照顾好拖雷。他们是我唯一的牵挂。"

岐国毫不犹豫地回答："我答应你。"

苏如放心了，黯淡的眼睛里闪现出两个小小的亮点。现在，她不畏惧死亡，因此，她有足够的勇气与死神抗争。

拖雷一直站在门边，听着两个女人的对话，当帐子的女主人与许国祯进来时，他急忙退了出去。此时此刻，他无论如何没有勇气去看妻子一眼，他不敢看到妻子饱受痛苦的模样，也不想让妻子看到他脸上绝望的泪水。

苏如的病情在深夜时转向危重，许国祯与岐国一道，倾尽全力施救，直至凌晨，他们才再度点燃了苏如行将熄灭的生命之火。当清晨的阳光照进小帐时，当岐国听许国祯亲口说出，夫人终于熬过了这一关时，她整个人都瘫软在许国祯的脚下。许国祯扶起她，只见她苍白的脸上泪痕斑斑。

她一定吓坏了，也累坏了。

帐中的情形拖雷并不知道。整整一个晚上，他都保持着同样的姿势站在漆黑的夜里，就仿佛一尊没有生命的雕像。

附近一些得到消息的牧民纷纷赶来看望"我们的苏如夫人"。有一位牧民给拖雷带来了十多丸他珍藏多年的补血良药——"鹿血十二味"。草原上许多人都知道，这种"鹿血十二味"是当年一位来自川藏地区的喇嘛赠送给这位牧民的，据说此药以鹿血和十二味藏药秘制而成，具有神奇的效果。当年，这位牧民得到三十丸，用掉了一半，剩下的都被他珍藏起来。现在听说"我们的苏如夫人"因为失血严重，生命垂危，他一刻也不敢耽搁，把剩余的药丸全都献给了四太子拖雷。

"我们的苏如夫人"，这是牧民们对苏如的称呼。在草原上，究竟有多少人家得到过苏如的照料和帮助，苏如自己肯定说不上来了，但是，草原上的那一颗颗质朴感恩的心不会忘记。别说是区区的几粒药丸，为了苏如夫人，让他们去做更加艰难的事情，他们也不会轻易退缩。

不知过了多久，帐门被人轻轻推开了。

岐国走出帐子，拖雷第一个反应就是看着她脸上的表情。

岐国的脸上，有泪、有汗，泪痕与汗痕之后，是一抹淡淡的笑。

"公主……"

"四太子，进来吧。"

第二天，得到消息的成吉思汗和孛儿帖夫人带着刘仲禄匆匆赶到哈达牧场探望苏如，他们欣喜地听说，苏如的病情已得到控制，且正在好转当中。

刘仲禄跟在孛儿帖夫人的身后走进帐子。

听说是一位来自金国的汉人大夫救了儿媳的命，成吉思汗在帐外的草地上传见了许国祯，这是许国祯第一次见到这位令金国君臣闻风丧胆的蒙古大汗。成吉思汗开门见山地表示要给许国祯重赏，许国祯直率地拒绝了。许国祯认为，他是一名大夫，救人是他的天职，他若是为了赏赐，就不会跋涉数千里来到这个荒凉的地方。

成吉思汗打心眼里喜欢这位医术高明、不卑不亢的年轻人。他诚意挽留，许国祯犹豫不决，没说留，也没说不留。

成吉思汗并不勉强他立刻答应。他有信心，他一定要将许国祯留在蒙古草原，就像当年他把河北名医刘仲禄留在身边一样。

刘仲禄为苏如做了检查，出帐向成吉思汗禀报。成吉思汗问他怎么样，刘仲禄的神态颇有几分激动,他没有先回答成吉思汗的问话,而是用汉语连声向许国祯问道:"你是怎么做到的?你是怎么做到的?"

许国祯诧异地望着刘仲禄,"您是……"

"我叫刘仲禄。"

刘仲禄的大名许国祯不止一次听父亲提起过,父亲生前十分推崇刘仲禄的为人和医术,只是遗憾刘仲禄到了蒙古,使父亲再没有机会与他切磋医术。

没想到现在,他竟然获得了了却父亲心愿的机会。

许国祯向刘仲禄深施一礼:"刘叔父。"他的蒙古语仅限于跟人打招呼,尽管他能听懂一些简单的家常对话,说却完全不行,所以,用汉语交流对他来讲正合适。

"哦,你……"

"刘叔父,我是许从容的儿子,我叫许国祯。"

"许从容?御医许从容?"

"正是家父。"

"许御医的医术天下闻名,只可惜仲禄无缘得见。那一次,许御医有信来,请仲禄赴京城一会,不料仲禄正欲成行之时,家中发生了意外。此后,仲禄被迫只身逃往蒙古,错过那次绝好的机会。"

刘仲禄所说的"意外",许国祯也曾听父亲讲起过。据父亲讲,那还是十三年前,刘仲禄的爱妻因容貌美丽,遭到一位女真贵族侮辱,刘妻以死保全贞节。刘仲禄为妻报仇不成,反遭宫府通缉,不得不在朋友的帮助下避祸蒙古,自此被成吉思汗置于左右,委以重任。作为素未谋面却彼此神交已久的朋友,父亲每每说起这些,都为当年与刘仲禄失之交臂而遗憾不已。现在他终于代替父亲见到了刘仲禄,想必父亲在天之灵有知,也会深感欣慰吧?

刘仲禄握住许国祯的双手,上下端详了他好一阵儿,"没有见到许御医,能见到许御医的儿子,也是仲禄平生一大快事。但不知你父许御医可还在宫中供职?"

许国祯难过地摇摇头,"家父遭到权臣构陷,身陷囹圄,不久就在狱中过世了。"

刘仲禄吃了一惊,惋惜之色溢于言表,"一代名医,如此结局,实在令人惋惜。好在有你继承了他的衣钵,不致令他的医术失传,这是许御医的幸运。

对了，国祯侄儿，你为何会突然来到蒙古？"

"是公主写信请侄儿来的。"

"你说是岐国公主吗？"

"正是。公主担心她的一位朋友孕后状况堪忧，请小侄前来，就近为她治疗。遗憾的是，小侄还是来晚了，公主的朋友已经……"

"公主的朋友是四太子夫人，想必你已知道。"

"是。公主已给小侄介绍过了。"

"夫人在怀孕近五个月时，突然全身出现浮肿现象，仲禄为她诊断，似与她生下大公子后气血亏减无法复原有关。但是，夫人突然流产，却似乎不应该在这样的月份出现。不瞒你说，我一直对此怀有疑虑。"

"叔父所见，小侄深以为然。其实昨晚，小侄给夫人仔细检查过就发现，夫人出现意外之前，似乎误服了某种造成她流产的药物。"

"这么说，你的诊断也是夫人的流产系外因所致？"

"对。"

刘仲禄不觉拧紧了眉头。

"叔父，莫非你想到了什么？"

"啊，没有，如果我能想到其中的原因倒好了。我为此事困扰不是一天两天了，到现在还是茫无头绪。夫人流产后，我曾问过她，最近几天或一个月中是否服过什么药物，夫人回答我说，她什么药也没服用过，她身体没事，无缘无故地服药做什么？再说，就算她真的需要服用什么药物，我也应该很清楚。"

"哦？"

"这整桩事情都透着古怪，可惜暂时，我们恐怕无从查知了。先不说这个，侄儿，刚才我给夫人检查过，发现她的脉搏平稳有力了许多，你是怎么做到的？在这么短的时间里使她的体能有所恢复，这可不是一件容易的事情。"

"是这样，小侄给夫人检查后发现夫人体内并无瘀血阻滞，因此，小侄以针灸先为夫人止血，然后给她开了一剂补血的方子。另外，这里有一位牧民献给夫人十多丸鹿血十二味，这药以前小侄听说过，但没使用过，因此没敢轻易用在夫人身上。"

"鹿血十二味吗？这是出自藏地的珍奇之药，对夫人的血亏会有帮助，我看可以使用。”

“侄儿知道了。”

刘仲禄和许国祯的交谈是在成吉思汗面前进行的。成吉思汗听不懂刘仲禄和许国祯说些什么，不过，见他们谈得很投机，他没去打扰他们。刘仲禄虽然忘记了回答他刚才的问话，他却丝毫不放在心上。其实，刘仲禄激动、欣慰的神态已经告诉了他一切，这让他悬着的心放了下来。

拖雷因为有其他事情一早回了一趟主营，匆匆赶回时恰好看见父汗、刘仲禄和许国祯都在外面站着。他急忙上前见过父汗，成吉思汗向儿子摆摆手，拖雷转而又向许国祯深施一礼。

许国祯急忙还礼。

昨天，许国祯将所有的心思都放在四太子夫人身上，根本没顾上注意拖雷。此时，他惊奇地发现这位四太子相貌堂堂、一表人才。想必他就是公主所钦慕的人吧？今天早晨，四太子交代公主请她好好照顾夫人时，他无意中注意到公主含羞的眼神，那里面分明隐藏某种异样的情愫。

拖雷的内心对许国祯充满了感激之情。他知道，没有许国祯，这一次，他恐怕真的要失去他此生最爱的女人了。许国祯却不需要他的感谢，也不需要任何人的感谢，对他而言，这世间原本没有什么比救治病人更让他感到快乐的事了。

在苏如彻底康复之前，许国祯绝对不会离开蒙古高原，这一点不用任何人劝说。他住在四太子的营地，这样，也方便他就近为四太子夫人治疗。

他每天都能见到岐国公主。岐国公主每次见到他都要问四太子夫人什么时候能够彻底痊愈，以后四太子夫人日后可不可以再怀孕，而他对后一个问题的回答总是：他将尽力而为。

由于突然流产，苏如的子宫出现了一些问题，受孕的机会变得渺茫，但他绝对不会放弃。即使不为岐国公主，苏如既然已经成了他的病人，他就会全力以赴。至于他是留是走，他暂时不做考虑，

尽管成吉思汗、四太子、刘仲禄一再盛情挽留他，他仍然不想立刻做出决定。岐国公主虽然没有挽留他，但他知道，公主的内心同样希望他能留在蒙古。

蒙古的生活和风俗习惯与中原地区相比有很大不同，加之气候恶劣，令他心生畏惧，但有时想想岐国公主和刘仲禄叔父都能在这里长期生活下去，他的担忧似乎也没有太多的道理。

他很清楚，生活、习俗、气候的差异只是他犹豫着不知是否应该留下的一个原因，另一个原因则是，岐国公主向他提到了死神手中的花朵，提到出现在四太子夫人的帐子里那种淡淡的香气。

当今世上，只怕已经很少有人知道那是一种什么花的香气，但是父亲知道，他也知道。

当年，岐国公主的母后因为同样的原因流产，父亲竭尽全力治疗，却终究没能再让受到花毒伤害的女人怀孕。这些年，他在苦心研究其他各种妇人病症的同时，始终没有放弃对这种花毒的研究，他自信已经找到了一些解毒的办法。即便如此，当他与刘仲禄都为四太子夫人突然流产感到疑惑时，他并不知道其中的症结所在。

岐国公主把这种只长在热带森林中的罕见的花称作"死神手中的花朵"，是因为她在梦中看到了死神手中拿着花朵的情形，而父亲也把它称作"死亡之花"，无所不知的苍天给了父亲和公主相同的启示。

这种花真的是一种死亡之花。能够弄到它并以之入药的人一定是个肯花费功夫的有心人，当然也一定是个心肠歹毒的人。这才是让他感到恐惧的真正原因，因为这样的人不仅出现在金国的宫廷里，也出现在蒙古的宫廷里。

这才是最可怕的事情。

在许国祯的精心治疗下，苏如的身体恢复得很快。拖雷终于有心情兑现他对苏如和岐国公主许下的诺言：接受移相哥的挑战。

这是岐国公主来到蒙古宫廷的四个月之后。

陆

很快，得到消息前来观看移相哥和拖雷比赛的人达到数百人，他们把赛场围了个里三层外三层。尤其令他们兴奋的是，这场比赛连成吉思汗也惊动了，他正高高地坐在设在赛场中央的黄金宝座上。

　　不过，除了个别几个人，绝大多数人并不知道拖雷、移相哥为何要进行这场比赛，他们还以为这只是兄弟俩闲着无聊，特意给大家找点乐趣。

　　比赛的第一项是赛马。赛马的输赢主要取决于坐骑的速度、耐力和骑手的技艺，以前开"那达慕"的时候，拖雷与移相哥没少交过手，比赛的结果也是互有胜负，因此，对于赛马拖雷即使没有十足的把握，仍可以放手一拼。赛马之后是射箭和摔跤，这两项移相哥都十分擅长，在草原上，移相哥一向鲜有对手。拖雷明知自己很可能输掉比赛，但为了岐国，他必须竭尽全力去做。

　　既然要比，移相哥和拖雷都不想将比赛拖得太久，他们商定，只做短途比赛，比出马的速度即可。

　　拖雷骑的还是他骑了两年多的黄骠马，身上的衣着也是他日常的衣着。他胯下的黄骠马颇通人性，在赛场边上踱来踱去，跃跃欲试。移相哥却换了一匹马，一匹通体乌黑的骏马，他自己也换了一身灰蓝色的新战袍，头上戴着一顶灰色的新帽子，手中执鞭，端坐于马鞍上，人与马相衬，看起来踌躇满志、威风凛凛。

　　岐国和梦璃都被苏如拉到了赛场，她们三个人站在为成吉思汗临时搭建的御座之下，紧张地注视着场内。

　　本来，成吉思汗一开始也不知道儿子和侄儿之间的这场比赛究竟为了什么，他来观看比赛，完全是受移相哥之请，来做个见证。到了赛场见到苏如之后，他才知道这场比赛因何而起。

　　当苏如悄悄地向他禀明这件事时，岐国正站在苏如的身边。看得出，对于苏如的直率，岐国似乎有些意外，却又不能开口阻止，她默默含羞的样子让成吉思汗不禁对她充满了怜惜。

　　自从这位大金公主被他带回蒙古宫廷，他一直瞻前顾后无法决定她的归属，在这点上，连一向精明果断的孛儿帖夫人也不主张在不明了岐国公主意愿的情况下，贸然为她指配婚姻。

　　作为曾经的上邦之国，即使它现在被迫俯首称臣，也不能就此漠视它昔日的强大。何况，岐国还是一个极其聪明、极其高贵的女孩子，成吉思汗和孛儿帖夫人都不想由于他们匆忙的决定而耽误了她的一生。

　　成吉思汗并不确切地知道儿子、侄儿和岐国之间究竟发生了什么样的事情，但他们都是成年人了，而且，既然他们已经决定通过这种方式来解决问题，成吉思汗也就觉得没什么不妥。在草原上，男人们经常需要通过这样一种方式来解决争端，只要他们觉得这样做值得。

严格而论，岐国是被完颜珣出卖的，她并不是成吉思汗希望得到的女人，成吉思汗需要的是完颜珣自己的女儿，这是一个战败者应该付出的代价，在这方面，成吉思汗绝不会怀有任何恻隐之心。但是见到岐国后，成吉思汗却对这个命运多舛的女孩子产生了一种说不出来的感情，类似于父亲的怜爱。为此，他几乎在一瞬间便放弃了纳她为妃的打算。那时，他已有将岐国赐给儿子或侄子或爱将的念头。没想到，在他还没有做出最后的决定前，儿子和侄儿就要为她进行一场竞争了。

不能说成吉思汗十分了解岐国的为人，但直觉告诉他，岐国是个值得男人们去为她流血流汗的女人。对于这样一个女人，儿子和侄儿当然都不愿意轻易放弃。那么，作为父亲和伯父，无论谁能赢得这场胜利，他都会无条件地对他们的胜利予以认可。

手心手背都是肉，成吉思汗对移相哥这个侄儿的钟爱之心，并不亚于他对自己的儿子。他只是怀有一点点好奇，想知道，作为这场竞赛的最终目标，岐国自己的心里到底更中意哪一个？另一点小小的好奇则来自儿媳苏如。他在猜测，儿媳在这整桩事中，又持有怎样的态度？如果拖雷赢得了比赛，她会心甘情愿地接受岐国吗？

应该会吧。一定会吧。

从岐国进入蒙古宫廷，苏如对岐国的好，所有的人都看在眼里。而那，决不在于一时一地，也决非由于心血来潮。有许多事情，不用他与孛儿帖操心，苏如都已经为岐国想到了。她对岐国如此，不能不让人猜测，也许她是希望没有成为汗妃的岐国，可以成为拖雷的妻子。

果真如此，也未尝不是一件好事！

在膝下众多的子侄儿女中，成吉思汗最宠爱的人，始终都是三女儿阿剌海。因为只有这个女儿像他一样，拥有坚强的意志和敏锐的头脑。女儿十六岁便离开了他的身边，他将她许配给对他的统一事业立有大功的汪古部（蒙古立国后改称净州）首领吉惕忽里的长子，遗憾的是，两个孩子尚未成亲，吉惕忽里夫妇和长子便都在一场由金将策动的叛乱中遇难。后来，女儿又嫁给了吉惕忽里的侄子、北平王镇国。时间和事实都证明，女儿永远都值得他为她骄傲。七年间，女儿协调诸路，独当一面，志虑高远，知人善任，与中原才俊之士多有交往，在以木华黎为首的蒙古及中原诸将中拥有极高的威信。正因为有女儿坐镇净州，他才对中原战局无甚牵挂。

除了女儿，成吉思汗给予信任最多的人是儿媳苏如。他对苏如的信任，不能否认其中包含着一些复杂的情感因素：他从未忘记过当年王汗对他的帮助，而苏如是王汗的侄女，是克烈部身份高贵的公主；另外，若非他将苏如的胞姐，其时已成为汗妃的亦芭合赐给功臣，亦芭合也就不会在短短的几个月后含恨而终。他虽然从来不肯承认，然而，亦芭合的死，让他悔恨之余，也在心中留下了永远的创痛。抛开上述两个原因不论，苏如用行动证明，她是一位贤惠的妻子，一位孝顺的儿媳，一位心胸博大的女子，她的头脑与智慧，她的才华与修养，就是孛儿只斤家族最需要和最宝贵的财富。

移相哥和拖雷都做好了准备，目标是十里外的百花谷。在那里，有成吉思汗的侍卫在等待他们，他们要取到成吉思汗为他们准备好的某样东西，然后返回起点，这是比赛规则，先到者为胜。成吉思汗究竟准备了什么东西，只有到了百花谷才能知道。

比赛即将开始，成吉思汗看到他的另一个儿媳乃马真也来了。乃马真摇摇摆摆走到御座前——这是她走路的习惯，她的容貌远不如苏如秀丽，但她腰肢纤细，身材很美，这也是让窝阔台对她着迷的地方——先见过父汗，然后别有意味地向岐国眨眨眼睛。

岐国出于礼貌，微微颔首，随即，将目光移开。

苏如笑道："三嫂，你来了？"

乃马真心里冷冷地想："你来，我当然要来，我倒要看看你的拖雷靠什么能胜过移相哥，每次都让你称心如意！"脸上却挂着亲热的笑容，"是啊，我听说弟妹和公主都在这里，急忙赶来了。比赛要开始了吗？"

"是啊，快了。"

乃马真走到岐国身后，站住了。她注意到，岐国的手正紧紧握着苏如的手。这是一个不经意的举动，让乃马真看出此刻岐国的内心有多么紧张。紧张，或许还有其他不为人知的情愫，使得这位平素总是超然物外的金国公主将少女的矜持抛到了九霄云外。

得到消息来观看比赛的人还在陆续地往这边赶，场上的人越集越多。乃马真站的位置比岐国公主和苏如都稍高些，发令官举着黄色的旗子走到移相哥和拖雷的身后时，她看见移相哥回头向岐国这边张望了一下。

乃马真急忙对移相哥做了一个表示鼓励和预祝胜利的手势，也不知道移相哥看见没有，因为他很快回过头，专心地准备比赛。

拖雷却不同，自始至终，他都没有向岐国和苏如看上一眼。苏如心里有点埋怨拖雷，也许，对于这场突如其来的竞赛，拖雷自己的心里也没有多少把握吧？

发令官左手擎旗，右手向上举起鞭子，猛地一挥，鞭子发出了尖利的哨响，移相哥和拖雷同时催开坐骑，向预定的地点飞驰而去，直至看不到踪影。人们在焦急中翘首以待，也不知道过了多久，只见远处出现了两个黑点，黑点在人们眼中不断放大，渐渐地呈现出清晰的轮廓。

是拖雷和移相哥回来了，他们依然并驾齐驱，谁也不占据明显优势。人们，包括成吉思汗在内，全都紧张地注视着正向终点飞驰而来的骑士，忘记了为他们喝彩加油。

岐国的一颗心仿佛停止了跳动。她的手心里浸满了冷汗，自己却毫无察觉。

两个人越来越近了。现在可以看清，移相哥与拖雷虽然并驾齐驱，可移相哥比起拖雷来仍占有微弱的优势。

随着比赛接近尾声，岐国的内心反而平静下来，平静得出奇，平静得反常。她不再去在意比赛的结果，这一刻，她的心中、眼中只有拖雷。

拖雷奋力驰骋的身影令她感动，她知道，为了她，这个男人正在做着一件极其艰难的事情。

这对她而言已经足够了。

她不计较结果如何，即便她只能遵从比赛的结果而成为移相哥的妻子，她的心仍然会忠于自己的选择。她可以嫁给移相哥，但是在成婚前，她一定会明确地告诉移相哥，从拖雷同意比赛的那一刻，移相哥已经输了。因为，无论比赛结果如何，她的心里都只有一个人，即使过去一百年、一千年，天上的太阳和地上的高山也会见证她永恒不变的爱情。

如果这会伤害移相哥，她只能期望着移相哥的愤怒、疏远与冷漠，她会把这当成理所应当，但她的心永远不会改变。

岐国正想着，突然感到自己的手被苏如的手狠狠地攥了一下，接着，海啸般的叫好声响起。她没有看到谁先冲过了终点，可是她看到了苏如脸上的骄傲与欢笑。

拖雷！

毫无疑问，是拖雷赢了第一场！

移相哥换了一匹闪电般的骏马，却因为与新坐骑间还缺少足够的默契而以半个马头的微弱劣势输了第一局。落败的遗憾在移相哥的眼中只是一闪而过，他将红色的绣球交给发令官，迅速退出场外，去准备第二场比赛。

拖雷也将绿色的绣球交给发令官，去换摔跤服了，他的神态一如既往，平静严肃，而且也不看苏如和岐国。

成吉思汗仍旧高高端坐于御座之上，下面的比赛要在他的面前进行，他不需要从御座上离开。尽管儿子拖雷侥幸赢了第一场比赛，但成吉思汗心里很明白，下面的比赛，对儿子来说将更加艰难。

只有乃马真的笑容显得有点勉强，移相哥会输掉这场比赛，这的确有点出乎她的意料。好在还有两场比赛，摔跤与射箭，拖雷应该都不是移相哥的对手，别说拖雷，在整个草原上，移相哥也一向鲜有对手。乃马真但愿长生天保佑移相哥，让他赢了后两场比赛，让他如愿得到岐国公主。

乃马真自己也说不清楚，在岐国公主的事情上，为什么如此倾向于移相哥？或许，是因为苏如吧。

同为成吉思汗的儿媳，她与苏如都得到丈夫的钟爱，可是，成吉思汗和孛儿帖夫人却是偏爱、信任苏如的，她把这归结为她与苏如的出身与身份不同。

首先，苏如是当年草原第一大部克烈部王汗的亲侄女，出身自然高贵无比，而她，只不过是一个平民的女儿，并且还做过成吉思汗个人的仇敌——篾儿乞部忽都的爱妾。尽管窝阔台不计较这些，成吉思汗也从来没有反对过儿子将她立为第六斡耳朵的主人（窝阔台继承汗位后，草原人对乃马真皆以六皇后称之），可她知道，在草原人的心目中，她与苏如是不能相提并论的。

其次，苏如是拖雷的正妻，在拖雷的所有妻妾中，她拥有着至高无上的地位。而作为成吉思汗幼子的拖雷，他将来从父亲手上所获得的所有遗产，也将由苏如的儿子蒙哥以及她生的其他儿子来继承。她呢，严格而论只是窝阔台的妾室，尽管她为窝阔台生下了他们的长子贵由以及其他的儿子，可贵由的地位始终比不过窝阔台的正妻所生的三子阔出。如果窝阔台离世，遗产的大部分必定要由阔出来继承。

也许正因为如此，她才格外嫉恨苏如。苏如让她相形见绌，而她又始终找不到合适的机会报复苏如，她便只能寄希望于这一次，寄希望于移相哥赢得比赛，赢得岐国公主。她早就看出来，岐国公主喜欢的人不是移相哥，如果岐国公主被迫嫁给移相哥，伤心难过的绝不只是岐国公主，还有将岐国公主视为姐妹一般的苏如。

移相哥和拖雷换好了摔跤服，同时来到成吉思汗御座下的草地上，他们将在这里进行比赛。

发令官第二次举起鞭子，示意比赛开始。移相哥和拖雷围着场地移动着脚步，寻找着适当的进攻时机。所有的人都看得出来，移相哥与拖雷不是一个层次的对手，与移相哥的大块头相比，拖雷匀称修长的身形显得单薄许多，因此，与移相哥争斗，拖雷唯一可以凭借的是他的灵活。

岐国的目光紧紧追随着拖雷。她不知道以后她是否还可以这样，可以毫无顾忌地将她的注视献给她钟爱的人，她几乎是怀着一种永别的悲怆，想将他的形象永远地镌刻在内心深处。

移相哥不愧是草原第一勇士，他的魁梧高大以及发达的四肢丝毫没有成为他的负累。当他终于搂住拖雷的后腰时，拖雷只觉得仿佛有千钧之力加在他的身上，他再也站立不稳，被移相哥狠狠地扔在了地上。在他倒地的瞬间，他听到一声柔细轻微的惊叫，这惊叫让他的心一阵疼痛。

欢呼声再次响起，移相哥脸上挂着笑容，向拖雷伸出了手。拖雷没有拒绝，借助移相哥的帮助，从地上一跃而起。

第三项比赛是射箭，要求每人只能射三箭。第一箭，靶子设在一百步之外，而到第二箭和第三箭，靶子将分别以八十步和六十步的距离再往后移。显而易见，这项比赛，既要比每支箭射出后的准确程度，还要比射箭人的臂力。这个主意最初本来是由乃马真帮移相哥出的，因为她知道这样一来，拖雷必输无疑。移相哥倒没想那么多，只是觉得这样的比法很是新鲜有趣，也很刺激，便真的按照她的建议去同拖雷商议，没想到，拖雷居然不假思索，满口答应。

其实，移相哥忘记了，自从拖雷同意与他比赛之后，一切比赛项目和规则都由他说了算。

移相哥和拖雷都备有自己用惯的弓箭。移相哥所使用的弓与箭都是特制的，在草原上久负盛名。他的弓被人唤做"霸王弓"，弓身有三十余斤重，弓弦用三股牛筋拧成，除了移相哥本人，任何人都拉不开满弓，包括他的父王神箭哈撒儿在内都不行。不仅霸王弓够霸气，移相哥用的箭也非同一般，每一支箭的重量达到三斤以上，一般移相哥狩猎或出征时只带三支这样特制的箭，用完后，他都会想方设法将射出的箭取回。而相比之下，拖雷使用的紫阳弓就要逊色几分。尽管这把紫阳弓是他父汗征服乃蛮后获得的战利品，系乃蛮宫廷之物，制作也非同一般，父汗对其格外珍爱，多年来总是带在身边，直到后来在攻克金国怀来城的战斗中，他第一个登上了怀来城的城墙，父汗为了表彰他的勇敢，才将这把弓作为奖品赏赐给他。但这张弓无论从本身的射程还是发箭的速度来看，都不及移相哥的霸王弓。

另外，拖雷用的箭也没有什么特别之处。都是用惯弓箭的人，大家心里都有数，拿着紫阳弓与移相哥比赛的拖雷，根本就是以卵击石。

第一轮由移相哥先射，他用普通的箭射，箭射出后，报靶子的士兵举起红旗，表明一箭正中红心。

拖雷第二个射，报靶子的士兵也举起红旗，围观的众人一起叫好。

靶子被迅速移到一百八十步处，这次，由拖雷先射。

拖雷举弓搭箭，将全身力气都凝聚在手臂和手指之上，对准了远处的目标。汗水浸湿了他的额角，他似乎感受到岐国期待的目光。他试了一下，却没有放箭，而是慢慢垂下了手臂。

汗水流入他的眼睛中，蜇得他眼睛生疼。苏如走到丈夫的身边，递给他一块洁白的丝绢和一皮袋马奶酒，拖雷擦了把汗，喝了几口酒，苏如什么也不说，目光里满含着爱抚。这种无言的鼓励总能使拖雷心神安定。拖雷将丝绢和马奶酒交还给苏如，向苏如点了点头。

苏如悄然退下，拖雷重又举起弓箭。箭，从他的手上稳稳射出，为拖雷报靶子的士兵再次举起红旗。

移相哥没想到拖雷能射得这么好，不由得向他竖起大拇指。

一百八十步的距离，移相哥射起来却跟玩儿一样。他换上了特制的箭，一箭发出，对面的士兵举起了红旗，观众掌声雷动。

靶子又向后移了六十步，二百四十步，这么远的距离，别说射，拖雷看着靶心都有些心虚眼花。

移相哥仍让拖雷先射。怀着一种无可名状的心情，拖雷回头望了岐国一眼，这还是比赛开始以来他第一次将目光投向岐国。他的目光里饱含着深深的歉疚。

"对不起，岐国，恐怕我要辜负你了。"他在心里说。

在意识到可能要永远失去岐国的瞬间，他突然发现，他是钟情于岐国的。他不知道这种感情产生于什么时候，可是当他意识到时却是如此的刻骨铭心。他此刻的痛苦恰恰在于，他明知自己无法保护一个柔弱的女人，而这个女人还对他一往情深。

岐国的目光与拖雷的目光交织在一起，尽管短暂，她却读得懂他的心。

她知足了。

如果命运注定她成为别人的女人，她将接受命运的安排，将身体交给那个必须成为她丈夫的人，而将一颗清白无瑕的心，永远留给她深爱的人。

岐国含泪笑了，像雪莲花一样幽幽绽放，令人心醉神迷。

拖雷迅速回过头，从箭袋里抽出一支箭，镇定地搭在紫阳弓上，他要为岐国做最后一搏。

"拖雷，好样的！"苏如为他加油。

弓，从来没有拉得这样圆，在苏如温柔的鼓励声中，拖雷松开了手指。

箭，划了一条抛物线向着目标飞去，不知过了多久，恍若有一个时辰、一天那么漫长，人们终于看到报靶子的士兵举起了黄旗。

射中了！

尽管稍稍偏离了靶心，拖雷却射中了这一箭，从而超越了自己的极限。

柒

成吉思汗从御座上站起，轻轻地为儿子鼓了几下掌以示赞赏，转瞬间，掌声伴着喝彩声连成了一片。

乃马真的脸上浮出一抹古怪的笑意，敷衍似地拍了几下巴掌。

她真是小看了拖雷这小子！早知道这样，她应该让人把靶子挪得更远些，远到拖雷的箭永远够不着才对。

二百四十步，对任何一个人来说，要想射中靶子都不是一件容易的事，拖雷却差一点射中靶心。仅此，足以令移相哥对拖雷刮目相看。

当然，钦服中又有几分失落，移相哥比任何人都清楚，这是爱，是心中怀有的爱助了拖雷一臂之力。

现在，轮到他来射最后一箭了，他到底该怎么做？

从二百四十步远的距离射中靶心，对移相哥而言易如反掌，问题是，他到底要怎么做才是正确的？

移相哥从箭袋里取出箭搭在弓上时，不由自主地回头望向岐国站着的地方。

四个年轻的女人，不知不觉地站成了两排，岐国、苏如在前，乃马真、梦璃在后。看到他向这边张望，乃马真向他举了一下右拳，示意他无论如何都要拿下这一局。梦璃也在望着他，可惜，那像梦一般美丽而又忧伤的双眸所蕴藏的感情，他永远不懂。苏如依然友善地向他微笑，她不会因为只关心丈夫而忽略别人的感受。然而，他真正在意的那个女人，岐国，却只将她的目光献给她心中的男人。

岐国长久地注视着拖雷的背影，清秀的脸上有笑、有泪。笑是骄傲的笑，泪是喜悦的泪。她心许目成的注视仿佛在无言地告诉移相哥，无论拖雷是否赢得这场比赛，都不会令她改变心意。

一种剧痛的感觉从某个最柔软的部分迅速扩散到移相哥的脑袋里、眼睛里，那痛，是一个男人受伤的自尊。

他像个醉汉一样，身体轻微地震颤了一下，视线也变得有些模糊。

他慢慢地回过头，对着远处的靶子把弓拉满。只要他手一松，拖雷就输了，岐国就属于他，可是岐国的眼神……

上天眷顾着成吉思汗的儿子拖雷，不仅将冰雪一样纯洁的苏如赐给了他，还将他心灵的海浪翻卷成岐国永恒注视的眼波。而他，神箭哈撒儿的儿子移相哥，即使赢回了岐国的人，也恐怕赢不回她高贵的心。

痛苦在蔓延，从心里到眼里，从眼里到四肢，移相哥的手臂开始抖动。或许是天意，恰在这时，两只秃鹫一上一下从赛场上空翻飞而过，拖下巨大的阴影，移相哥突然移弓，对着秃鹫松开微颤的手臂。

箭，离弦而去，两只秃鹫尖厉地鸣叫着，同时应声而落。

围观的众人稍一愣怔，随即爆发出阵阵喝彩。移相哥毫无得意之色，收起弓箭，向场外走去。不明所以的人们给他让开了一条路，心里还在盘算着第三局不知孰胜孰败。移相哥走出人群，略停了一下，头也不回地大声说："我输了！"

说完，跨上战马，扬鞭而去。

比赛结束了，这是人们没有想到的结果。成吉思汗走下他的宝座，意味深长地拍了拍儿子的肩头，走了。围观的众人也随着他陆续散去，比赛场上只剩下拖雷、苏如、岐国、乃马真和梦璃。许久，拖雷回头看了岐国一眼，他看到岐国的眼里含着泪水，苏如的脸上却满是欣慰的笑。

拖雷的眼中，只有这两个女人。他向她们挥了挥手，向着移相哥离去的方向打马飞驰而去。

苏如轻轻抱住了岐国："太好了。"

岐国羞涩地将头靠在她的肩头。

乃马真承认，她从来没有像这一刻这样痛恨移相哥。

当然，还有许国祯。

若非移相哥的失败，岐国就不会如愿成为拖雷的夫人；若非许国祯的出现，苏如就不可能痊愈，甚至可能已经死了。

这两个臭男人，是他们让她又一次输给了苏如！还输得如此之惨！

难道，真是长生天在帮着苏如吗？不，她不相信！她向长生天发誓，她决不会就此善罢甘休。

隆重盛大的婚礼定在十月下旬。

深秋的草原已是寒意浓浓，对岐国而言，却是她来到草原后最美的季节。她看不到在秋风下萧瑟的枯草，她的心里装着夏季的百花谷。

苏如终日为婚礼的筹备忙忙碌碌。只要不离开营地，拖雷每天都会抽空过来看望岐国。在经历了无数人生苦难之后，岐国终于看到命运之神向她露出了慈爱的笑容。

终于，离大婚的日子只剩下十天的时间了。

这天，本来约好拖雷和苏如都早点过来，三个人中午一起吃饭，可是，直到岐国将饭食安排妥当，还没有见到拖雷和苏如的身影。岐国有点担心，正想让侍女去看看苏如那里出了什么状况，却听到帐外响起了熟悉的脚步声。

不多时，苏如那张喜气洋洋的脸出现在岐国的眼前。一如既往的喜悦，却有一种掩饰不住的激动。

"有什么事吗？"岐国看着她，惊讶地问。

苏如来到她的面前，一把抓住了她的手，"公主，你猜，拖雷去了哪里？"

"早晨，他派侍卫来，只对我说他要出去一趟，很快回来。别的，侍卫没说。"

"原来他连你也瞒着。看样子，他是想给我们一个惊喜。"

"怎么了？什么惊喜？"

"三姐回营了。"

"啊？"岐国一时有点犯蒙。

"我说三姐阿剌海，你忘了吗？她是专为你的婚礼从净州赶回来的。"

岐国这才明白过来。

成吉思汗有七子五女，五个女儿皆已出嫁。除二姐与小妹嫁给功臣之子，岐国在汗营见过一面之外，其他的姐妹她尚且没有机会相见。别的姐妹犹可，她能看得出苏如特别喜欢比她和拖雷大两岁的三姐阿剌海，每逢提起她来，总是赞不绝口。她曾给岐国讲过这样一件往事，那是她与拖雷成亲后拖雷讲给她听的。

小时候的拖雷特别淘气，经常会惹出许多麻烦。有一次他一个人跑到海子边玩耍，不想一脚踩空掉到了水里，他不会游泳，就在他被水灌得快要失去意识时，他的身体突然被一个人用力托起，接着，这个人把他推上了岸。他趴在岸上，吐了许多水。吐过水，他恢复了神志，这时，他看清救他的人是三姐。

三姐其实也不会水，像拖雷一样。但是为了救弟弟，她连想都没想就跳进了水中，把弟弟推上了岸。拖雷却只能眼睁睁地看着三姐在水中挣扎沉浮，眼睁睁地看着三姐的黑发在水面上飘散开来，他以为三姐就要被淹死了，吓得大哭起来。就在这时，他注意到三姐的动作不像开始那么慌乱了，她伸出双臂用力地拨水，两条腿却均匀地在水中踩踏着。终于，她的半个身子露出了水面，那样子，就仿佛她能站在水中一样。拖雷大声呼救，正好父汗的一位侍卫经过，将三姐救了上来。

为了这件事，拖雷差点被父汗抽打。当父汗向他扬起了鞭子时，三姐敏捷地挡在了他的身前。她向父汗笑着，不为弟弟说一句求饶的话，只是向父汗笑着。她的头发湿漉漉的，脸上的笑容却是那样天真、快乐。父汗看她这样，长叹一声，放下鞭子，将她抱在怀中。长到十一岁，拖雷还是第一次看到父汗失态的样子，父汗的眼中闪着泪光，抱着三姐的手臂一直在抖，抖个不停。

后来，父汗稍稍平静下来，向三姐询问起当时的情况，父汗同样好奇，不会水的女儿是如何脱离了危险。三姐说：一开始，她的确很慌乱，可求生的本能让她强迫自己冷静下来，就在她奋力向水面上探头以及换气的过程中，她发现自己的身体越平稳，动作越有规律，下沉的速度越慢，于是，她尝试着让手与脚的配合更加协调，不知不觉地，她竟掌握了踩水的技巧。

这桩惊心动魄的事情，三姐讲来却是轻描淡写。只有拖雷知道，三姐当时面临的险境只能用一个词来形容：生死一线。三姐说完，父汗将目光转向额吉，接着，拖雷惊讶地看到父汗以手抚胸，向额吉深施一礼。父汗郑重地对额吉说：阿剌海是长生天赐给我的，谢谢你为我生下了她！

之后，拖雷再也没有顽皮过。

还有一件事，也是苏如讲给岐国听的：拖雷与三姐的感情极好，从小，都是三姐带着拖雷玩耍，直到三姐出嫁。三姐出嫁那天，拖雷十分难过。送亲的队伍离开不久，一个令人震惊的消息传到汗廷：汪古部在金将的策动下发生叛乱，首领吉惕忽里夫妇及长子遇难。成吉思汗急忙派名将木华黎前往汪古部平叛，木华黎重新夺回汪古部时，才知道吉惕忽里的幼子孛要合、侄儿镇国以及三姐全都不知所踪。木华黎问了许多人，只听说，叛乱发生时，他们被一名忠于吉惕忽里的将领用绳索吊出城外，再后的情形人们却一概不知。叛乱是在三姐到达汪古部那天发生的，要成亲的两个年轻人连面还没见到就发生了不幸。拖雷担心三姐的安危，一再要求进入汪古地界寻找三姐的下落，却被父汗拒绝了，父汗将这个任务交给了其他人。在其后漫长的寻找和等待中，只有做父亲的坚信他的女儿还活着。果不其然，在蒙古二征西夏的前夕（1207 年），三姐回到了父汗身边，而比这更令人惊讶的是，她将孛要合和镇国全都完好地给父汗带了回来。

原来，三个年轻人刚刚侥幸逃出汪古城，就被城外的金军发现。为了保护三公主和堂弟孛要合，镇国只身引开追兵，却不幸成为金军的俘虏。三姐决定找到镇国，一同回返汗营。为此，她带着孛要合在金国的云内州生活了两年，就是为了打探镇国的消息，后来，她和孛要合又去了定州。皇天不负有心人，在定州，他们与镇国巧遇，三个人便一起回转汗营。大家只知道这些，至于其间经历了多少曲折，多少艰难，三姐只字未提。父汗就于金帐之上，封镇国为北平王，命他回镇净州。镇国却跪在父汗的面前，请求父汗赐嫁公主。为了大局，父汗只能再次同意。但孛要合没有回去，他主动要求留在父汗身边，做了父汗的一名贴身侍卫。

一次，岐国问拖雷：你心目中的三公主是个怎样的人？拖雷看着她，认真地、简短地回答：我为她骄傲。

一个令拖雷和苏如都如此尊重和喜欢的女子，岐国即使与她素未谋面，也不存有丝毫的陌生之感。

此时，苏如的兴奋情绪很快感染了岐国，她正想多问问关于三公主回营的事情，外面传来了一个女子清脆的声音，"苏如，你在里面吗？"

苏如立刻拉着岐国的手来到帐外。

外面，一位年轻女子正跳下马背。她一眼看到苏如和岐国，脸上顿时露出笑容。

苏如向她走去。岐国却站在原地默默地看着她，有点发呆。

这就是三公主阿剌海吗？她与岐国想象的并不相同。

这个女子，该怎么说呢？初见之下，你会觉得她很朴实，没有一点与众不同的地方。她的身上穿着一件素色的衣袍，全身上下不事修饰，只有一头黑发用一支银簪简单地绾在脑后。可仅仅过了一会儿，你就会发现，她快乐的笑颜，清爽的神情，远比美貌更令人赏心悦目。她继承了母亲精致的五官和粉润的肤色，然而她的气质，那种果决刚毅的气质，却与她的父亲如出一辙。对她，好像不能用简单的漂亮与否来形容，她其实是这样一位女子：一旦你被她的音容笑貌迷住，就会觉得她美丽非凡。

苏如与女子拥抱，她惊讶地问："三姐，拖雷呢？他没有接到你吗？"

阿剌海摇头："没有啊，可能是错过了吧。我急着来看新娘子，先入营了。"

苏如回身指指岐国，介绍道："这位就是公主。"

阿剌海走到岐国面前，微笑着打量着她。岐国虽然有点羞涩，却也向她报以微笑。

"你好，公主。"阿剌海用汉语问候。

岐国先是惊讶了一下，后来想到阿剌海在金地待了两年多，也就不感到惊奇了。她也用汉语说："请叫我岐国。"

"好。你呢，像苏如一样，叫我三姐吧。"

"是，三姐。"岐国恭顺地回答。

阿剌海带了一件礼物给岐国。她当着岐国的面打开了一个红色缎面的锦盒，里面放着一个孔雀形状的金头饰，孔雀的身体用纯金打造，展开的雀屏上镶嵌着几十粒蓝、绿宝石，制作十分精美，工艺无可挑剔。

苏如惊叹道："真漂亮！"

"喜欢吗？"阿剌海问岐国。

岐国点头："喜欢。可是，太贵重了。"

"我托一位朋友专门为你选的，这位朋友对珠宝有着非凡的鉴赏力。你喜欢就好，我也觉得比较符合你的身份。大婚后，你不戴罟罟冠的时候，戴上这个会比较漂亮。来，让我看看效果。"

她说着，从盒子里取出头饰，把盒子交给岐国，让岐国帮她拿着。然后，她手里摆弄着头饰，对着岐国左看右看。

岐国莫名其妙，苏如却忍不住笑了，她从阿剌海手里拿出头饰，说道："三姐还是那么笨。"说话间，已经灵巧地将头饰戴在了岐国的头上。

岐国这才明白过来，原来阿剌海不会戴。

头饰果然很符合岐国高贵的气质，也使她显得有几分娇俏。苏如和阿剌海欣赏着岐国可爱的样子，岐国被她们看得脸色微微泛红。苏如突然想起什么，回手拉住了阿剌海，摇了几下，"三姐，我的礼物呢？"

岐国惊讶极了。与苏如相识半年多，她一直觉得再没有比苏如更老成、更大度、更懂得体贴别人的人了，她还是第一次发现苏如也会撒娇。由此可见，苏如是多么喜欢面前的这位女子啊。

阿剌海伸出手，在苏如的脸上轻轻地拧了一下，"哪里就能少了你的！也是朋友帮我选的，笔墨纸砚，都是最上品的，我已经派人送去你的住处了。"

苏如一偏头，笑道："这还差不多。三姐，外面有点冷，我们……"

她话没说完，只听一阵急促的马蹄声传来，一匹黄骠马转眼停在阿剌海的身边。原来是拖雷回来了。阿剌海刚要跟拖雷说句话，拖雷已经翻身跳下坐骑，上前一把抱起阿剌海，一边欢笑着，一边飞快地转了两圈。

阿剌海被他转得头晕，嗔道："快放下我，你这坏小子。"

拖雷这才把阿剌海放下了。

岐国简直不敢相信自己的眼睛。在她印象中总是那么沉稳庄重的拖雷，在阿剌海面前竟会快乐得像个小孩子一样。

"三姐，你从哪条路回来的？怎么会跟我错开？"

"我着急来看你的小新娘，入营后走了近路。你接上你姐夫啦？"

"接上啦。姐夫去了金帐，等待父汗召见。他告诉我，你来看公主了。"

"是啊。"阿剌海将目光转向岐国，叮嘱拖雷："你的小新娘太柔弱了，成亲后，你可不能欺负她。"

"这我不敢，苏如会打我的。"

此言一出，包括阿剌海的侍卫在内，所有的人都大笑起来。

自从来到蒙古草原，岐国还是第一次笑得这么开心，这么无所顾忌。正笑着，她看到一个人向这边匆匆走来，她一眼认出，这个人是孛要合。

在汗营，孛要合是个让人一见之下就很难忘怀的人物。这首先归因他的长相。作为汪古部首领吉惕忽里的幼子，孛要合的身上兼有突厥、契丹和汉人的血统。尽管汪古部的部民在生活和心理上早已蒙古化，但人们还是很容易从外貌特征上将他们与纯正的蒙古人区分开来。孛要合继承了父亲与母亲的所有优点，高高的个头，白净的肤色，剑眉乌黑，眼眸深邃，鼻直口方。只要看到他的人，没有一个不承认，他是草原上最英俊的小伙子。其次，孛要合对成吉思汗忠心耿耿，大事小情，无不操心，每逢扈从出征，必定身先士卒。成吉思汗钟爱他的品性，将他视如子侄。他唯一的缺点是性格太过沉闷，除了公事，与任何人都来往甚少，人们往往很难猜出他在想些什么。事实上，他就如同古潭深水，清幽平静，波澜不兴。

孛要合在阿剌海身后几步远的地方站住了，他施礼唤道："三公主。"

听到他的声音，阿剌海立刻惊喜地回过头，"弟弟，是你！"

这个熟悉的称呼让孛要合的身体不易觉察地抖动了一下。他抬头看了阿剌海一眼，只一眼，又急忙移开了视线。然而，这一眼却是那样的深沉，里面蕴藏了太多的眷恋与悲伤。在他垂眸的刹那，他的眼波微微闪动，仿佛一块儿巨石不小心落入了深幽的潭水，发出"咚"的一声巨响，涌溅起万千水花。

"三公主、四太子，大汗让你们去他那里。"他极力控制着自己的声音。

说完，他做了个"请"的手势。

拖雷依然笑着，但不知为什么，在岐国的眼中，这笑容变得有些勉强。他嘱咐苏如："我去父汗那里。你陪着公主，过一会儿，我来接你们。"

苏如摆摆手道："你去吧。"又对阿剌海说："三姐，我们晚上见。"

"好，晚上见。"

捌

直到一行人消失在视线中，苏如和岐国才回到帐中坐下。梦璃这会儿不在，她去许国祯那里给岐国配一种补气血的药还没回来。岐国不用侍女侍候，她想与苏如不受干扰地说会儿话。她摘下头饰，珍惜地放回到锦盒，扣上盖子，她已想好，要等到大婚之后再戴这个头饰。

苏如亲自动手，给自己和岐国一人倒了杯热茶。她有点冷，慢慢喝着茶水，这时，她发现岐国正看着她，脸上的表情若有所思。

"怎么了，公主？"苏如问。

"晚上有宴会吗？"

"三姐和北平王都回来了，大汗一定会为他们举办宴会的。说真的，我最期待三姐回来后的宴会了，有她在，气氛就会完全不一样。你恐怕还不知道，大汗身边那些中原的儒臣和将军们，没有一个不认识三姐的，就比如说大汗最信任的郭郡公吧，他与三姐在定州就相识了，三姐能找到北平王，也是因为郭郡公帮了三姐的忙。而那时，郭郡公还不知道三姐的真实身份呢。"

郭郡公的大名，岐国倒是素有耳闻。

郭郡公名讳宝玉，是唐朝名将郭子仪之后。此人才兼将相，通天文，精兵法，善骑射，还是一位公认的兵器大家。章宗皇帝即位之初，因久慕郭公威名，将他封为"汾阳郡公"兼猛安（猛安系金国军事单位，一猛安辖三千户），后又派他驻守定州。成吉思汗第一次攻入中原时，郭郡公观天而降，成为成吉思汗身边的第一谋士。

不过此刻，岐国关心的不是这个，刚才发生在她眼前的一件事让她有点好奇，也有点忧虑，"苏如，你说，拖雷和孛要合的关系是不是不太融洽？"

苏如讶然："你觉得他们的关系不融洽吗？其实，他俩关系非常好，平常相处跟亲兄弟似的。对了，你可能不知道，孛要合跟拖雷同岁，月份小点。"

"可刚才孛要合……四太子的态度……"

"你呀，就是心细，观察也细致。那是因为三姐在场的缘故。"

"因为三姐吗？"

"是啊。拖雷是奶奶一手带大的，奶奶活着的时候，简直把他当成自己的眼珠子。三姐最孝顺奶奶，因此也最疼爱拖雷。拖雷虽说是被家人娇惯着长大，他的本性却很善良大度。不过，再善良大度的人，也难免有自己介意的事，介意的人。那年，汪古部发生叛乱，三姐和孛要合侥幸逃出虎口，之后流落到云内州，当时，孛要合只有十四岁，在那段艰难的日子里，是三姐一直在照顾他、保护他，而且后来又把他和北平王带回了汗营。对三姐来说，孛要合就如同是她的另一个弟弟。可是，每次看到三姐对孛要合那么关怀备至，拖雷都会不舒服。你难道不觉得，拖雷心里不自在，又不敢表现出来的样子很可爱吗？"

岐国想起拖雷微妙的表情变化，会心地笑了。

"原来是这样。那么，三姐和北平王的感情好吗？"

"他们非常恩爱。你刚刚见过三姐了，她给你的印象如何？"

"三姐性格开朗，为人坦率，亲和力很强。跟她在一起，哪怕是第一次见面，也不会感到疏远陌生。说起来，她是我见过的风度最迷人的女子。"

"没错。你想，一个像她这样的女子，又能力超群，聪明绝顶，如果她不是被人爱慕，就注定受人尊崇。北平王与三姐成亲后，在王府对面修建了一座公主府，两府只隔一条街。我听人说，北平王不出征的时候，从不宿于公主府以外的任何地方。晚上，你就会见到北平王了，他与孛要合长得有几分相像，毕竟是堂兄弟嘛。而且，他虽然不像孛要合那么俊美，但他自有一派威仪。"

"苏如，你说……"

"什么？"

"孛要合，他……"

"他怎么了？"

"他对三姐，也是弟弟对姐姐的那种感情吗？"

苏如沉默了一下。

岐国有点尴尬，她想，这个问题她是不是不应该问。

苏如又倒了一杯茶，看着岐国说道："公主，有件事，我对拖雷也没提过。"

岐国一惊，"是什么？"

"你知道孛要合是怎么成亲的吗？"

"不知道。"

"是父汗逼婚，他才成亲的。"

"逼婚？"

"是啊。那是几年前发生的事情。一天，我正在母后那里陪母后说话，父汗回来了，我和母后见他一脸的疲惫不堪，不由得都被吓了一跳，以为发生了什么事。父汗在母后身边坐下来，母后忙问他：'你的脸色不好，是哪里不舒服吗？'父汗叹口气，愁眉不展地回答：'能好吗？不过，我没事。是孛要合那个倔小子，快要把我气死了。给他说个亲事，比指挥一场战斗还累！你去告诉你的宝贝女儿，以后再不要拿这种事烦我了。什么让我赐婚？到最后我根本就是在逼婚嘛。'母后一听父汗是在为这事烦恼，有点好笑，又有点不以为然，她说：'真有那么难吗？那蓝可是三丫头早就相中的女孩子，咱们不也见过好多次了吗？人品长相都没得挑，怎么孛要合不喜欢吗？''喜欢？'父汗苦笑，'现在不是喜欢不喜欢的问题，是孛要合根本不想成亲。''哦？为什么呀？'母后不解。'我哪知道为什么！我想起三丫头的嘱托，对他真是费尽唇舌。你最知道我的性子，我这辈子对谁也没这么耐心过。结果，无论我说什么，那倔小子就一句话：我不想成亲。你说他是不是有毛病啊？他不想成亲他想干什么？我实在没辙了，只好严令他明天就给我回到净州去，有什么话让他亲自去对三丫头说。他见我发了火，才终于让步了。但他又提出了一个条件。''什么条件？''他说：如果是为了传宗接代，他可以纳妾，但他决不娶妻。如果那蓝同意他的条件，他随时可以把她娶进家门。我的天，这样的条件亏他也想得出来？这要我怎么对人家去说？总之，这事我不管了！这都是你女儿惹出的麻烦，该你这个当额吉的出面善后。还有，明天你随便给孛要合找个差事，让他先从我的眼前消失两天，等他同意成亲了再让他回来。省得我看见他就堵心。'我没想孛要合的固执，能让父汗这种度量一向很大的男人说出这种气话来，就忍不住笑了起来。母后也笑了，她思索了一会儿，好像也被这事难住了，问我该怎么办。我说：这事倒不难办。对孛要合，我们可以说他的条件那边接受了；跟女方，什么都不用说，直接商议大婚的日期就行了。等孛要合成了亲，终不成还亲自去向那蓝讲明他的条件？他不是那样的人。何况，如果孛要合一生只有那蓝一个夫人，孩子也只有那蓝为他生的孩子，那么，妻与妾的名分都不过是他心里的事，那蓝不会知道，我也看不出两者有什么分别。父汗听我这么说，顿时如释重负，于是，这事就这么商定了。现在你明白了吧，孛要合成亲，根本就是被连逼带骗的。"

"莫非，你那时就已觉察出，孛要合不肯成亲的原因，还有他纳妾不娶妻的原因，都与三姐有关？"

"难道不是吗？孛要合是个眼睛从来不向女人看的男人，如果说他是为了别的女人，那也太不可思议了。而且，你可能不知道，自从孛要合留在汗营，除了陪父汗出征时路过，他从来没有回过净州。"

说完这句话，苏如与岐国互相看着对方。

岐国重又忆起孛要合匆匆移开的目光。那种想看，不能看、不敢看，想爱，不能爱、不敢爱的痛苦，只有经历过的人才会感同身受。岐国曾经经历过，所以她才能在一瞬间看懂了那目光里的内容。

苏如将杯里的茶喝尽了，侍女进来，问是否上午饭，两个人都没有胃口，岐国让侍女端一盘奶食过来就行。

苏如又倒了一杯茶，岐国注意到她很渴。苏如说："不知道怎么回事，这几天，我就是觉得口干舌燥的。"

岐国不放心，说道："明天，我让国祯给你做个检查吧。"

"好。"

她们的话题从孛要合身上离开了片刻，又回到了孛要合身上。

"苏如。"

"嗯？"

"你觉得，三姐知道孛要合的心事吗？"

"应该不知道吧……孛要合肯定不会让她知道的。这些年，三姐对孛要合的疼爱，真的跟疼爱拖雷没什么两样。对三姐来说，她不仅有一个爱她至深的丈夫，而且肩负着父汗交付她的艰巨使命，她不可能再去为别的事情分心。"

"那蓝呢？"

"不管孛要合心里藏着什么人，都不妨碍他对那蓝尽到一个做丈夫的责任。你也见过那蓝的，她的笑容有多甜美，那是一个从心里感到知足和幸福的女人才会有的笑容。那蓝这一生，至少会拥有一份不变的感激和尊重，凡是能给她的一切，字要合全都毫无保留地给了她。所以，我并不为那蓝感到担心。我只是偶尔想起来，就会为字要合惋惜，像他这样一个有情有义的男人，却无法将身心完整地交付给同一个女人，这或许就是造化弄人吧。"

岐国点了点头。是啊，像她，社稷的贡品，幸亏老天眷顾，她才可以将身体与心灵合二为一，完整地交给她深爱的人。

与她相比，字要合却只能承受这种身心分离的痛苦，而且很可能一生都得将痛苦深埋心底。

然而，哪怕只能看一眼，只敢看一眼，字要合的内心，还是希望能见到他思念已久的人吧？

拖雷早早来接苏如和岐国，他们来到大帐时时间还早，宾客一个未到，空阔的大帐除了镇殿侍卫，就只有三个人：阿刺海、北平王镇国和那蓝。

成吉思汗派人去接女儿，是因为有事要与女儿商量。父女俩正在说着话时，其他三位太子——术赤、察合台、窝阔台都过来了，几个儿女便陪他们的父汗吃了一顿简单的午饭。饭后，术赤惦记着看望母亲，察合台、窝阔台想陪父亲骑马，至于拖雷，成吉思汗让他去接苏如和岐国。

岐国与北平王此前从未见过，拖雷先为他们做了介绍。大家都是亲戚，不需要那么多礼数。岐国见北平王气宇轩昂，与三姐果然很相配。

阿刺海抬头向苏如、岐国一笑，说道："你们先说话，不用管我。"说完，又接着忙她手上的活儿。

"三姐，你做什么呢？"苏如好奇地问。

那蓝一副快要哭出来的表情，代阿刺海回答道："姐姐在编腰带呢。"

"编腰带做什么？"

"姐姐说，北平王的生日要到了，她准备送给北平王做礼物。"

"这是刚编吧？没多长呢。"

"哪儿啊，都拆了三次了。姐姐，我求你了，编腰带的事交给我吧，我保证，你回净州前，我一定多编几条出来送给哥哥。教你的工夫，我差不多都能编上一条了。"

"别急，别急。让我再试试。"

　　阿刺海又忙乱了一阵子，到底感觉哪里不对劲儿，于是将她编了一尺来长的"腰带"拿在眼前看了看。等看清她的"成果"，除了镇国，其他人先是目瞪口呆，继而笑得前仰后合。

　　要说阿刺海的手艺，也的确让人"叹为观止"了：由于手法的关系，不到一尺的"腰带"，被阿刺海编得有紧有松，有长有短，周边还毛爹爹的，要多丑有多丑。且不论阿刺海能否编完，就算她编完了，镇国也不敢系出去。

　　拖雷刚喝下一口水，这一笑全都喷在了阿刺海的脸上。镇国终于有些忍俊不禁，一边笑一边还不忘摸出一方丝帕递给阿刺海。岐国很自然地接了过来，帮阿刺海揩去脸上的水珠。

　　阿刺海不得不放弃这个对她来说不切实际的计划了，她将腰带扔在一边，叹道："编一个腰带，也这么难！"

　　拖雷一边笑，一边毫不客气地打击她："那是三姐你太笨了。"

　　阿刺海看着自己的手，脸色颇有些无奈，"可是为什么呀？额吉生了五个女儿，为什么就把我一个人生得这么笨？"

　　她说完，大家又都放声大笑起来。

　　从小到大，从金国宫廷来到蒙古宫廷，岐国早就遗忘了欢笑的感觉，唯独在阿刺海面前，她尽可以展露天性。她终于明白，为什么苏如和拖雷都那么期待与三公主的相见，未来的日子，她必定也会怀有相同的期待。

　　另外，她还意识到这样一件事情：从始至终，北平王都静静地待在三公主身边，用一种宠溺的目光，看着他笨拙的妻子……

　　岐国哪里知道，那蓝进来前，阿刺海与镇国之间刚刚发生了一场不快。

　　阿刺海与镇国成婚七年，几次怀上孩子都没能保住，后来便再没有怀孕。她估计是自己的身体出了问题，打算给镇国娶一房妾室。她的想法是，等镇国有了儿子，她可以将这个孩子带在身边，亲自抚养长大。她为这事很留意，千挑万选的，最后相中了四叔家的女儿。这回借着弟弟与金国公主大婚之际，她打算请父汗做主，将堂妹赐给镇国。她本来觉得赐婚这事既体面又便捷，她哪里知道父亲在孛要合的婚事上费了多少周折。果不其然，她刚提出来，成吉思汗便一口回绝了。成吉思汗明确地告诉女儿：你们的事，自己商量，别来找我。

恰好这时，术赤三兄弟来到金顶大帐，阿剌海也就没再继续这个话题。

一家人好不容易团聚，镇国的好心情却完全被阿剌海破坏了。他强压着火气，连饭吃也没心思。吃过饭，阿剌海也想陪父汗骑马，成吉思汗不允许，要她留在金顶大帐，等着晚上的宴会。说完，他走过镇国的身边，停了停，别有深意地看了女婿一眼，然后，将几个儿子全都带了出去。

阿剌海站在帐门前，目送着父汗离开，心里还在纳闷，"怎么父汗不让我去？"她正想问问镇国，却被镇国抓住了胳膊。

阿剌海没提防，被他这么用力一拽，吓了一跳，"怎么啦？"

镇国也不回答，一直把她拉回到成吉思汗的御座前才站住了。

"怎么了吗？出什么事了？"阿剌海不明所以，一脸茫然地望着镇国。镇国的手，还紧紧地捏着她的胳膊。

"你为什么事先都不跟我商量？"镇国生气地问。

"商量什么？"

镇国根本不想重复她跟父汗说的那些话。阿剌海想了想，明白了，"你是说我堂妹的事儿吧？我跟你商量就可以吗？"

"对。"

"那好，镇国，你听我说……"

"你先听我说。"

"行，你先说。"

"你不就想让我纳妾吗？我纳，多少个都行。但有一样，十个、百个，她们谁也不会有我的孩子。你明白我的意思。"

"啊？"

"这个王位本来应该是孛要合的，现在孛要合有了儿子，北平王的王位不缺继承人。但是，阿剌海，我是为了你才接了伯父的王位。从我们一起逃出汪古城，我就没有一刻不在惦记着你，从我们在定州意外重逢，我就知道自己不能失去你。可当时，我只有按照大汗的愿望回到净州，才有资格请他赐婚，而大汗顾念与我伯父的婚约，也一定会同意我的请求。接替伯父的王位，这是我一生中最自私的一次选择。我父母早逝，是伯父和伯母将我抚养成人，他们对我，就像对待亲生儿子一样，而我，却辜负了他们的养育之恩。这些年，对他们，对孛要合，我一直心存内疚。可是，只要有你在我的身边，我决不后悔自己的选择。我只要你，只要你，你明白吗？我所做的一切都是为了跟你在一起。你已经让我自私了一次，不能连自私的理由也不给我留下。难道，未来的日子，你真的忍心看到我为内疚而痛苦吗？"

七年的夫妻，镇国还是第一次向阿剌海袒露心声。阿剌海听着，似乎有点意外，代之而来的，却是释然和幸福。

终于，她看着镇国说："我知道了。"说完，她就笑了。

她的笑容一如往昔，舒展、明朗、纯净，这是从定州重逢开始就让镇国心醉神迷的笑容。多年的共同生活，镇国深知妻子的个性：临大事，精明果决，极具胆识；对小事，随性而为，不喜纠缠。她的笑就是承诺。

不快烟消云散，夫妻俩和好如初。这时，那蓝在帐外求见……

正如苏如所说，当晚的宴会不同于岐国参加过的任何宴会。都是些熟悉的面孔，不一样的是笑容。几乎每个人的脸上都洋溢着热情与欢乐，那是真正的热情，真正的欢乐。特别是那些来自中原的将领，都与阿剌海熟稔。他们与阿剌海的交谈，丝毫不受语言和礼节的约束。除了轻松愉悦的气氛，给岐国留下深刻印象的还有三个人：第一个人是大太子术赤。要知道，术赤性情孤僻，他的冷峻沉默在汗廷是出了名的。然而，当他与三妹交谈的时候，他的面容却变得柔和起来，眼中也分明闪动着*丝丝温暖*的笑意。岐国记得，拖雷说过，三姐的骑射工夫都大哥亲自教的；第二个人是乃马真，这位气质强悍的窝阔台夫人，竟一反往日的张扬，从始至终，举止端庄从容，态度谦恭和顺；第三个人，就是孛要合了。岐国想起自己初入蒙古宫廷时，每次与拖雷在同一座大帐中参加宴会，对她而言都意味着一种心灵上的折磨。她想不出孛要合该如何面对三公主，尽管他神色如常，然而，他还是在宴会开始没多久就离开了大帐，直到宴会快要结束时才回到自己的位置上……

玖

宴会结束的第二天，许国祯早早来给苏如做检查。他仔细问过情况，把了一遍脉，又把了一遍，有那么一会儿，他没有说话。

为了给苏如治疗她被花毒侵害的身体，许国祯这些日子遍寻名方，殚精竭虑，也无暇再考虑要不要离开蒙古宫廷的事情。经过治疗，苏如身体恢复状况良好，但她是否能够顺利受孕，许国祯的心中也没有十足的把握。

此时，见许国祯的脸上微微露出不可置信的表情，岐国不知道出了什么状况，心里紧张，未敢贸然询问。倒是苏如很镇定，问道："国祯，我怎么样了？"

许国祯站了起来，向苏如深施一礼，"恭喜夫人，您怀孕了。"

岐国一把拉住了许国祯，"你说什么？是真的吗？这是真的吗？"

许国祯微笑："是真的。夫人已怀有两个月的身孕。"

岐国回身抱住了苏如，"太好了！我的天哪，这可太好了！要赶紧把这个好消息告诉四太子才行。这一次，我们决不能再大意！"

苏如含泪而笑，说："这要谢谢你，谢谢国祯，你们才是老天赐给我的福气。"

许国祯看着她们相拥流泪的样子，心中暖暖的，眼窝却有些发热。他突然觉得，留下来，留在草原，似乎也是一个不错的选择。

时间飞逝而过。

盛大的婚礼结束后，阿剌海与镇国辞别父汗，即将返回净州。不约而同地，苏如、岐国、那蓝给阿剌海准备的礼物都是整套整套的衣物，那蓝还给镇国编了几条腰带。她们算是领教了阿剌海的"笨"，镇国这辈子想要穿上阿剌海亲手缝制的衣服，恐怕是不能够了。

短暂的相聚之后又是长别，拖雷和孛要合亲自将阿剌海和北平王送出汗营，回来的路上，两个人谁也没有心情说话。拖雷直接回到苏如的帐子，苏如见他神色闷闷的，建议他带岐国去大哥术赤的营地做客，拖雷正中下怀，第二天跟父汗说了一声，就带着岐国出发了。

梦璃因为感染风寒没有随同前往，不久，一个不速之客在晚上拜访了她。

第二天黄昏，梦璃打开帐门，想出来透透气。突然，她看到移相哥正跌跌撞撞地向她的帐子这边走来，她想关上门，可是已经来不及了，移相哥看到了她，站住了，满脸通红地向她笑着。

梦璃尴尬地望着移相哥，不知该对他说些什么。平心而论，对于这个英武又不乏善良的男人，她绝对不厌恶，甚至在他与岐国公主的感情纠葛上，她对他还有几分敬佩和同情。可现在的问题在于，她从没有在自己的帐子接待过任何男人，她很怕醉酒的他会要求进来。

昨晚，不速之客离去后，她发起了高烧，一宿未能成眠，一直折腾到中午才迷迷糊糊地合了一下眼。这中间，苏如夫人派人来探望过她几次，给她送来了早饭和午饭，只是她没胃口，都没有吃。许国祯也来探视她，给她抓了几服药，还亲自煎好让她服下去。黄昏的时候她的烧总算退了，身体感觉轻快了许多。整整一个白天，苏如夫人的侍女都在她身边服侍她，这让她心里很是过意不去。吃过晚饭，她急忙吩咐侍女回去休息，并让侍女代她向苏如夫人致以谢意。侍女走后，她原想出来透透气，结果不巧，刚一出来就与移相哥打了个照面。

此时，梦璃与移相哥，一个在帐内，一个在帐外，相顾无言。

移相哥的笑容在梦璃的眼里渐渐变得混沌不清。就在梦璃犹豫着是应该客气地问声好，还是应该关上帐门时，她最怕的事情发生了。移相哥摇晃着向她走来，不等她相让，便经过她的身边抬腿走进帐子。

他走得匆忙了些，忘了低矮的帐门，脑门重重地磕在门框上，发出"嘭"的一声重响。他的脑门顿时被磕出一道血印，他却恍然不觉，依旧瞪着一双发红的眼睛走到桌边坐下，抓起桌上的茶壶便对着壶嘴猛灌一气。

他喝得很急，喝着喝着，大声咳嗽起来。梦璃站在门边望着他，目光里闪现出些许怜惜。

那天，在拖雷与岐国公主的婚宴上，移相哥没有喝醉，自始至终保持着清醒和理智，他献上自己的祝福时，任何人都能看得出他的真诚。今天，当拖雷带着他的新娘离开了主营，他才终于喝醉了，并受一种莫名的心绪支配重又走进岐国公主出嫁前住着的帐子。从这一点可以看出，他的心中该盛着多少不为人知的痛苦啊！他只是不想让其他的人觉察到他的痛苦罢了。

痛苦，却不纠缠，移相哥是条汉子。

爱时爱得热烈，放手时放得决绝，移相哥是条真正的汉子！

事实上，当移相哥将那一箭射向空中的秃鹫，当他跨上战马认输离去时，梦璃内心的同情已然变成了对他的敬重。

移相哥还在咳嗽，咳得一张脸憋成了紫色，咳得梦璃都有些担心起来。她几乎想也没想，快步走到移相哥的身后，用力地帮他捶着后背。移相哥是个魁梧的男人，后背的肌肉结实发达，梦璃的一双小手捶在上面，如同捶在厚厚的皮甲之上，发出"咚咚"的震响。

　　不知捶了多久，梦璃一心担忧着移相哥，甚至没有注意移相哥什么时候不再咳嗽了。她的胳膊开始变得酸痛起来，在她稍作停顿的间隙，突然发现移相哥正仰脸注视着她，她不觉吓了一跳。

　　"啊，您……"她脱口而出。

　　移相哥不说话，伸出蒲扇一样的大手将梦璃的双手紧紧拑住，梦璃惊叫了一声，拼命地想要挣脱，反而跌坐在移相哥的怀抱之中。

　　移相哥抱住了她，将头垂了下来。

　　"王爷，王爷，不要这样，请您不要这样！"

　　移相哥似乎没有听到，他将滚烫的双唇紧紧地贴在了梦璃的粉颈之上，梦璃极力躲避着，一颗心却犹如打鼓一般，跳得她头晕目眩。

　　"王爷，不要……"

　　不知过了多久，移相哥将嘴唇离开了梦璃的脖颈，将脸贴在了梦璃汗涔涔的脸上，他的脸像他的唇一样滚烫。

　　"梦璃姑娘，公主她，公主她……"他梦呓般地低语。

　　梦璃好不容易才能稍稍直起身体，却还是离不开移相哥的怀抱。她迅速将目光移向帐门，她很担心，如果让别人看到移相哥这个样子，只怕她跳进黄河也洗不清了。可是，帐门竟是关着的。

　　是谁关上了帐门？是她自己吗？

　　这是有生以来第二次，她被一个男人强行抱在怀中。只是那一次，她被那个借酒装疯的男人欺侮后几乎痛不欲生，而这一次，她居然一点都不憎恶移相哥，她甚至宽容地把移相哥的失态归结为他已醉得不省人事。

　　"公主她……"移相哥仍在喃喃低语。

　　梦璃将语气放得平和了一些，现在，她只想设法骗着移相哥放开自己。"公主，怎么啦？"

　　"公主，不漂亮。"移相哥口齿不清地说。

　　"啊？"梦璃惊讶地望着移相哥，她奇怪移相哥怎么会有这种想法。

　　移相哥继续说道，语气里已多了几分伤心："公主，不漂亮……算不得漂亮，可她那么高贵，那么优雅，那么让人心动，第一次见到她，我就喜欢上了她。我想让她做我帐子里的女人，你知道吗？"

　　"是，我知道。"

"不，你不知道。拖雷是我的好兄弟，却抢走了我喜欢的女人。这不是第一次，这不是第一次。"

"因为这样，你恨他？"

"我应该恨他。"

"但你不恨。"

"你……怎么知道？"

"王爷，女人，您必须得到她的心才行，尤其是像公主这样的女人。娶一个没有心的女人，您会痛苦一辈子。"

"我知道，四嫂也曾这么对我说过。"

"苏如夫人吗？"

"是。四嫂，真是个绝顶聪明的女人，我就是不明白，怎么又聪明又贤惠的好女人都喜欢拖雷？"

"不是。好女人也会喜欢您。"

"你呢？你喜欢我吗？"

"啊？"梦璃一愣。

移相哥托住梦璃的头，强使她的眼睛正视自己。

移相哥的眼睛里闪射着奇异的神采，梦璃不知道此时在他的眼中，看到是自己还是岐国公主。

梦璃想转开头，移相哥已将双唇贴在了她的前额之上，又从前额滑到她的鼻尖、干涩的双唇、下颏、脖颈。

梦璃想推开他的头，却骇然发现，不知何时她的衣领已被移相哥解开了，移相哥游移的双唇已经探到她酥泽温润、像蓓蕾一样尽情绽放的乳峰。梦璃再也无力挣扎，微微合上了眼睛，听凭一只有力的手坚决地剥开了她封闭多时的心灵。

移相哥的喘息渐渐变得粗重，坚实的双臂发出一阵又一阵有节奏的震颤，梦璃躺在他的怀中能够清楚地听到他急切的心跳。在物我两忘的瞬间，梦璃感觉自己仿佛变成了一把美轮美奂的十三筝，拥着她的男人有点粗暴地拨动着琴弦，令人意外的是，这个并不高明的乐手，却偏偏奏出了一串串美妙无比的音符。

怀着无奈的羞涩和舒适，梦璃选择了屈从不可预知的命运，将身心交付给无所不在的苍天，任由移相哥将她一点一点托入缥缈的云端……

拾

移相哥酒醒时外面的天色已然漆黑一片。帐中，只有一盏油灯忽明忽暗。移相哥的目光费力地在暗淡的光线中搜寻，可是，没有梦璃，梦璃既不在他的身边，也不在帐中。

梦璃，梦璃去了哪里？难道……

移相哥不敢深想，翻身坐起，飞快地穿上衣服。记忆中尚留存着梦璃的体香和润泽，当他将所有的失落与酒后的冲动都交付于她的震颤时，他那颗不善于感动的心也在极致的缠绵中融化在了她的柔情中。

对他而言，他刚刚失去岐国，决不能再失去梦璃，何况，梦璃是这样一个柔弱无助、楚楚动人的女子。

移相哥几乎是跑出了帐子,他不知道梦璃会去哪里,可他一定要找到梦璃。

移相哥一只脚刚刚跨出帐门，又站住了。他看到梦璃站在门前的草地上，双手合十，正默默仰望着辽远的星空。移相哥犹豫了片刻，不声不响地走到梦璃身后。梦璃没有回头，轻轻地问道："您醒了？"

移相哥从后面拥住了梦璃，"梦璃……"

"王爷，您要说什么？"梦璃仍然没有回头，也没有挣脱移相哥的怀抱。

"梦璃，你放心，我移相哥绝不辜负你。待一会儿天亮了，我会去向大汗请婚，将你赐给我，做我的正妻，做我帐子里的女主人。"

梦璃温柔地摇摇头，"不，王爷！"

"你，你不喜欢我？"

"王爷，难道您忘了，我已经是您的女人。"

"那么你……"

"如果您当真喜欢我……"

移相哥急切地打断了她的话，"我喜欢你，不，不是，你好像变成了我自己的一部分，我需要你，不能离开你，我……我嘴笨，你教我，你教我好了，我该怎么样把自己的感受说给你？"

"不需要，您什么也不需要说，您只需要听我说。"

"好，你说，我听着。"

"在来到蒙古之前，我是金国的女人，我曾长期生活在宫廷。但我与公主不同，她是女真人，我是汉人。她是高高在上的公主，我是地位低下的婢女。在我的故乡，家中还有生养我的父母双亲，我可怜的父亲至今仍然被关在大牢中，我很担心他。所以，我不能在得不到父母祝福的情况下就做您的妻子。做了您的女人我并不后悔，但我还不能嫁给您，至少暂时不能。如果您真的喜欢我，怜惜我，请您等待，用您足够的耐心等待。"

"是这样吗？我懂了。你放心，我会等。等我们拿下中都城，救出你父亲，把你的父母都接到草原来。"

"您说什么？拿下中都城？"

"是啊，你还不知道吧，我们很快就要第三次出征金国了，这一次，我们一定能攻下中都城。"

"您说，第三次出征金国？不是两家议和了吗？"

"金国是蒙古世仇，大汗怎么会半途而废呢？当初撤围回师，是因为中都城墙坚固，守备森严，急切间无法攻克。现在情况有所不同，一旦金朝廷议定迁都，势必造成中都城的守备空虚，如此良机，岂可坐失？何况，金帝议和而迁都，本身证明金帝对两家议和并无诚意，是以公然做出背盟之举。梦璃啊，你别说，金朝的这位皇帝还真体谅大汗，大汗撤回蒙古，原本是为了休养军力，正愁找不到重新攻打金国的理由呢。没想到，大汗一瞌睡，金帝就来送枕头，你等着吧，只要金帝率领文武百官一离开中都城，我们立刻大举南下。"

一股寒意袭上了梦璃的心头。完颜珣真的愚蠢到要放弃百年经营的中都，从而为蒙古再度出兵留下口实吗？那中都的百姓怎么办？父亲怎么办？他是不是已经被术虎高琪放出监狱了呢？

自从来到蒙古之后，她一直将眼睛所看到的、耳朵所听到的一切都如实地记录下来，诸如蒙古所实行军民一体、全民皆兵的制度，漠北草原的气候、环境、地理概况，草原人日常的生活、生产、训练、吊训马匹、围猎、备战等情况，凡是她认为准确无误的，她都会用一种特殊的符号记录下来——这种符号还是在她临来蒙古前，术虎高琪命一个对这种符号很有研究的人，用了差不多十天的时间专门传授给她的。她记录下来的符号别人一概看不懂，只有负责教她的师傅才能看懂——然后转交给术虎高琪派来与她联系的那个男人。

迄今为止，她只与那个男人接触过两次，第一次正是在岐国公主陪着四太子拖雷离开之后。第二次，她为术虎高琪准备了一份更加详尽的情报交给那个男人让他带回中都。在第二份情报中，她也明确提到过蒙古方面有准备出兵的迹象，只是她还不掌握他们出兵的日期和规模。

她当然知道她所做的一切有多么危险。值得庆幸的是，那个男人不知是凭借什么样的身份或者采用了什么样的方式，每一次都能顺利进入并离开蒙古主营，不仅未被蒙古人觉察，甚至未被与她住在一起的岐国公主发现。

那个男人每次从她手里取走情报，都从不与她交谈，因此直到现在，她也不知道那个男人究竟姓什么叫什么，她其实也不想知道，她甘冒风险这样做只是为了换取父亲的自由。

在与蒙古人的朝夕相处中，她清楚地看到新兴的蒙古帝国及军队自身所具备的优势和劣势。蒙古军队吃苦耐劳、忠诚无畏，统帅纵横捭阖、善于用兵，将领勇谋兼备、不屈不挠，这些都与金军形成了鲜明的对比，也使蒙古铁骑在本来并不擅长的攻坚战中屡克对手。

但蒙古军也存在着致命的缺陷。

首先，蒙古国地广人稀，人力资源严重匮乏，每次出征，能够抽调的兵力不及金国军队的十分之一。其次，蒙古本土的生产条件与经济状况相对落后，金国却在富庶的中原地区立国百年，拥有强大的经济实力。战争需要强大的经济实力作为后盾，一旦双方将战争转化成在经济力量上拼消耗，蒙古将远不是金国的对手。最后一点，蒙古骑兵擅长野战，也就是说擅长在运动战中消灭敌人，而不擅长攻坚战。如果临战中的金军不犯轻敌冒进，或畏敌如虎的错误，而是能正确分析形势，以己之长，克彼之短，通过对现有兵力周密部署，耐心而又坚决地据守城池，完全可能将蒙古军的大量有生力量消耗在城下，迫使蒙古军无功而返。久而久之，当蒙古铁骑对高大坚固的城墙心生恐惧时，他们的统帅也就不再有入主中原之念。

她把她的想法也附在情报之后，她不知道术虎高琪是否会重视她冒着随时暴露的危险所提供的这两份情报，但她已经尽力而为了。她只要术虎高琪能够兑现诺言，放出她那可怜的、对金王朝忠心耿耿的父亲。

可是，她万万没有想到，一波方平，一波又起。刚刚摆脱了战争阴影的完颜珣，不但不思固本强国，恢复元气，反而忙于商议迁都，这不明摆着是要示弱于强敌，将平静了没有多久的金国重新推入战火之中？

恰如移相哥所说，金帝完颜珣很喜欢做这种为成吉思汗送上枕头的事情。但愿她的情报能及时送到术虎高琪的手上，但愿术虎高琪能够劝止皇帝……

"想什么呢？"移相哥将嘴贴近梦璃的耳边，压低声音问。这个粗豪的汉子长到二十多岁，还从来没有对任何人这样温柔体贴过。

梦璃的耳根处痒丝丝的，她偏了偏头，回眸向移相哥一笑。

她的笑容里依旧充满了忧伤。

"梦璃，等确定了出征日期，你随我一起出征吧。我保证，等攻下中都城，我一定亲自帮你找到你的额吉，救出你的阿爸，然后，我要尊重你们汉人的习惯，正式向他们求亲。"

"抱歉，王爷，我不能随您出征。不过，我会陪在公主身边的，这样，我不是随时也能得到您的消息嘛。"

"我懂了，你是不想马上让拖雷和岐国公主知道咱们这件事对吧？行，都依你。"

"谢谢您。对了，王爷，你们是怎么知道中都城的金銮殿上正在商议迁都的事呢？"梦璃试探性地问。

"嗨，这有什么难的！从统一草原的战争到攻金战争，哪里没有我伯汗的耳与眼，手与腿啊！伯汗常教育我们这些做子侄、做将领的，军队未动，情报先行，知己知彼，才是胜利之源。"

"这么说，迁都和出征都已成定局？"

"对。"

"出征日期是否确定？"

"不会太久的，大汗还在等一个消息。"

梦璃不再追问了，她确定了两件事，一件事是另一件事的结果。现在，只有阻止成为原因的那件事发生，才能延迟蒙古军出征。

但是，谁能阻止皇帝迁都呢？术虎高琪？他行吗？最重要的是，他会这么做吗？还有，她该怎么样才能把这个消息送出去？

与梦璃接头的那个男人临行告诉她，他到了边境，将情报交给可靠的人后，会尽快返回来。

但愿他快些回来！

可是，就算他回来了，也把最新的情报带出去了，为了这样一个置中都和百姓于不顾的皇帝，为了腆颜站在金銮殿上，一个个道貌岸然却尸位素餐的文武百官，她与那个男人赌上性命所做的一切，真的值得吗？

而她，却在这片陌生的土地，将她的身体与心灵都托付给了一个单纯、勇敢，愿意对她负责的男人，她到底做了些什么？

负有特殊使命的她与内心充满了柔情的她，到底哪一个才是真正的她？

到底哪一个，是她想做的女人？

梦璃茫然了。

她想到她的国家，想到皇帝，想到她深深厌恶却无法摆脱的术虎高琪，他们都成了一个个影子，跳动的影子，她没有一样看得清楚。第一次，这还是第一次，她的内心对未来充满了迷茫。

拾壹

一个月后，拖雷与岐国回到了主营。

关于建立草原都城的设想，成吉思汗征询了岐国的意见，岐国向成吉思汗推荐了一个人。

岐国推荐的这个人是中原名僧海云法师，乃山西岚谷宁远人，俗家姓宋。金帝完颜珣赐号通元广慧大师。此人道行高深，精通阴阳五行之术，并于天文、地理、术算、建筑等诸科皆有造诣。

成吉思汗已经定下再攻金国之策。而今，随着蒙古占领区域的不断扩大，成吉思汗迫切需要各方面的人才加以辅佐。听说中原有此奇人，成吉思汗传旨各军，待攻下宁远，务要将海云法师好生请来，使其毋受惊扰。

除了海云法师，岐国还向成吉思汗推荐了梦璃的父亲冯宣、中原名士张德辉和契丹贵胄耶律楚材。岐国说，此三人皆有大才大抱负，堪为重用。

岐国所请，成吉思汗一概准奏。

在完颜珣的坚持下，金都城预计于次月月初正式迁往汴京（今开封），而蒙古这方面征伐前的准备工作也在有条不紊地进行着。

苏如孕后，为了确保胎儿无恙，托岐国替她照顾好拖雷，她自己一心一意地做着再当母亲的准备。

在苏如的坚持下，这一段时间，拖雷经常宿于岐国的宫帐。二人燕尔情好，如胶似漆，但因出征在即，究竟还是聚少离多。

最近一段日子，岐国为了筹建草原都城一事，每天都要翻看书籍或者查找资料，常常熬到很晚才能入睡。倒是拖雷根本不为这件事操心，除非军中有事不能回来，但凡回来，常常是跟岐国说着话就已经睡着了。岐国怜惜他，每每等他入睡，才继续看书。因此，等到岐国睡时，时常已是后半夜。

这天晚上，岐国刚刚躺下，便被帐外的一阵骚乱惊醒了，她推了推拖雷，拖雷睁开眼，恍恍惚惚地向她一笑。"有事吗，公主？"

岐国指指外面，说："四太子，你听。"

拖雷侧耳听了听，一骨碌从床上坐了起来，"怎么这么吵？我去看看。"

拖雷刚刚披上外套，就听在大帐当值的侍卫长忙哥撒在帐外扯着大嗓门问："四太子，你醒了吗？"

拖雷答应了一声，匆匆地向帐外走去。帐外，火把通明，十八名侍卫围成半圈，中间，忙哥撒押着一个全身上绑的男人，面向大帐，正等待拖雷出来。拖雷惊讶地看到，他的侍卫，包括忙哥撒在内，都或多或少地受了伤，而被他们制服抓起来的男人，满脸都是血，连模样都辨认不出了。

"这是怎么回事儿？"

"四太子，我们抓到了一个金国的探子。"

"金国的探子？"

"是的。他虽然身上穿着蒙古袍，可他一句蒙古话都不会说，而且，弟兄们当时看到他鬼鬼祟祟地出现在冯姑娘的帐子前，喊了一声，他便跑了。弟兄们好不容易追到他，这小子身手很不一般，把我十几个兄弟打得够呛，幸亏我又带了三个弟兄赶到，总算把他制服了。"

"你说是在冯姑娘的帐前吗？他没有伤害到冯姑娘吧？"

"没有。巡逻的士兵说，他们发现他时，他还没来得及进去。真奇怪，他去冯姑娘的帐子做什么？难道他与冯姑娘认识吗？四太子，你说，我们要不要把他解到大汗的金顶大帐？"

"父汗想必还在睡着，先不要打扰他。你把他带到偏帐去，给他的伤口敷点药，我待会儿过去。我陪公主去看看梦璃，她一个女人家，别被这种事情吓坏了。"

"是。"

"拖雷，发生了什么事？"拖雷正与忙哥撒说话的工夫，岐国已经穿戴整齐出来了。听到她说话的声音，被俘获的金国密探飞快地抬头看了她一眼，随即深深埋下了头。

"不是大事。忙哥撒他们今天巡逻，抓到一个金国的探子。我让他们先把他送到偏帐去，给他止止血，待会儿我要亲自审问他。我想，他不会贸然潜入蒙古主营的，这里，应该有与他接应的人。"

岐国吃了一惊，"金国的探子？确定吗？"

"一审便知。听忙哥撒的士兵说，他们是在梦璃住的帐子附近发现这个人的，当时，他们打斗得很激烈。公主，不如我现在陪你去看看梦璃，她一个人住着，但愿没有受到惊吓。"

"哦。"岐国回答时的语气略微迟疑了一下，拖雷却因为惦记梦璃，没太在意。

忙哥撒将金国的探子押了下去。拖雷回到帐中，取了一件大氅披在岐国的身上，夜色如水，拖雷担心岐国受凉，他的体贴令岐国的心中倍觉温暖。

梦璃的帐子离岐国现在所住的新帐距离不到五百米，这还是岐国公主刚刚来到蒙古时，成吉思汗专门赐给她居住的。岐国与拖雷成婚后，梦璃便一个人住在这里。她们俩的帐子，与苏如新起的宫帐恰好形成了一个正三角形。这是苏如的主意，因为这样一来，梦璃很方便服侍岐国，而她们三个女人，也很方便随时聚在一起，说说话或者做做针线什么的。

岐国知道，梦璃的觉一向很轻，外面这么大动静，她不会听不到。果不其然，她正准备对拖雷说要他稍等一下，就见梦璃正急匆匆地向她这边走过来。

岐国迎上了她，"梦璃。"

"公主。"

"梦璃，你没事吧？"拖雷关切地问了一句。

"我没事，四太子。"

"没事就好。刚才在你帐子附近抓到了一个探子，我担心你会被吓到。"

"我正睡着，被外面的打斗声惊醒了，出来后，看到您和公主的新帐这边有火光，就急忙赶过来了。"

拖雷犹豫了一下，说道："梦璃，你精通蒙、汉语，我正想让你跟我一起过去审审这个探子，你不会害怕吧？"

"不会的。"

"我也去。"岐国下意识地抓住了拖雷的胳膊，她娇怯的样子很像一个天真的小女孩。梦璃不无羡慕地看了她一眼，暗暗思忖，一个心里怀着爱与幸福的女人，想必才会如此吧？

她的心里何尝不是怀着爱与柔情，可是，她能像公主一样如愿以偿吗？不可能，金国探子的出现就是一个预示。

"好吧。你们俩都跟我来。"

偏帐中，忙哥撒一边亲自给探子清理伤口和上药，一边怒气冲冲地骂着，有气没处撒的时候，还不时在他的小腿上踹上一脚。探子既不叫痛，也不回嘴，他的样子倒是很气定神闲，好像一切对他而言都只是一场误会而已。拖雷、岐国和梦璃三个人走进帐子时，他的身体不易觉察地抖了一下。他正将头转开，岐国却认出了他。"贺知事，是你！"她惊讶地脱口而出。

"公主，你认识他？"拖雷问。

"是啊，我在金国被关在离宫的时候，他是负责看管我的知事。他姓贺，叫贺谦，奶娘和我都叫他贺知事。那时候奶娘还活着，我们的处境很艰难，他没少冒着风险帮助我们。后来，奶娘不幸去世了，也是他帮我将奶娘安葬的。他还鼓励我把总管李思中和奸臣胡沙虎合谋毒害我父皇的事实写出来，由他交给丞相完颜承晖，再由完颜承晖密奏河南王完颜珣。后来，李思中和胡沙虎先后被完颜珣以弑君之罪处死，也得益于皇上掌握了他们的罪证，担心自己有一天也难免落得跟我父皇一样的下场，才最终下定了除恶务尽的决心。所有这些事情，我心里从来没有忘记过。"

岐国走到贺谦身边，俯身验视着他脸上的伤痕，"这是怎么回事？贺知事，你来蒙古，是来找我的吗？还是……对了，你的伤要紧不要紧？"

"没事。"贺谦仍然垂着头，闷声回道。

他的心里很惭愧，岐国这样信任他，感激他，而那封信，他并没有交给完颜承晖。他是按照术虎高琪的吩咐欺骗岐国的，事实上，他将岐国的信直接交给了术虎高琪。这封信在不久之后要了胡沙虎的命，与此同时，术虎高琪却赢得了与胡沙虎一样一人之下，万人之上的地位。

岐国转向拖雷请求，"四太子，贺知事是我的熟人，他人很好，很仗义。看在我的面子上，先把他放了吧。我想，这里面一定有误会。"

拖雷点点头，吩咐忙哥撒，"把他放了吧。"

"噢。"忙哥撒从靴子里摸出弯刀，正要给贺谦松绑，忽听一个人大声制止："且慢！"

众人一起回头望去，只见孛要合刚好走进帐子。

孛要合走到拖雷面前，低声向他说了几句什么，拖雷点了点头，"好吧。"转而向岐国解释道："父汗听野里只带报告说他们抓到一个金国的奸细，特意派孛要合来带他过去。"

"野里只带是谁？"

"他是我三哥的宿卫长，负责最近三天的夜间巡营。走吧，父汗还在等着我们，他要见金国的奸细。"

"可贺知事不可能是奸细。"

"没关系的，父汗只是要见见贺知事，如果确定没有问题，父汗不会难为他的，这点你尽管放心。"

岐国却不能相信，脸上微微露出担忧之色。

拖雷温声说道："我得先走了，父汗还等着我和孛要合带人呢。如果你实在担心，不如和冯姑娘也一起跟我来吧。"

岐国与梦璃对视一眼，稍一犹豫，应道："哦，好。"

成吉思汗的金顶大帐中，灯火通明，气氛却有些不同以往，兴许是岐国多虑，她总觉得里面暗藏着几分杀机。

成吉思汗居中高坐，他右侧的下首坐着两个人，一个想必就是拖雷所说的野里只带，至于另一个，岐国万万没有想到竟是三太子夫人乃马真。

看到他们进来，野里只带急忙站了起来，退至一边。有拖雷和岐国公主在，他无权坐在乃马真身边的位置。

拖雷和孛要合见过成吉思汗缴旨。

"带来了吗？"成吉思汗问，他洪亮的声音在深夜肃杀的大帐中回荡，岐国不知不觉地打了个哆嗦。

"是的，父汗。"

"带进来吧。"

孛要合出去，和忙哥撒一起将贺谦押入大帐。贺谦面对成吉思汗站立，既不下跪，脸上也全无惧色。忙哥撒气愤地喝道："跪下！"说着，在贺谦的腿弯处踹了一脚，贺谦腿一软，身不由主地跪倒了。

成吉思汗俯视着贺谦，问道："你是金国人？"他让梦璃把他的话翻译过去。

贺谦不回答。

"你叫什么名字？"

贺谦仍然不回答。

成吉思汗并不介意，说道："好吧，既然你不想回答，我可以不勉强你。其实，你的名字叫什么并不重要，我只需知道你是术虎高琪手下的人就足够了。而且，我还知道，你来蒙古的主要任务是和你在这里的同伙接头，把这个人提供给你的情报送回去。这几个月以来，关于蒙古国的许多情报就是这样被一再送到术虎高琪手中的。不过，非常可惜的是，这些情报虽然准确无误，但对金国完颜珣和术虎高琪本人却是于事无补啊。他们还是决定迁都，即便他们明知道一旦迁都就等于将中都城拱手送给我，他们仍然不会改变主意。我说得对吗？"

贺谦仰视着成吉思汗，成吉思汗说什么他听不懂，但他看得懂梦璃震惊的表情，他也看得懂公主的表情，比梦璃还要震惊的是公主。

梦璃的确很震惊，因为震惊，她全然忘记了将成吉思汗的话翻译给贺谦听。成吉思汗瞟了梦璃一眼，微微一笑，"梦璃姑娘，你怎么不把我的话给这位贺知事翻译过去呢？"

梦璃望着成吉思汗，一句话也说不出来。

"你的表情告诉我，你知道一些情况，不是吗？"

梦璃垂下了眼睛，随即又抬起了头。她听得出成吉思汗的话中隐含的深意，既然成吉思汗几乎掌握了一切，她无须再为自己辩解。她甚至想，这样也好，与其一直提心吊胆地过着日子，倒不如挨上一刀来得痛快。

"梦璃姑娘，看来你也不打算对我说些什么了吧？"成吉思汗有意将"也"

字说得很重。

"不是。"梦璃下意识地回道。

"那么，你想对我说什么？"

"您是怎么知道的？"梦璃问。

成吉思汗的脸上迅速滑过一种表情，似乎在说"这还用问"，不过他还是很认真地回答了梦璃的问话："我有我的情报来源，这个想必你心知肚明。说真的，一开始得知有一些情报从蒙古宫廷内部泄露出去，我并没有怀疑到你。后来，我听说了这位贺知事出现在你帐子周围的情况，便立刻明白了整桩事情的真相。我吩咐野里只带暗中监视你的帐子，不要打草惊蛇。我相信，那个人一定还会出现，当然，是在与你相距不远的地方。后来的事你就都清楚了。"

梦璃微叹道："是的。"

"你没有什么事情需要向我陈明吗？"

"有。"

"你说。"

"正如大汗料知的那样，奴婢作为公主的陪嫁侍女进入蒙古宫廷，是术虎高琪精心策划和安排的，但所有的这一切都是瞒着公主暗中进行的，公主对此毫不知情，请大汗明察。"

"这个嘛，我相信你的话。"

"谢谢大汗。"

乃马真在座位上不阴不阳地插了一句："公主已经是我家的人，当然不会做这种胳膊肘往外拐的事情，但是别的人可就不保险了。"

"三嫂说谁？"拖雷客气地问道。

"拖雷，难道你不认为，汉人往往是靠不住的。"

"三嫂在说许国祯吗？还是我家姐姐从中原聘请的那些儒学之士？"岐国冷冷地问。以前，她从未用过这种语气对乃马真说话。她想起将"死神手中的花朵"带到苏如帐中的那个人，想起最不应该在成吉思汗的金顶大帐出现却偏偏出现在这里的那个人，想起那是同一个人，她不能不为之气愤。

"唔，我也没这么说，反正这是我的一种直觉。"

"你多心了，我信得过许国祯。"

"因为他是公主的朋友？"

"是，也不全是。"

"公主啊，你别忘了，冯梦璃也是你的朋友，她却一直背着你干了这许多见不得人的勾当。"

"三嫂恐怕不知道，这位被抓的金国探子也是我在金国时的朋友。"

乃马真吃了一惊，但愕然的表情转瞬即逝，"是吗？"

"是的。他们都是我的朋友，而且，我并不认为他们所做是什么见不得人的事情，相反，我倒觉得，无论他们做了什么，都是在为自己的国家做事。现在正是两国交战之时，对于蒙古和大汗，他们或许是敌人，但这与背叛无关。站在朋友的角度，我倒认为他们冒着生命危险所做的一切，理应得到人们的尊重。何况，他们并不是大汗的对手，也没有给大汗的事业带来任何损失。和他们相比，更厉害的人是大汗，因为大汗安插在金国的那些人，至今让完颜珣和术虎高琪束手无策。"

拖雷没想到岐国会豁出性命为梦璃和贺谦辩解，心里着实为岐国捏着一把汗。成吉思汗认真地看着岐国，表情很奇特，像是生气，又像是惊异。

岐国迎视着他的目光，毫无畏惧。

拾贰

过了一会儿，成吉思汗捋了捋胡子，转了转眼珠，朗声问："你真这么认为吗？"随即，哈哈大笑。

成吉思汗爽朗的笑声使大帐中紧张的气氛顿时缓解下来。拖雷悄然舒了口气，他知道，岐国的胆量得到了父汗的赞许。连他也没有想到，看似柔弱的岐国，关键时刻还有这样的胆气。不过这样一来，岐国势必就会得罪三嫂，三嫂可是一个眼睛里容不得一粒沙子的女人。

野里只带站了起来，说道："大汗，臣也认为，对于还留在宫廷中的汉人，特别是新进入宫廷的汉人，我们不得不防。"

成吉思汗摆摆手，说道："不要再提这个话题了。哪个民族都不乏忠义之士，也不乏奸诈之徒，我就很信任刘仲禄、郭宝玉父子、史天倪兄弟这些人，他们都是汉人，但他们同时也是我最信任的人。我把自己的身体交给刘仲禄照顾，把蒙古在金国的半壁江山交给史天倪他们管理，郭宝玉每天都在我的身边，忠心耿耿地为我出谋划策。我如果不信任他们，就等于不信任自己。"

"大汗！"

"好啦，今天的审理到此为止。野里只带、孛要合，你们把冯梦璃和这位金国探子都带下去吧，分别看守，不要虐待。野里只带，这一次你不辞辛苦，立了大功，我会给你赏赐的。"

"谢大汗。"

"等一会儿天亮了，我还要在大帐接待金国的使臣。我想，完颜珣迁都之前，一定会给我送些厚礼来吧。岐国，今天的场合，你可不能缺席呀。"

"大汗不怕臣媳将蒙古即将出兵的消息告诉使臣？"

"如果你的通报能让完颜珣改变主意，停止迁都，我又何乐而不为！"成吉思汗半开玩笑半认真地回答。

岐国怔怔地望着成吉思汗。她从来没有像今天这样强烈地感受到，这位蒙古大汗太可怕了，实在太可怕了！任何天生的或者自命的英雄生在与他相同的时代，还要成为他的敌人，那真是一种莫大的不幸。

次日清晨，岐国早早来到关押梦璃的帐子。幸亏她拿着拖雷给她的錾金令牌，看守梦璃的士兵才勉强同意放她进去。

昨天，成吉思汗为金国使臣举行了盛大的宴会，她和拖雷一直陪同在侧。直到晚上，她才有机会将这件事告诉苏如。苏如分析说，野里只带名义上是三太子窝阔台的宿卫长，实际是乃马真的心腹，野里只带"碰巧"两次发现贺谦出现在梦璃的帐子附近，想必不是偶然，而是乃马真命野里只带监视梦璃的结果。苏如了解成吉思汗的性格，为今之计，梦璃若想保全性命，唯一的办法就是说出实情。她要岐国明天一早就去见梦璃，走时别忘了带上拖雷的錾金令牌，至于其他的，让她再想想办法。

岐国进来时，梦璃正低头坐在帐子里侧。看到公主来了，梦璃想起身却没能站起来。岐国环视帐中，看到帐中放着一盆脏水，她有了主意。

她端着盆走到帐门前，伸手打开帐门，借着要泼掉盆里的污水，警觉地向门外张望了一下。或许是因为知道她的身份，或许是因为不想给她留下偷听或者偷看的印象，看守梦璃的六个士兵一字排开，全都面朝另一边，站在离帐门五六步远的地方。岐国传一个士兵过来，要他打盆清水送回帐中。不多时，士兵端着水回来了，放在帐中又恭恭敬敬地退了出去。

岐国没有去关门，她将一块毛巾扔入盆中。

梦璃一直看着她。让公主来为她做这些事，她心里实在过意不去。

岐国用毛巾轻轻为梦璃擦拭着脸和手，梦璃的双手、双脚皆被绑缚，动弹不得，只能任由公主服侍。

做完了这件事，将毛巾重新丢回到盆中时，岐国飞快地向门外看了一眼——六个士兵还站在原处。确信不会有人过来，岐国将嘴凑近了梦璃的耳朵，压低声音说道："苏如姐姐要我转告你一句话：受冤屈的人有昭雪之日，做坏事的人无逃脱之时。梦璃，你一定不能放弃，我们会帮你。"

"不，我不想连累你。"

"说什么连累啊。如果不是因为我父皇，冯先生不会被关入大牢，如果不是因为我，你也不会被迫离开家乡和亲人，其实，一直都是我和我的父皇对不起你。"岐国真心实意地说。

梦璃的泪水滚落下来，"公主……"

"梦璃，姐姐和我都会倾尽全力救你出去的。姐姐听我说了你的身世，她认为，只要你肯当面向成吉思汗道出实情，成吉思汗就会体谅你不得已的苦衷。到时，她和我就可以见机行事了。"

"不，公主，不要再为我操心了。我不惧死，其实，这一生能与公主和苏如夫人相识，我死而无憾。"

"你不会死的，我不会让你死。我求你，一定要说实话。我来见你就为这件事，姐姐已经去成吉思汗的金顶大帐了，我也要过去。无论如何，我要你活着，你和许国祯是金国留给我的最亲的人了，我要你们永远与我在一起。"

"公主……"

岐国求见成吉思汗，成吉思汗吩咐侍卫传她进去。如她所料，苏如已在金顶大帐之中，一看到岐国，成吉思汗笑道："想必你也是为冯梦璃而来？"

岐国看了苏如一眼，苏如向她露出心照不宣的笑容。岐国心里有了一些底，便回道："是。"

成吉思汗略一沉思，说："虽然，我们抓到的金国奸细到现在也没承认他偷偷摸摸进入蒙古营地是为了和冯梦璃联系，不过，我并不需要他承认。也就是这半个月吧，夜间巡营的士兵先后两次发现他出入冯梦璃的帐子，第一次因为只看到他离开，巡营的士兵拿不准，没有惊动他，而只是向当值的野里只带汇报了他们的发现。野里只带吩咐他们严密监视，待有第二次，务必将其缉拿。后来，野里只带将这件事告之我。我对他说，就按他说的办。"

"可是……"

成吉思汗微笑，"可是什么？"

"也许其中别有隐情。"

"你这话听起来与苏如如出一辙。看样子，这个隐情，你和苏如都是了解的。但我不想听你们说，如果要听，我也要听冯梦璃亲口说。"

岐国将目光移向苏如，苏如不动声色，只有眉头微微耸了耸。就这一个小小的动作，岐国已然明白，梦璃的处境虽然微妙，但暂时并无性命之忧。

"您……现在就要见梦璃，嗯，冯梦璃吗？"

"当然。如果我不见她，如何判定她充当金国的奸细是别有隐情呢？"成吉思汗意味深长地说。

"既然如此，您打算何时见一见冯梦璃呢？"

"当然是现在。我想，这件事如果没有一个结果，你和苏如一定不会安心吧。"

"那么，您是否要臣媳亲自带梦璃过来？"

"不必。你且稍等片刻。"

"这么说，您已经派人去传她了？"

"是的。"

成吉思汗刚刚说完，孛要合在帐外通报："大汗，冯梦璃带到！"

成吉思汗吩咐："带进来吧！"

护殿侍卫闻旨，当即从里面将沉重的帐门推开。片刻之后，冯梦璃在苏如和岐国的注视被押入帐中。她们看到，孛要合并没有给梦璃上绑。显然，这是孛要合的好意。在孛要合的心目中，苏如、岐国公主都是三公主最喜欢的弟媳，所以，即使被大汗责怪，他也不会难为她们一心要保护的人。

梦璃步履沉稳地走进大帐，在她见过成吉思汗之前，她一眼看到苏如和岐国，脸上不觉微露痛苦之色。

苏如夫人和公主为了救她一命，可谓费尽心机，可她的内心深处却只求速死。梦璃面对成吉思汗，从容地跪倒在地毯之上。成吉思汗默默俯视着她，一时间，大帐中一片沉寂。

苏如和岐国猜不出成吉思汗会怎样审问梦璃，心里都不免有些担心。可奇怪的是，成吉思汗却并不着急，他就那样望着梦璃，梦璃也生平第一次大胆地迎视着他的目光。

从来没见过哪个男人有像他这样深邃的目光，仿佛能看到她的灵魂深处，甚至仿佛能蚕食她的意志，而这，才是最令梦璃感到畏惧的地方。成吉思汗一直不说话，梦璃倒还没什么，岐国却有些沉不住气了，她正要起身，苏如伸手拉住了她。她回头望着苏如，苏如向她摇摇头。

终于，成吉思汗无声地笑了，问梦璃："你不怕我吗？"他这样问时，语气居然很温和。

梦璃不无惊讶地望着他。他的话，太出乎她的意料了。

成吉思汗等着她回答。

梦璃想了好一会儿，才说："我不懂您的意思。"

"我的意思是说，你是个有胆量的女人。我生平憎恶背叛，却欣赏忠诚的人。我说你有胆量，是因为你身为一个女人，对自己的国家如此忠诚，甚至不惜冒着生命危险。可你的忠诚，从我的角度而言就是背叛。你说，对于你这样的人，我该怎么处置呢？我是该奖赏你的忠诚，还是该惩罚你的背叛？"

梦璃不语，苏如和岐国愕然相顾，她们没想到成吉思汗的讯问竟会这样开始。

成吉思汗在黄金宝座上换了下姿势，以便让自己坐得更舒服些。"冯梦璃，你不打算对我说些什么吗？"

梦璃摇头道："奴婢无话可说，只求速死。"

"哦？"成吉思汗俯视着梦璃，脸上的表情却依然平静，"为什么？你还这么年轻，我不相信，你难道对生命就没有一点眷恋之情吗？"

"是的。"

"求生是人的本能，不，应该说何止是人，连草原上的小草都有活下来的愿望，你为什么反倒对生命看得如此轻微呢？"

"活，需要有活着的理由，活着，如果只有痛苦，生，就是负担。"

"莫非，你觉得活着不好？还是因为你的心太累了才这样说。"

"您说对了，我的确觉得累了，很累很累，如果您能让我获得解脱，我会感谢您的。"

"我不是不可以成全你。不过在此之前，我想知道，如果你真的死了，你的父亲怎么办？还有，如果你死了，移相哥对你的心岂不白费了？"

梦璃愣住。

成吉思汗静静地等待着她回答。许久，梦璃声音颤抖地问："您说什么？"

"我是说，你不是为了你父亲才同意进入蒙古做术虎高琪的眼线吗？你若死了，术虎高琪会放过你父亲吗？"

梦璃的声音完全变了，"这是谁告诉您的？您怎么知道？"

"昨天深夜，移相哥冒着被护殿侍卫射死的危险，强闯宫禁之地要求见我。我被弄醒了，在金顶大帐接见了他，他跪在我的面前，我让他起来他也不起，足足有半个时辰，他对我说了许多话，有些话真的让我很吃惊。"

"他……王爷他对您说了些什么？"

"他对我说了他对你的钦慕，也说了你为了你父亲不肯答应与他成亲，他请求我放你随他一起离开，他情愿什么都不要，部众、财产、地位、尊荣，所有的一切他统统不要，他只要你，只要能够与你在一起，他情愿做一个普通的牧人。"

梦璃听着，已是热泪盈眶。

成吉思汗继续说道："你不是问我，我究竟如何得知你是为你父亲才心甘情愿地来到蒙古，做了金国在蒙古的奸细？我可以告诉你，这是我综合各方面的情报，推测后得出的结论，应该与实际情况不会有太大的出入。我感到奇怪的是，你做了金国的奸细，还是有许多人不避嫌疑，愿以生命保全你。先是移相哥，接着是苏如和岐国。尽管也有人建议我杀掉你，但你的生死现在不掌握我的手中，而是掌握在你自己的手中。你来选择吧，我没有别的要求，只要你说实话。"

岐国走下座位，来到梦璃身边。

"公主。"

"梦璃，请你，请你一定要说，一定要说。不要辜负了姐姐和我，不要辜负了移相哥。"

泪水潸然而下，许久，梦璃深深地点了点头。

即便有岐国公主以及郭宝玉等人亲自出面劝说，贺谦仍然坚持不侍二主。成吉思汗考虑一番后，决定派人将他押送到西域，让他同时离开金国和蒙古，到了那里再释放他。这也算他对岐国的承诺。他不杀掉贺谦，但他决不能在他出兵前将贺谦放回金国，当然，对于贺谦这种忠勇之人，他也不能把他关在狱中。

野里只带请求由他负责押送。考虑到是野里只带亲手抓获了贺谦，成吉思汗同意由他来做这个押送官。

一路走走停停，差不多用了一个月的时间，进入西域后，野里只带奉旨释放了贺谦。贺谦急于回到金国，晚上潜入野里只带等人的宿营地，盗了一匹坐骑，决定顺原路返回。他走了许多天都平安无事，当他骑刚刚来到沙漠边缘时，一支利箭穿透了他的胸膛。

弥留的那一刻，他似乎隐约明白了，这一切，或许原本都只是一个圈套。

但是，他并不后悔。

下卷　干戈横风望太平

　　当爱化成风，她再次选择了坚强，用二十年的爱与承诺织成羽翼，顽强地守护着她的家人。对她而言，爱与诺言一样，像星光永恒。

　　草原并不平静，无数艰辛起落，年过半百的她风采不再。但她终于可以无愧地将目光移向天国，对天国中的那个人说，几十年后相聚的那一天，我要听到你的谢。

壹

迁都并没有使完颜珣得到真正的安全，相反，迁都给成吉思汗第三次出兵金国提供了理由，当然同时，也造成了中都城防的空虚。

完颜珣迁都途中，契丹族将领札达在耶律阿海的劝说下，抢在完颜珣密令除去乣军之前，率一万将士投奔了成吉思汗。

耶律阿海胜利完成使命，带着札达前来拜见成吉思汗。成吉思汗对札达委以乣军万户之职，命他协助另一名契丹族将领石抹明安围城打援。

完颜承晖坚守中都城长达五个月之久，其间，成吉思汗数度派人进城谕降，完颜承晖丝毫不为所动。岐国比任何人都了解完颜承晖的禀性为人，因此，她一次没动过亲自修书相劝的念头，而成吉思汗也从来没有这样要求过她。这是一种默契，这个默契让岐国明白了成吉思汗的智谋才略远非金君臣可比，与这种人做对手，金国君臣只能甘拜下风了。

蒙古军每日攻城，成吉思汗却并不急于拿下中都城，他真正的兴趣在于消灭增援中都城的部队。当完颜珣的朝廷终于无兵可派时，中都城的粮草早已告罄多日。眼看时机已到，成吉思汗将围城打援的军队全部调回，限令三日之内攻克中都城。

这一次对中都城的进攻才是蒙古军五月以来第一次真正的强攻。蒙古军先以投石机、投火机不断地轰击城墙，金国守军死伤无数，全无还手之力。待城墙被轰开数十个豁口之后，蒙古将士以撞木撞击城门，从洞开的城门和城墙豁口杀入城中，与金军展开了最后的巷战。数日前城中断粮，副帅穆延尽忠弃城而逃，完颜承晖明知无法固守，城破之日，辞别祖庙，服毒自尽。

中都城两日一夜而下，消息传到成吉思汗驻跸之地，苏如刚好诞下一个健壮的婴儿。这是苏如的次子，岐国亲自将他接到人世。当岐国把这个孩子抱在怀里的那一刻，心里已经觉得，他就是自己的儿子。

孙儿的出生，比中都城陷落的消息还让成吉思汗感到高兴。他觉得这个孩子伴随着攻克中都的喜讯降生，必定与长生天有着某种奇特的因缘，因此，他亲临儿子的营地，为爱孙赐名"忽必烈"。

中都既已告破，成吉思汗派拖雷、岐国二人入城抚民，至于他自己，并不打算进入中都城，他有下一个更重要的军事目标。

经历了战火的中都城满目疮痍，岐国行走在繁华不再的街道上，不免暗自神伤。在丞相府家人的指引下，岐国寻到临时埋葬完颜承晖的地方，她与拖雷洒泪祭奠一代忠臣，之后，她以金国公主的身份，将完颜承晖的灵位请入了完颜家族的祖庙。

做完这件事，岐国召来中都降臣，打听冯宣的消息，一位知情的降臣告诉她：半年前,冯宣一度被释放,在朝中任闲职。得知皇帝将要迁都的消息后，他多次上言劝谏，岂料所有奏折均如泥牛入海，整个中都城依然做着迁都前的种种准备。对此，冯宣心中十分失望。一次酒后，冯宣对人言，皇帝所用非人，将来必定断送大好江山。

冯宣这句话，听的人都明白是暗指皇帝一味信用术虎高琪、蒲鲜万奴、穆延尽忠之流，早晚必为蒙古军队所败。岂料此话说出后不久，冯宣竟在家中暴病而亡，与他同时亡故的，还有坚决反对迁都的左丞相徒单镒。

自此后，朝中众臣三缄其口，再无一言上奏。

岐国知道冯宣因何而死，想冯宣忠良之士，到头来却落得个不得善终的下场，岐国痛惜不已。按照父汗的指示，拖雷、岐国委任了大断事官管理中都城的军政庶务，待城中人心稍定，他们离开中都城追上了父汗。

梦璃得知父亲已被金帝和术虎高琪害死，而在父亲被术虎高琪放出监狱前夕，母亲早因贫病交加先于父亲亡故。母亲死时身边没有一个亲人，还是邻里可怜她，帮衬着将她草草埋葬。

父母的噩耗令梦璃肝肠寸断，她在极度哀痛之下，已是欲哭无泪，心如死灰。岐国心中忧虑，恳请成吉思汗从前线召回移相哥。移相哥怕梦璃做出傻事，寸步不离地守在她的身边。他以爱的宽厚接纳了梦璃的一切，包括梦璃为了救出父亲曾被禽兽不如的术虎高琪占有过的事实。移相哥对梦璃说：他这一生，注定只爱她一个女人，他会对她好的，哪怕为之付出生命，他也在所不惜。

移相哥并不是一个能言善道的人，但梦璃看得懂他的心。终于有一天，梦璃依靠在移相哥宽厚的怀中，哭出了自己所有的伤痛。

梦璃与移相哥相约，她将为父母守孝三年。三年后，移相哥要风风光光地将梦璃迎回他的帐子。

孙儿忽必烈满月时，成吉思汗在驻跸之地亲自为孙儿举行了一个隆重的入篮仪式。之后，他请来相士为爱孙看相，不料相士们众口一词，皆言此子生有福相，贵不可言，将来南方之地必在此子手中平定。

相士之言，成吉思汗深信不疑，他一再吩咐儿媳苏如和岐国好生抚养、教育忽必烈，让他日后成为可用之才。

不久，大军进至桓州（金桓州治所在内蒙古正蓝旗西北），成吉思汗要在这里接见宋、金名士。

成吉思汗对于奉诏的宋、金名士一律以礼相待。对于这些名儒大家，凡愿意到北地效力者，成吉思汗皆网络麾下，不愿意出仕者，成吉思汗亦礼送回乡。只可惜，这些人中并没有倍受岐国赞赏的耶律楚材，成吉思汗命人留意打听，一旦得到耶律楚材的消息，立刻报告于他。

与此同时，蒙古大军后分三路，横扫黄河以北诸州郡。

十月中旬，蒙古军攻克宁远，海云法师被蒙古军将士寻到，送至成吉思汗的行帐。成吉思汗对海云法师十分敬重，以"小长老"呼之，自此，蒙古上下皆称之为"小长老"。与海云盘桓数日后，成吉思汗派军队护送海云至中都城，暂居庆寿宫。临行前，他与海云相约，由海云负责设计草原都城哈剌和林的图纸，遴选和召集一批具有一技之长的中原工匠，待他北返之日，他将请海云和工匠随行。

刚刚送走海云法师，成吉思汗又在行辕接待了三位来自遥远的西方国度——花剌子模的三位商人，成吉思汗向他们表明了他愿与花剌子模苏丹摩诃末·沙缔结和平通商协议的愿望。

蒙古军队所向披靡，次年春，除真定等十一城未攻下外，其余尽归蒙古所有。

成吉思汗在牢牢据有黄河以北之地后，决定乘胜攻打潼关。金军凭借黄河之险，将蒙古军队挡于潼关之外，但自身也付出了惨重的伤亡。

冬天，成吉思汗以金降将石抹明安、萧也先、史天倪、史天泽等人配合主将木华黎，继续完成对金国的征服，他自己则率领大军徐徐退回蒙古本土，休养兵力。

大军方返，与花剌子模互派商团、和平通商随即被提到了议事日程。春末夏初，蒙古派往花剌子模与沙王协商的使者返回，将沙王同意并签署的两国和平通商协议放在了成吉思汗的案头。

喜讯传来之时，正是草原都城哈剌和林破土动工之日。

草原上处处呈现出生机勃勃的景象。为了表示蒙古方面的诚意，成吉思汗着手组建四百五十人的商团，并命所有的贵族和平民都拿出一份银两或者家中的贵重之物，由商团登记造册，购买或换取所需。

岐国拿出了一对金钗、一副宝石耳环、一枚罕见的祖母绿戒指和一棵珊瑚树，请商团帮她换一些名贵的波斯地毯和价格昂贵的波斯织锦"纳失失"回来，她要用这些东西布置哈剌和林的宫殿。另外，等移相哥和梦璃大婚之时，以波斯地毯和"纳失失"作为送给他们的结婚礼物，岐国也觉得是最合适不过了。

送别商团的宴会结束后，商团出发了，当晚，岐国突然梦到了父皇。这还是许多年来她第一次梦到父皇，她看到父皇手里拿着一把黑、白色的棋子，然后一粒一粒让棋子从他的指缝里掉在棋盘之上。棋子与棋盘相碰，发起尖锐的声音，就在岐国快要尖叫起来的时候，父皇对她笑了笑，说：四百五十粒。

她一下惊醒过来。

四百五十粒，怎么偏偏是四百五十粒？成吉思汗派往花剌子模的商团，正好是四百五十人啊，难道，这个梦预示着某种不祥的征兆？

她把她的梦讲给拖雷听，拖雷却不以为意，还揉揉她的脑袋，叫她不要胡思乱想。拖雷的安慰并没有让她放下心来，以后，她虽然没有出现过相同的梦境，但一直心绪难安，她以一种女人的敏感担心着商团的命运。

数月后，岐国的梦应验了，一个悲惨的消息传来：沙王的表弟在边城残忍地杀害了四百五十名商人，劫夺了商团的所有财物，只有一个给商团喂养骆驼的仆役侥幸逃回蒙古，向成吉思汗报告了这个不幸的消息。

成吉思汗悲愤交加，他怎么也没有想到，他诚心诚意地同西方那个大国交往，换来的却是四百五十个从此在异乡游荡的冤魂。为了确证这种无耻的背叛和虐杀是否出自沙王的本意，成吉思汗再一次向花剌子模派出了三名使者，转达他的最后通牒：要么交出杀人凶手，要么备战。

沙王以杀掉穆斯林正使，拔光两名穆斯林副使的胡须作为回答。成吉思汗义无反顾，终于决定向那个强大的、未知的国度宣战。

在此之前，为了确保本土安全，成吉思汗派常胜将军哲别征伐西辽国，西辽国的新国主是乃蛮王子、西辽国驸马忽出鲁克，他也是成吉思汗个人的敌人。不久（1218 年），哲别一举征服西辽国，扫清了西征中的障碍。

战前的准备工作依然烦琐、细致，与此同时，蒙古历史上最大规模的一次忽里勒台（集会）在成吉思汗的金顶大帐召开。

成吉思汗首先对军队进行改编，对功臣宿将进行封赏；其次，他在渐次发展起来的骑兵、边兵、通信兵、签兵、工兵、步兵的基础上，又增设了一个全新兵种：铁车军（堪称世界上最早的正规炮兵部队）。他将这支铁车军交由汪古人唵木海统领。当年，唵木海曾冒死将阿剌海三人放出城外，此人不仅胆识过人，而且对炮车颇有研究，铁车军就是成吉思汗根据郭宝玉和他的建议着手组建的。此后的西征中，成吉思汗又建立了一支回回炮兵部队；最后，成吉思汗将工兵部队交由大太子术赤统率。这支部队主要由构筑地上阵地和精通水上技术的中原工匠组成，担负着逢山开路，遇水架桥以及研制新型武器的任务。

另外，成吉思汗命幼弟帖木格率两万蒙古将士坐镇本土，监控西夏，必要时，为西征军后援。征服金国的重担则全部压在了"四杰"之首木华黎的身上。成吉思汗封木华黎为蒙古太师、靖南国王。他所能留给木华黎的，只有三万蒙古军队和部分乣军、汉军以及以汉军为基础的黑军。汪古军队仍由北平王镇国和三公主阿剌海统领。分派完毕，成吉思汗命人取出一只大印，唤道："阿剌海。"

阿剌海起身，来到父汗面前。成吉思汗亲手将大印交在女儿手中，他注视着爱女，深情地嘱咐："这只大印，上面刻有'监国公主'字样，我正式封你为监国公主。从今天开始，筹措军需、联络南北、充当南征军后援的重任我就交给你和镇国了。我相信你的能力，一定不会辜负我的期望。"

"是，父汗。"

"帖木格、木华黎。"

帖木格、木华黎上前，站在阿剌海身后。

"阿剌海既为监国公主，以后但凡军国要务，二位均需与监国公主议定后方可实施，不得自专！如遇难决之事，皆凭监国公主裁断！"

"是。"帖木格、木华黎跪行大礼，齐声接令。

俟一切安排妥当，成吉思汗传令设宴。

出征的日子定于次年春天，成吉思汗接受爱妃也遂的建议，与诸子商议后，确立了窝阔台汗位继承人的身份。不久，耶律楚材亦来到漠北宫廷，被成吉思汗置于左右。

贰

从成吉思汗十四年到十九年（1219—1224），岐国作为孛儿只斤家族的一员亲历了西征的过程，她用她的眼睛见证了战争的残酷和成吉思汗父子的辉煌战绩。当花剌子模终于向成吉思汗俯首称臣时，岐国甚至觉得一切都像一场梦。梦醒时，沙王作为战败者孤独地死去，成吉思汗却成了让世人为之震惊的世界征服者。

长达六年的西征终于结束了，成吉思汗二十年（1225），蒙古大军回到了他们的家乡，痛苦的战争之后，他们将在这里进行必要的休整。

这期间，发生了两件事情：一个是成吉思汗十五年（1220），北平王镇国在蒙古军队攻克不花剌（布哈拉）前夕旧伤发作，英年早逝，而此前数月，那蓝亦在西征途中不幸病逝。兄长的噩耗传到西征前线，孛要合立刻委托信使将自己的三个儿子全部送回净州阿剌海的身边。另一个是蒙古太师、靖南国王木华黎于成吉思汗十八年（1223）在解州战场病故，阿剌海力排众议，坚持将王印授予木华黎的独子宝鲁。其时宝鲁太过年轻,经验、资历皆有不足,许多人包括帖木格在内都为阿剌海的这个决定捏着一把汗。但后来的事实证明,阿剌海慧眼独具,宝鲁与其父用兵各有所长。宝鲁尤其善于笼络归降汉将,善于巩固占领城池,稳扎稳打,步步为营。在这个过程中,宝鲁如阿剌海如愿,不过短短一年便积累起不输于其父的威望。

孛要合在西征战场屡建奇勋,为奖励他的功劳,成吉思汗单独赐宴,命孛要合接替兄长镇国的王位。其时,阿剌海已致信父亲,请归汗廷。孛要合却对成吉思汗说,净州只有一个主人,永远只有一个主人。如果他不能将阿剌海留在净州,他就请成吉思汗另择北平王人选,他愿回到汗廷,常侍成吉思汗左右。经过这次长谈,成吉思汗终于明白了为什么当年他对孛要合的赐婚会那么艰难。

孛要合说,净州,永远只有一个主人。而孛要合的心里,永远只有一个女人。

得知孛要合就要离开汗营,回镇净州,拖雷十分不舍,想为孛要合饯行。孛要合笑着拒绝了,他说他宁愿在净州给拖雷接风。做了二十年的朋友,拖雷还是第一次从孛要合的脸上看到如此开朗的笑容,他不由暗暗思忖,原来这小子会笑啊。

如今,与阿剌海一别七年,孛要合已是归心似箭,他又孤身一人,没什么需要准备的,因此,他第二天一早便出发了。临行前,他托人转告拖雷:"我们还会见面的,不是在净州,就是在汗营。希望在净州。祝福我吧!"拖雷一头雾水,向苏如和岐国抱怨道:"这个孛要合,平常再没见过比他更沉得住气的人了,他从什么时候变得这么性急了?难道,他就连一天都不能多等吗?我还有东西托他捎给三姐呢。他还说让我祝福他,他到底要我祝福他什么?"

苏如与岐国都不回答他,只是相视而笑。此时她们的心中,都在为孛要合祝福,祝福他心想事成。

草原都城哈剌和林正在建设之中。哈剌和林的设计,完全仿照唐宋时期的建筑风格,图纸是岐国公主请中原几位有名的建筑大师设计的,最后选址和图纸审定却由海云法师和耶律楚材共同完成。但是因为战争,这项工程进行得十分缓慢,而今,西方大国花剌子模被迫向成吉思汗俯首称臣,西线战事结束了,成吉思汗决定尽快建设哈剌和林,为他的子孙们留下一座永不拆迁、可与金中都相媲美的固定都城。

战争为如日中天的蒙古帝国积累了巨大的财富。在草原上建造这样一座都城，对蒙古帝国的财力已经不具有挑战，而成吉思汗决定亲自参与对哈剌和林的督造，则是出于下一步战争的考虑。

当年，成吉思汗建立蒙古帝国后，出于日后征服金国的考虑，首先征服了西夏。投降之时，夏襄宗李安全立下誓言：平时纳贡，战时从征。李安全去世后，因其诸子懦弱无能，皇位被堂侄李遵顼（史称夏神宗，1211—1223年在位）夺取。神宗去世，其子德旺（史称夏献宗，1224—1226年在位）继位，大权旁落在权臣阿夏敢不的手上。成吉思汗十四年（1219），举世震惊的西征拉开帷幕，当成吉思汗按照约定，要求西夏方面派兵协助出征时，却被傲慢的阿夏敢不断然拒绝。不仅如此，阿夏敢不还口出狂言，说成吉思汗如果自己的军队不够用，就不要逞匹夫之勇。

方其时，为了征伐大计，成吉思汗默默隐忍了阿夏敢不的无礼，仍按原计划全力西征。但是他深知，若想彻底征服金国，就必须首先征服西夏，剪除来自侧翼的威胁，确保蒙古本土的安全。成吉思汗从来不是一个逆来顺受的人，他不会忘记阿夏敢不对蒙古民族的蔑视和侮辱，他曾对阿夏敢不说过，待我凯旋之日，就是西夏亡国之时。如今，他已从西方的战场凯旋，接下来，他就要完成他的心愿：在有生之年，征服西夏和金国。

一年短暂的休整转瞬即过。次年，成吉思汗祭旗后再度挥兵向南，兵锋直指西夏首都兴庆府（今银川）。

出征的前一天，正值哈剌和林的主体工程万安宫完工，为庆祝这项宏伟工程的完成，成吉思汗亲赴工地，宴请了所有参与建设的工匠和民伕。那一天的气氛本来一直热烈欢快，谁知宴会即将结束时，天气骤变，阴云密布，冷风乍起，不多时下起一阵冰雹，参加宴会的人不得不四散躲避。耶律楚材焚骨推演天象，断定这是天降凶兆，不欲成吉思汗出征。成吉思汗不为所动，他对耶律楚材说：人生百年，终究难逃一死，他情愿将生命结束在战场之上，纵然是死，也一定要惩罚傲慢无礼的西夏人。

拖雷方面经过商议，此次将由岐国一人陪伴拖雷出征。

远在西征之时，蒙哥就已成为祖汗麾下的一名战士。成吉思汗西征归来，孛儿帖夫人派两个孙儿忽必烈和旭烈兀前往叶密立（位于新疆额敏县以西）迎接祖汗。其时，忽必烈年方九岁，旭烈兀七岁，他们是苏如的次子和三子，在拖雷的十个儿子中分别排行老四和老六。九岁的忽必烈长眉修目、知书达礼，有着早慧儿童特有的机敏，旭烈兀也是十分俊秀活泼。成吉思汗看到两个爱孙如此可意，不由笑逐颜开。晚年的成吉思汗弥感天伦之乐的可贵。

成吉思汗从未忘记相士的预言，回国后，他决定亲自教导抚养忽必烈，确定征伐西夏之后，成吉思汗仍将忽必烈带在身边。

耶律楚材的卦象一向准确无误。上天降兆，在大军翻越贺兰山行至阿儿不合地区时应验，成吉思汗在狩猎中突然坠马，五脏受损，病情迁延不愈。

临终之时，成吉思汗唤来拖雷，密授假道于宋，伐灭金国之计。他还谆谆告诫拖雷："治理国家，不仅需要精明和耐心，更需要实力。你自幼随我出征，深谙攻取退守之道，演兵布阵之法。然你心地太过善良，不精算计，少有城府，我不能不为你忧虑。从今往后，除行军作战你自决断，军国家事须多与苏如、岐国商议。苏如、岐国虽为女流，却聪慧练达，冷静清醒，实有你不能相比之心机。"

其时，西夏末帝请降，尚在途中，成吉思汗嘱咐拖雷待西夏国主觐见之时，将其杀掉，而后秘不发丧，率军退回蒙古本土。

成吉思汗逝后，因蒙金战争处于胶着状态，窝阔台、察合台在葬礼过后急于重返战场。分别之时，兄弟三人（成吉思汗长子术赤已先于父汗两年，在封地病故。术赤死后，拔都继承了他的王位）商定蒙古本土暂时交由拖雷监掌国印。

拖雷监国期间，处事公允，深得民心，世人皆以"大那颜"呼之。拖雷监国一年有余，都城哈剌和林主体工程全部竣工，在耶律楚材的坚持下，王公贵族齐集哈剌和林，召开忽里勒台，准备选出新一任大汗。

早在西征之前，成吉思汗就已确定由三子窝阔台继承汗位，然而，到正式选择新汗时，众人的意见却产生了巨大分歧。窝阔台虽有人君风度，然军事才能、个人威信与四弟拖雷相比终有不及，尤其拖雷身为嫡幼子，受成吉思汗言传身教最多，颇具乃父风范，因此，王公贵族多心向拖雷。在这种情况下，成吉思汗的遗言面临着前所未有的挑战。窝阔台对拖雷的优势心知肚明，他接受了耶律楚材的建议，大会伊始，一再谦让，表示自己不敢忝居汗位。果不其然，他这种以退为进、以守为攻的策略产生了预想的作用，王公贵族们反而变得犹豫不决。拖雷本是个信诚守诺的君子，他谨遵父汗遗命，与二哥察合台一道，将窝阔台推上汗位。

即位大典在万安宫举行，大典过后，窝阔台汗向父汗在天之灵和长生天起誓：不灭金国，誓不北返。

为确保后方安全，窝阔台汗遣二哥察合台回到封地，察合台只派一支军队协助攻金。拖雷担任大军先锋，攻金的重任再次落在了他的身上。

考虑到战争中存在诸多变数，这一次，拖雷只命蒙哥随征，而将苏如和岐国全都留在本土，负责管理家族事务和教育诸子。窝阔台汗四年（1232），蒙金著名的"三峰山"战役打响。是役由拖雷亲自指挥，蒙古方面投入的兵力仅为三万，却一举歼灭金国主力十五万人，金国得力的抗蒙将领尽折于此役。此后，金国军队节节败退，再没有能力组织起任何有效的反抗。

窝阔台汗五年（1233），金末帝退守蔡州，金国之亡只是个时间问题。

九月，窝阔台汗回到蒙古本土，突患重病，卧床不起。一时间，蒙古国内人心惶惶，窝阔台汗遣使密召正在前线指挥作战的四弟拖雷速返。

窝阔台汗病重之时，奉旨为他祈福的大萨满奥都朝克突然神秘地死去。奥都朝克临终之际，许多人都说看到从他帐子升腾起的一团白气，当白气散尽时，人们发现奥都朝克坐在他平日里为人们预卜吉凶的位置上，平静地断了气。

在多数草原人的心目中，奥都朝克都是一位能够自由来往于天地间的使者，是无所不能的神灵，他的死，人们自然将其归结为长生天的安排。不久，围绕着奥都朝克的亡故，一种传言不胫而走：天意要召大汗归去，因此，先将奥都朝克收回，为大汗准备一切。

奥都朝克死后，尔鲁继承了他的位置。尔鲁是奥都朝克的养子，也是奥都朝克唯一的徒弟，从这个角度来说，尔鲁作为奥都朝克的继承人天经地义。但是也有人私下传言，尔鲁与奥都朝克并不是同类人，奥都朝克生前从不置身于政治的漩涡，尔鲁却偏偏热衷于权术，且与同样热衷于权术的六皇后乃马真打得火热。甚至有人信誓旦旦地说，他们听到过奥都朝克严厉训斥尔鲁，并扬言如果尔鲁继续执迷不悟，他就要将尔鲁撵走，不使他继承自己的遗产和衣钵。此事发生不久，奥都朝克便在没有任何征兆的情况下离奇地死去了。

这些人怀疑，奥都朝克的死其实与天意无关，相反倒与尔鲁有关。但是怀疑终归是怀疑，没有真凭实据，人们最多也只能说说而已，当尔鲁像儿子一样将奥都朝克火化之后，人们的注意力重新回到最让他们担心的现实上：窝阔台汗能不能平安度过这一场劫难？

窝阔台汗五年（1233）十月，拖雷从金国战场火速返回蒙古本土，他顾不上回家看望家人，直接来到万安宫探望三哥。

按照他的吩咐，忙哥撒将他返回的消息先行通报给了岐国（此时，苏如尚未回营），之后，忙哥撒又回到了万安宫。

叁

天近晌午，拖雷仍然没有回来。岐国在帐子里坐卧不宁，出去又进来，进来又出去，仿佛丢了魂一般，不知道自己该说些什么，做些什么。

这种心里七上八下、无着无落的奇怪感觉，她似乎很久不曾有过了，即使拖雷被围困在花剌子模你沙不尔城生死未卜的那几天，她也不曾这般惶恐和焦急过。那时，她相信长生天护佑着拖雷，相信移相哥紧急驰援一定能救出拖雷，相信拖雷一定会回到她的身边。

可她今天此时到底怎么了？拖雷不就是刚刚入营便被大汗派人唤去，未及与苏如和她见上一面吗？

她难道仅仅因为这个就变得神不守舍？还是因为在她内心，大汗的万安宫是比你沙不尔城还要可怕百倍的龙潭虎穴，拖雷这一去便会一去不归？

不是，应该不是。

可是，那会是什么呢？唉，这种时候，要是苏如在她身边就好了，偏偏苏如前些日子回家探望母亲还没有回来。本来，苏如临行与她约好，今天就该回到营地，但苏如想必是被什么事耽搁了，并没有如约返回。

苏如不在，梦璃也随移相哥驻守辽东之地，岐国连可以倾吐心事的人都找不到。何况，就算苏如和梦璃都在，她又能对她们说些什么呢？难道她能将自己神经质的紧张当成预感告诉她们吗？

她不知道，苏如的心里会不会也有她此刻的不安，想必不会吧？苏如从来都是个比她，甚至比拖雷还能沉得住气的奇女子。

不行，她也不能一味地胡思乱想下去，她得找点事做，让忐忑不安的心静一静。

她坐在床边，拿起尚未绣完的战袍，精心绣着衣领上最后一朵牡丹。

牡丹的花瓣都已绣好，只剩下圆圆的花心，为了绣好花心，她特意选了一种金线，配上红色的丝线，她想象得出这样绣出的花心一定与花瓣很相配。

她拈着针，对着花心部位刺下去，针，突然刺在了她的手指上。她本能地将手缩回来，眼看着鲜血从刺破的地方浸出来，慢慢地凝成一滴，慢慢地滑下，竟然不差分毫地滴落在花心里。

岐国不由瞠视着她的"作品"：在透过天窗飘浮着尘埃的光线下，血色的花心与艳粉的花瓣浑然一体，如若天成，完美得近乎诡异。

岐国的心仿佛像被什么东西揪了一下，揪了一下，又揪了一下。她想起来了，二十年前的某一天，她也有过如此时这般持续心悸的感觉。那是二十年前，她最后一次陪父皇在空无一人的皇宫下棋。

最后一次？天哪，最后一次！

岐国放下战袍，不顾一切地向帐外走去，在帐门口，她看到正匆匆向她跑来的忽必烈。

"公主额吉。"忽必烈上前拉住了岐国的手。

忽必烈今年十八岁了，方面大耳，眉眼乌黑，形容酷似祖父成吉思汗。这孩子是岐国看着出生的，用苏如的话说，若非岐国从中原请来了许国祯，长生天就不会赐予他生命，这种因缘在其后成了奇妙的纽带，令忽必烈自小就与岐国十分亲近。

不祥的预感像寒流一样袭来，她想说话，喉咙里却干哑得一句话说不出来。"公主额吉，额吉要我来接你过去。"

岐国喃喃，"你额吉，她回来了吗？"

"是。她走到万安宫附近，听人说父王辰时已回主营，此时正在伯汗那里向伯汗汇报前线战事。额吉想反正顺路，不如接上父王一起回来，便赶往万安宫。在宫门口，她遇到了辞别伯汗出来的父王，两个人就一块儿回来了。不过，父王好像……"

"好像？什么？"

"父王好像喝醉了。"

"喝醉了？"

岐国注视着忽必烈，忽必烈看出了公主额吉眼睛里的疑问，而这也正是他想知道的。父王平素虽然也喝酒，却从不像伯汗那般嗜酒如命。更奇怪的是，他从伯汗的万安宫出来时连午饭都没有吃，又怎么会喝醉呢？可是，额吉却很肯定地告诉大哥、他和几个兄弟父王喝醉了，并命他来接公主额吉，这真让他百思不得其解。

"我们走吧，公主额吉。"忽必烈看着呆呆发愣的公主额吉，轻轻地说。

岐国机械地应道："好，走。"

苏如的宫帐前，蒙哥几兄弟都聚在门口，等候父王传唤，看到公主额吉到了，他们自动让开堵着的门，请公主额吉进去。

岐国双脚踏进帐门的瞬间，眼前突然一阵发黑，她想扶住什么，却抓到了一只柔软而坚定的手，她被这只手扶住了。短暂的晕眩之后，岐国终于可以看清眼前的人了，其实她不用看也知道扶住她的人是谁。

苏如脸色苍白，一双眼睛却亮得反常。

"公主，是你来了吗？"洁白的纱帐后传来拖雷浑厚的声音。经过了二十年的时光，她仍像一个十五六的少女一样会被这声音叩响心弦。

"是我。"

"苏如、岐国，你们过来吧。"

苏如拉着岐国的手走入纱帐，拖雷半坐在床上，脸色酡红，乍看真的像喝醉了一般，但他平静的神态、眼睛里闪烁的光芒，清晰的理智都表明，他并没有喝醉。如果这还不能证明什么，大帐中散发着淡淡花香的洁净气息则准确无误地告诉岐国，这个脸色酡红的男人根本没有喝酒，滴酒未沾。

既然滴酒未沾，又何来喝醉之说？

"大那颜，你，你怎么了？"

岐国坐在床前，将拖雷一只滚烫的手握在自己的两手间。拖雷微微一笑，"公主，没事儿。苏如，你也坐下，我有些话想对你俩说。"

苏如顺从地搬了把椅子来，放在床头的位置坐下来。岐国这才注意到，帐中除了拖雷、苏如和她，再没有其他的人。

二十年前的那一天，皇宫里也只有她与父皇两个人。

"大那颜，你……你是不是病了？"

拖雷看了苏如一眼。

苏如会意，压低声音说道："大那颜不是生病，他……他喝了尔鲁的符水。"她的声音稍稍哽住了，留恋的目光长久地停留在拖雷的脸上。

岐国迟钝地问："符水？"

"是，符水。"

"为什么要喝符水？"

"为了大汗。"

"大汗？这些日子，大汗不是一直病着吗？"

"是啊，所以大汗才从前线紧急召回大那颜，为的就是向大那颜交代后事。"

"然后呢？"

"然后，大汗告诉大那颜，他之所以病重至此，皆因他杀伐过重，长生天要收回他的性命。大汗的话一下提醒了大那颜，大那颜觉得自己一生随父亲成吉思汗东征西伐，犯下的杀戮之罪远比大汗为重，因此，不如由他以身代兄，赴天国领罪，留下大汗治理国家。当时尔鲁正好进宫向大汗进献符水，听了大那颜的话，他说有一个办法可以帮助大那颜实现愿望，这个办法就是：只要大那颜代大汗服下他手里这碗念过咒语的符水，就能够替大汗赎却杀伐之罪。大那颜救兄心切，当即接过符水……"

忍了许久的泪水终于顺着苏如苍白的脸颊滚滚而下，好半晌，她才勉强吐出最后两个字："喝了。"

岐国似乎仍旧不明白："喝了，又怎样？"

苏如心痛如绞，根本无法回答。拖雷将岐国的手笼在自己宽厚的手掌之中，满怀深情地看看她，又看看苏如。

这两个女人，都是他此生最爱的女人，也是他可以放心离去、无所牵挂的原因。他很快就要代替汗兄去天国了，对此，他无怨无悔，未来的日子里，他会在天国里看着她们，将自己的十个儿子培养成顶天立地的男子汉。

"苏如、岐国，你们都别难过，这样很好，真的很好。身为大汗之弟，大汗之臣，能为大汗领受天谴，我把这当成长生天垂赐我的荣耀。苏如，你听我说，别的都没什么，只有一点我觉得对不起你，从成婚到现在，我凡事都要同你商量，可这一次，我自作主张了，希望你能体谅。父汗临终前，将他治下的大部分遗产留给了我，以后，只能靠你和岐国为我们的孩子守住这份遗产，只有这样，我们才对得起父汗在天之灵。"

苏如的泪水不断地流着，她什么话也说不出来，她的心早已碎了。

拖雷，她的拖雷，太善良，太单纯了，即便在听到了死神脚步声的这一刻，他依然固执地认为，他是在用自己的死换来窝阔台汗的生，蒙古帝国可以没有他拖雷，却绝对不能没有成吉思汗亲自选定的继承人——他的三哥窝阔台。

她还能说什么呢？

她能将自己的怀疑告诉怀着甘愿牺牲的快乐，正安详地等待着死亡的丈夫，告诉他，他的手足之爱恰恰让他陷入了一个可能是早已策划好的阴谋之中，从而看着他在濒临死亡时饱受心灵的折磨而死不瞑目吗？

她不能！

那样未免太残忍了！当一切都已无法挽回，她所能做的，她唯一能做的，就是让心爱的丈夫尽可能平静地、放心地离去。

可她实在不甘心，拖雷还只有四十三岁，正当壮年，在军队和百姓的心目中拥有着崇高的威信，谁能想到他就这样离去。

她从来不曾想象过，如果有一天他真的离她而去，她是否有足够的勇气撑起这个家，管理好他留下的十一万余户的部民？

岐国一滴眼泪也没有，她一直呆呆地望着拖雷和流泪不止的苏如，脸上除了疑惑，就只有麻木。

她真的不明白到底发生了什么事，到底是什么地方不对劲？苏如曾提到了符水，符水怎么了？大汗又怎么了？大汗不是召回大那颜交代后事吗？怎么变成了大那颜替大汗领受天谴呢？

领受天谴，难道是说大那颜他……

不，不可能！一定是弄错了，一定是弄错了。

拖雷伸出手，怜惜地轻抚着岐国的面颊。这个女人，温柔如水、聪明高贵，却命运多舛。原以为他能陪伴着她度过安逸的岁月，没想到，他又要离她而去。他很遗憾，他只能把她交给苏如了，未来的日子里，她必须和苏如同心协力，抚养孩子们，守护家业。

"公主，我想拜托你一件事。"拖雷用他惯有的语调说，有些事，他必须得让岐国明白。

"拜托……我？"

"是的，你一定要答应我。"

"我答应你，你说吧。"

"岐国，我把苏如和孩子们交给你了，你要替我照看好他们。"

岐国疲惫地望着拖雷，根本不明白他在说些什么。

"答应我。"拖雷固执但不失温柔地重复着。他很清楚，岐国太柔弱了，她的坚强和冷静都只是一种外化的东西，而在骨子里，她却缺少着苏如那种如山竹般可弯不可折的禀性。不仅如此，她一直把她与他的情爱当成了生命中的全部，所以事到如今，他只能用这种办法让她坚强地活下来，当他永远离开她、苏如和孩子们时，能够支撑她活下来的，只能是她对他的承诺。

岐国是个守信的女人，只要她答应了，她就一定能够做到。

"我……答应你！"岐国的脸上滑过丝丝缕缕的惊慌。麻木的思维和被有意冷冻起来的心灵裂开了一道细缝，痛苦正一点点向外溢出。她知道，如果她被痛苦淹没，她就不能答应大那颜的请求了。

可这是她最爱的人的请求啊，她怎能不答应？

在过去的二十年里，她依赖着他的爱生活得如此安详、快乐，他无私地给予，从无所求，她总不能自私到连他最后的请求都不肯答应。

拖雷微微一笑，现在，他终于可以放心地离去了。他会在天国里看着她们坚强地生活，看着他的儿子们长大成人。苏如走到帐门外，忍泪要儿子们进来，向他们的父亲告别。当晚，拖雷在苏如的宫帐溘然长逝。

肆

拖雷的葬礼在阿剌海和孛要合赶回哈剌和林后举行。送别了自己最怜爱的弟弟，父母也早已长逝，阿剌海对哈剌和林再没有太多的留恋。她只放心不下苏如、岐国母子，尤其是岐国，在汗营的一个月，她每天都会过来陪伴她们，她的陪伴和开导，给了这一家人极大的安慰。返回净州前阿剌海还与三弟长谈了过一次，她一再叮嘱三弟要照顾好四弟的家人。窝阔台什么也没说，只是不断地流泪。

自拖雷去世，窝阔台汗的病虽一天好似一天，却一直精神不振，后来，他索性日夜沉溺于杯中之物，朝事日渐荒废。

甚至当蒙古军攻克蔡州,金末帝完颜守绪（完颜珣之子）在离宫自焚而死,金国灭亡之际，窝阔台汗也没有振作起来。

对于窝阔台汗的状况，耶律楚材看在眼里，忧在心头。他多次劝告，窝阔台汗总是置若罔闻，无奈之下，耶律楚材只好求助于苏如夫人和岐国公主。岐国想到一个办法，要耶律楚材如此这般，权且一试。

拖雷的去世，使拖雷家族的天空面临塌陷的危险。岐国与苏如一道，以一种前所未有的坚强支撑着他们的家族，尽心尽力地抚养孩子们。

拖雷临终之时，岐国曾答应过拖雷，一定照顾好苏如，照顾好他的孩子们。她明白，这只是拖雷希望她坚强起来的借口，她不能对拖雷食言，即使活着对她已经成为一种磨难，她仍然必须活下来。

活下去，还要坚强。

蒙哥每天都会到万安宫看望窝阔台汗，乃马真曾想阻止，窝阔台汗听耶律楚材说起此事后，毫不客气地警告了她。他说，蒙哥不仅是拖雷的长子，拖雷遗产的继承人，还是他的养子。当年，他膝下虽有长子贵由（贵由长蒙哥两岁），但他喜爱蒙哥自幼聪明懂事，便将蒙哥收为继子。后来，他又有其他的孩子，但他依然喜爱蒙哥，他是要蒙哥给他的儿子们做兄弟、做榜样的。何况，蒙哥每次来探望他都会跟他谈起许多新鲜、有趣的话题，这带给他极大的快慰。他要乃马真谨守女人的本分，不要将手伸得太长，至少，他不希望如此。

对于窝阔台汗的警告，乃马真置若罔闻。因她的竭力阻止，蒙哥进宫的次数越来越少了，窝阔台汗彻底痊愈之后，他便不再进宫了。倒是窝阔台汗一直惦记着四弟的孀妻遗子，时常派人问候。这一天，恰好风和日丽，在耶律楚材的劝说下，窝阔台汗骑马来到拖雷的营地。

忙哥撒正在巡营，看到大汗和耶律楚材，急忙上前拜见。他想向苏如通报一声，却被窝阔台汗阻止了。

窝阔台汗和耶律楚材径直来到苏如的宫帐。宫帐的帐门是开着的，里面不时传出几个小一点的孩子兴奋的尖叫声。

苏如的大帐中，此时热闹非凡。自从大那颜拖雷去世，差不多有半年的时光，这个充满了生机与活力的家庭一直被沉重的阴影笼罩着，窝阔台汗原本担心，不知他们什么时候才能真正复苏。

现在好了，看来他们一家人相扶相伴走到今天，终于走出了痛苦的低谷。

窝阔台汗招呼着耶律楚材，两人悄悄走到门前，从大开的帐门向里探视着。

在大帐靠门口的地毯上，许多人席地而坐，都是苏如和岐国身边的侍卫和女仆们，他们彼此交头接耳，每个人的脸上都挂着喜悦的笑容。

帐内，岐国正在细心地给小一点的几个孩子化妆，她每在他们脸上画上一道，他们都要使劲地笑或者大声地叫，这样一来，气氛更加热烈。

苏如笑眯眯地坐在一面大鼓旁，她的左边是移相哥，右边是冯梦璃。移相哥的膝头横放着陪伴了他几十年的马头琴，酒意浓浓的脸上放着红光，梦璃手中执箫，一边望着岐国公主和孩子们，一边畅快地与苏如闲聊着。

显然，"乐师"们都已做好了准备，单等着"演员"们上场。

岐国给最后也是最小的一个孩子化好妆，给他套上虎皮帽，让他手里拿着一红一绿两个三角彩旗，然后亲了他一下，小声对他说了一句什么。他便绷起脸，乖乖地走到大帐中央。

窝阔台汗一看到这个虎头虎脑的孩子，脸上不由露出笑容。昨天，移相哥和梦璃拜见他时，身边就带着他们的小儿子巴特尔。因梦璃为父亲守孝三年以及随后而来的西征，移相哥和梦璃的婚事几经波折，直到征服花剌子模回师蒙古，才由成吉思汗做主，将梦璃许给了战功卓著的移相哥。

小巴特尔将红旗一摇，大帐中顿时安静下来，"演员"们各就各位。

小巴特尔将绿旗一摇，退至一边，扮演成吉思汗的岐国上场了。梦璃轻轻吹着一支草原摇篮曲，岐国做出睡觉的姿势。岐国——"成吉思汗"的身边，仁立着他的六名爱将——木华黎、博尔术、博尔忽、胡图克、哲勒篾、超墨尔赓。木华黎、博尔术、博尔忽、胡图克由四名侍卫扮演，哲勒篾由阿里不哥扮演，超墨尔赓由末哥扮演，他们一个个睁圆了眼睛，忠心耿耿地守卫在"成吉思汗"身旁。

伴随着轻柔的旋律，忽必烈低低地唱着，嗓音沉稳，带着些许睡意，表明他下面唱的是成吉思汗的一个梦境。

> 但只见强敌一股，
>
> 扬起黑旗三面，

奔下三座山来。

其首领跨着枣红白额马，

绯红的脸庞，

乌黑的缨穗儿，

全红的甲胄，

须长而髯美，

驰骋在前头。

唱到这里，苏如的鼓声响起，"成吉思汗"醒来了，他招呼六员大将过来，向他们讲述自己的梦境。"哲勒篾"抢先说，大汗莫要担心，如果大汗的梦变成真的，就让我们去为大汗作战吧，我一定把那颗长着漂亮长胡须的头放在大汗的面前。

听他这么说，窝阔台汗看了一眼耶律楚材漂亮的长胡须，笑了。

苏如的鼓声骤然变得急促起来。这时，扮演敌酋的蒙哥带着其余的兄弟上场了，他们全都穿着猎装，挥舞着旗帜，表明敌人众多。六员大将一起上前，双方做出彼此对射的样子，忽必烈继续唱道：

翁金豁牙峡谷，

上空云雾漫漫，

下头两军对射，

达兰温都尔汗山上，

乌梁海的哲勒篾在招手。

女真的超墨尔赓，他，

跨上主君的朱红兔鹘马，

搭上血红双合箭，

突奔向前。

末哥扮演勇士超墨尔赓，他一手拿着酒壶，装模作样地喝起了酒，然后将酒壶扔到一边，抽出弯弓，搭上血色双合箭，向"敌酋"蒙哥发射，"成吉思汗"走到"超墨尔赓"的旁边，唱道：

即使好汉的盔带下面，

也有手指大的孔隙，

即使智者的攀胸下面，

也还有空隙可射中。

听了他的话，"超墨尔赓"一箭射中"敌酋"。其余五员大将也冲上前，两方开始激烈的战斗。最后，六员英勇无畏的将领取得了胜利，保护着圣主"成吉思汗"返回营地。岐国退场，苏如的鼓声戛然而止，这时，移相哥拉响了马头琴，他的歌声依然浑厚动听，穿透力极强。

　　镇服敌人齐回营，

　　赞颂"英杰"一路歌，

　　云里雾里不迷路，

　　遇难逢敌不相离。

下面的歌词，变成了移相哥和忽必烈的合唱，他们将这一首英雄史诗唱得千回万转，声彻云霄。

　　彻夜行军不入眠，

　　我的扎赉尔——木华黎哟！

"木华黎"挥了挥手里的刀，表示他无所畏惧。

　　桦木箭杆手中握，

　　面不改色冲敌群，

　　我机智的大杰——博尔术哟！

"博尔术"将一件披风披在"成吉思汗"的身上，"成吉思汗"将自己的佩剑挂在他的身上。

　　铁镞箭束身上挂，

　　不屈不挠捣敌群，

　　我的乌格什岱——博尔忽哟！

"博尔忽"跟"超墨尔赓"抢酒喝，"超墨尔赓"将酒壶给了他。移相哥独唱：

　　行猎时走在前，

　　打仗时冲在前，

　　步行时送骏马，

　　饥渴时送马乳，

　　我的患难之友

　　乌梁海氏英雄——哲勒篾哟！

"哲勒篾"上前劝说"超墨尔赓"和"博尔忽"，要他们都不要再喝了。

忽必烈独唱：

> 不识台吉特，
>
> 不知蒙古勒，
>
> 蒙昧行走时，
>
> 使我认识台吉特，
>
> 使我知晓蒙古勒，
>
> 我的塔塔尔大师——胡图克哟！

"胡图克"抱过小巴特尔，在他的脸上亲吻了一下，小巴特尔挣开了他的环抱，去拿自己的旗帜。

> 骑我朱红兔鹃马，
>
> 搭我血色双合箭，
>
> 好汉的盔带下，
>
> 智者的攀胸底，
>
> 捕捉刹那时，
>
> 轮番巧射击。
>
> 我的朱尔其忒—超墨尔赓哟！

小巴特尔取来了他的红、绿两色小旗，走到大帐的中央。"演员们"一边退场，一边一起合唱：

> 他们，是这样，
>
> 唱着歌回到大营的。

观众们热烈地鼓起掌来，窝阔台汗正打算进去，忽听小巴特尔用他稚嫩的声音严肃地问道："超墨尔赓，你的脸红得像晚霞一样，你喝了不少的酒吧？请问，是酒让你这么勇敢吗？"

窝阔台汗便没有动，他想听"超墨尔赓"怎么回答。"超墨尔赓"打了个酒嗝，回道："不喝酒，我也勇敢。喝了酒，我更加无所畏惧。"

小巴特尔挠了挠头，忘了下面台词，岐国笑着提醒他："听你这么说，酒可以使懦弱者变成勇士？"

"超墨尔赓"回道："当然。"

"不对！"忽必烈在座位大声说。

"为什么？"小巴特尔大声问。

"木华黎、博尔术、哲勒篾、胡图克，他们四个都没有喝酒，他们不比超墨尔赓懦弱，壮胆的不是酒，是勇士的心。"

小巴特尔做出思索状，问道："听你这么说，我有些糊涂了，请你告诉我，到底是喝酒好，还是不喝酒好？"

"难道你忘了圣主的大札撒了吗？"

小巴特尔将两杆小旗抱在怀里，"圣主的大札撒我们岂可忘记？哦，蒙哥哥哥，圣主的大札撒里怎么说？"他出戏了。

大家全都笑了。蒙哥回道："圣主说：君嗜酒则不能成大事，将嗜酒则不能统士兵，不要贪图酒色，应该多想国事。"

小巴特尔用红旗一指"超墨尔赓"："你听明白圣主的教诲了吗？以后，你喝酒要适可而止，千万不要贪杯无度。万一哪一天你误了圣主的使命，你就再不会像现在这样得到万人崇敬。"

"超墨尔赓"仍不服，"我没有违背圣主的教诲。但是大家都看到了，我喝了酒，可还是打退了敌人。快乐的时候，忧伤的时候，当我们拿起酒壶的时候，我们蒙古人难道不应该一醉方休吗？"

忽必烈说："偶尔喝醉谁都难免，只要不误正事，也算不得什么罪过。但如果你发展到酗酒，酒就会变成毒药。"

"超墨尔赓"一梗脖颈，反驳道："我不信。"

忽必烈走下座位，"那好，我就让你见识见识。来呀！"他向扮演胡图克的侍卫喊了一声。侍卫显然早有准备，走到移到墙角的桌边，从桌子下面拿出一个锈迹斑斑的铁皮桶来，放在"超墨尔赓"的面前。

"这是什么？"

"盛酒的桶，你难道不认识吗？"忽必烈说。

"啊？""超墨尔赓"大吃一惊。

"我想问问你，难道你用血肉做成的身体，会比这铁桶还要坚强，还要结实吗？"

"这真的是酒桶？"

"是的，它是一位家仆用来盛酒的桶，有一天，家仆看到桶里的酒漏了出来，才发现铁桶已经被酒蚀得千疮百孔。"

"太可怕了。"

"是啊。所以你要记住，酒可以喝，但永远不可以嗜酒如命。"

"是。""超墨尔赓"应着，恭敬地退到了岐国的后面。

窝阔台汗走进大帐。大家看到他，急忙上前见礼。窝阔台汗望着苏如和岐国，慢慢地说道："我明白了，这出戏应该是演给我看的吧？"

苏如、岐国、耶律楚材彼此对望了一眼。

苏如没有否认，她语重心长地说道："大汗，看了我们的戏您一定有所警醒，是吗？父汗活着时常说，酒能使人开心，也能使人毁灭。大汗，为了万千蒙古百姓，请大汗一定要爱惜自己的身体。"

"是啊，大汗，如果大那颜还活着，他也一定希望和他英锐不减当年的三哥再一次并肩出征呢。"岐国从旁插了一句。

窝阔台汗的眼眶红了，他明白苏如、岐国和耶律楚材的苦心。他承认，在拥有坚强的意志力方面，他的确远远不如父汗和四弟。

四弟，四弟，为了他，四弟甘愿服下了那一碗符水，他活下来了，四弟却魂归天国。四弟英年早逝，苏如和岐国原本应该怨恨他，可她们没有，不但没有，她们还以一颗真诚的心关心着他。如果他还是沉湎于杯中物，执迷不悟，他可真的对不起这两个弟媳，对不起四弟的在天之灵了。

"我答应你们，从此，我一定不再酗酒。"

拖雷逝后，苏如和岐国一直小心约束着儿子们的行为，不使孩子们的孟浪在窝阔台汗心中造成嫌隙，从而为对立面留下攻击拖雷家族的口实。这种约束，对大的几个特别是蒙哥、忽必烈还起作用，对小的几个却无异于被强行套上了一副沉重的枷锁，他们的烦恼可想而知。尤其是争强好胜的阿里不哥和倔强顽皮的末哥，经常会将二位额吉的劝告置诸脑后，不断地惹出事端。

这一天，贵由的夫人海迷失又来向岐国告状，说阿里不哥抢了她的两个儿子忽都和脑忽捉到的金尾鲤鱼，岐国答应，等他们回来一定训斥阿里不哥，让他把金尾鲤鱼还给忽都和脑忽，海迷失这才嘟嘟囔囔地走了。

送走海迷失，岐国正要派人去找阿里不哥回来，却见阿里不哥和忽必烈正一同向她走来，她把他们叫到了她的帐子里。阿里不哥的手上并没有什么金尾鲤鱼，他的脸色很难看，忽必烈却神态如常。

"你们今天做了些什么？"岐国问。

"回公主额吉，贵由、阔端和不里赛马，我正好在那里，就看了他们的比赛，贵由比阔端多跑出一个马身，阔端比不里多跑出一个马身。贵由跑在第一，他很得意，嘲笑阔端和不里，阔端倒没什么，不里很生气，离开比赛场地走了。不知道他们三个人为什么要搞这场比赛？好像没有理由。我问贵由，贵由不说，我想，如果是大哥问他，他或许会告诉大哥理由。"阿里不哥回答。

"贵由嘲笑了阔端和不里？"

"对。"

"就因为他赢得了比赛？"

"我想是的。"

岐国略一思索，问道："忽必烈，阿里不哥，你们两个人觉得贵由的做法对吗？"

忽必烈回答："不对。"

阿里不哥回答："成者为王败者寇，其实也没什么大不了的。我倒觉得，不里的心胸太狭窄了。"

"哦？"

"我就是这么想的。胜利者有权嘲笑失败者。"

"你怎么可以这么想！孩子，你要记住公主额吉的一句话：不要讥笑比你先倒下的人。做人最重要的，是要有一颗慈悲宽宏的心。人生在世，起起伏伏，潮涨潮落，谁能保证自己一辈子就顺风顺水，不会遇到一点挫折磨难呢？公主额吉知道，你心里不喜欢不里，但你不能因此对他的失败幸灾乐祸。不里的岁数虽然比你大，但从辈分上来讲，你还是他的叔叔呢。"

阿里不哥嗤之以鼻。

"公主额吉说得是，儿子们谨记在心。"忽必烈应着，推推阿里不哥，阿里不哥却根本不以为然。

"忽必烈，这段日子公主额吉一直在留心观察，公主额吉觉得，窝阔台汗的次子阔端虽然是庶出，因他额吉的关系，他在兄弟们面前低人一头，但他难得是个心胸坦荡的人，你们须虚心结交他。"

"是。"

"还有你，阿里不哥，刚才，你的海迷失嫂嫂又来向公主额吉告状了，说你抢了忽都和脑忽下水摸到的金尾鲤鱼。忽都和脑忽都是你的晚辈，你是当叔叔的人，为什么就不能让着他们点儿呢？你这样做成何体统？既然这件事是你做错了，你要向忽都和脑忽道歉。"

"什么？道歉？"阿里不哥万没想到海迷失嫂嫂竟然如此颠倒黑白，当即额上青筋暴突，双脚直跺，"我抢了他们的金尾鲤鱼？我抢了他们的金尾鲤鱼？海迷失嫂嫂竟然说是我抢了她儿子的金尾鲤鱼？好，好，是我抢了。从今往后，我见那俩小子一次，就抢他们的东西一次，不给，我还要揍他们一次。"

阿里不哥说完，回头要走，被忽必烈一把拽住了。

"阿里不哥……"

阿里不哥使劲甩着忽必烈的手。

"阿里不哥，你怎么可以这样跟公主额吉说话！"忽必烈训斥道。

阿里不哥挣不脱忽必烈的手臂，气得扭过头去，一言不发。

"忽必烈，怎么……"

"公主额吉，这件事，您真冤枉阿里不哥了。事实上，是忽都和脑忽抢了阿里不哥摸到的金尾鲤鱼。当时的情景我都看到了，依着阿里不哥的脾气，肯定会不依不饶，可他想到额吉和公主额吉平素对他的教诲，就忍住了他的愤怒，放过了忽都和脑忽，并没有跟他们计较。说真的，当时我还想，我们的阿里不哥终于长大了，这是一件多么值得人欣慰的事情。没想到，忽都和脑忽这两个孩子不说实话，海迷失嫂嫂竟然偏信他们的一面之词。"

"原来是这样。"

"是的，公主额吉。这种事发生不是一回两回了。"

岐国公主叹口气，走到阿里不哥面前，温情地搂住了他的肩膀，"阿里不哥，对不起，是公主额吉冤枉你了。"

阿里不哥没说话，眼圈却慢慢红了。

"阿里不哥，公主额吉保证，以后一定会首先倾听你们的陈述，再来判断孰是孰非。你相信我，公主额吉决不会再用刚才那样的话来伤你的心。"

"公主额吉，您不用道歉，儿子并没有生您的气，儿子只是……"

"只是什么？"

"只是在想，如果我父王还活着，他们敢这样欺侮我和哥哥们吗？有的时候，我真想杀了他们。"

"阿里不哥……"

"公主额吉，您放心，我不会做什么出格的事情，尽管我很想。我会忍，蒙哥哥哥要我忍，忽必烈哥哥也要我忍，所以，我会忍。但是，我们究竟要忍到什么时候才是个头？你们告诉我，这种日子什么时候才是个头啊？"

岐国公主与忽必烈彼此相视。忽必烈的脸色有些黯然，但是他的目光很坚定，他看着弟弟，片刻，一字一顿地说道："快了，这样的日子一定会结束的。"

阿里不哥心头微微一震，抬眼看了看四哥，又看了看公主额吉。公主额吉的眼神中，居然有着与四哥完全一样的内容。

阿里不哥懵懵懂懂的心里，有一点点明白了额吉和哥哥的苦心。

伍

阿里不哥、末哥与忽都、脑忽的矛盾还在继续，有时，中间还会加入不里。不里是察合台汗的长孙，年龄比阿里不哥大两岁，不里和阿里不哥都是火爆脾气，两个人见面，几句话不对，就会打起来。能够容忍不里和忽都、脑忽的，只有忽必烈。至于蒙哥，不管这些孩子多顽皮，他们都不敢轻易激惹这位不苟言笑的堂叔。

除了这件事，还有一件事令岐国有些头疼，那就是，阿里不哥和末哥都不喜欢读书，对于先生布置的课程，他们能躲就躲，能逃就逃。

阿里不哥出生于西征前夕，是苏如亲生的四个儿子当中最小的一个，他上面有三个哥哥：蒙哥、忽必烈和旭烈兀。

西征开始后的第二年，岐国怀孕了，次年，她在花剌子模战场产下一子，成吉思汗为孙儿起名末哥。这是岐国为拖雷生下的唯一儿子，在拖雷诸子中排行第八，后来，草原上皆以八王呼之。

苏如所生四子固然属于嫡出，但末哥因生母地位尊贵，在拖雷诸子中地位一直与蒙哥四兄弟等同，并无严格意义上的嫡庶之分。

西征结束后，中原名儒张德辉、得道高僧海云法师陆续将一批精通蒙古、女真和汉语言的饱学之士引荐给四太子。拖雷、苏如、岐国将他们一律待如上宾，请他们教授自己的儿子们学习各民族，尤其是汉民族的历史和文化。

对于这种学习，真正乐此不疲的只有蒙哥和忽必烈，在他们的带动下，其他的孩子们多数能按时完成先生布置的功课。比较而言，十兄弟中最坐不下来的是阿里不哥和末哥，两个人不知道为什么要学这些"没用"的东西，每日变着法地逃课。苏如、岐国为此训斥了他们多次，无奈收效甚微。

拖雷去世那年，阿里不哥十四岁，末哥十二岁，两个人毕竟都还是孩子，正是好动贪玩的年龄，坐不下来似乎也是一件正常的事情。忽必烈知道二位额吉的焦虑，决定找机会劝劝两个弟弟。

这一天，阿里不哥生病没有上课，忽必烈看到末哥没来听课，就向先生告了假，出去寻找末哥。

他来得正是时候，也不知因为什么事，末哥正在追打尔鲁。自从尔鲁让拖雷服下符水，治好了窝阔台汗的病，尔鲁就成了六皇后乃马真面前的红人。

忽必烈叫了末哥一声。末哥刚刚松开手，尔鲁就像兔子一样跳上坐骑，落荒而逃。末哥要追，忽必烈一把拉住了他，"末哥，别追了！"

末哥不敢违背，恨恨地站住了。

"怎么回事？我看尔鲁喝醉了，你干吗要打一个醉鬼？"

"醉鬼？我看他是借酒撒疯，故意羞辱我们。"

"羞辱？为什么？"

"他看见我的马身上脏了，没有洗，就说难听的话。"

"他怎么说？"

"他说，胜利者的劣马也像头狮子，失败者的良骥也像只狗。"

"是吗？"忽必烈笑了。

"你还笑！现在该他们张狂了。尔鲁、不里、忽都、脑忽，等着吧，等我长大了，我一定不会放过你们。"

"弟弟，四哥不希望听到你这种没有理智的话。走吧，跟四哥回去。"

末哥想不回，又不敢，磨磨蹭蹭地跟在忽必烈的身后，回到岐国的帐子，见母亲不在帐中，末哥暗暗松了口气。

忽必烈坐到他平素常坐的位置上，末哥不敢坐，远远地站在帐门前，眼睛滴溜溜地转着，却是满脸不服气的样子。

忽必烈笑了，招呼他过来坐，末哥慢慢地蹭到了他的面前。

不等忽必烈说他，末哥先问道："四哥，尔鲁的讥讽，你好像一点都不生气。"

"为什么要生气？"

"尔鲁算什么东西！他明摆着是狗仗人势。"

"那是他的事情，别忘了额吉教诲我们的话，能力是成功必备的条件。无论我们身处的环境如何艰难，都不能停止磨炼自己。"

"可是，要怎么磨炼呢？"

"从你最不喜欢的事做起。"

末哥夸张地喊了起来，"啊？还是要读书吗？我的天！"

忽必烈笑了，使劲揉了揉末哥的小脑袋。

岐国从外面回帐，在门口，听到帐子里传来忽必烈和末哥兄弟二人的说话声，便站住了。

忽必烈的声音："末哥，你不可以这样的，你总是溜出来玩，公主额吉知道了，她会生气的。额吉也会生气的，虽然平常她最宠爱你。"忽必烈心平气和地说着。他知道，如果只是训斥，末哥一定听不进去。

"可是，四哥……"

"怎么？"

"我们蒙古人不是在马上得来的天下吗？我不明白，为什么额吉总是要我们念书念书，念书到底有什么用啊？"

"先生不是说过吗？不跋涉不知路远，不学习不明真理。耶律丞相（指耶律楚材）也常对我们说，知识是匹无私的骏马，谁能驾驭，它就为谁出力。念书的道理就是如此。"

"那么，那些诗呢？额吉和公主额吉每天都让我们背诗，还总要考我们，我真的觉不出来背那些诗有什么用。"

"一首好诗，里面常常包含着许多大道理，比如说元好问，你读了他的诗，就会明白战争中百姓们的心情，明白百姓们渴望过上什么样的日子。只有明白了百姓的需求，才能明白一旦我们掌握了权力，该如何去治理国家、对待百姓，这就是元好问的诗给我们带来的启发。比如说那首《修城去》，你还记得吗？张先生（指张德辉）翻译、讲解给我们听的。还有耶律丞相给我们翻译的那些在中原地区广为流传的名诗佳句，读来多上口，意义也深远。"

"对，对，就是你说的这首《修城去》。什么，什么修城去，劳复劳，途中哀叹……哀叹……声……声……"

"声嗷嗷。"忽必烈接了过来，"下面的几句是：几年备外敌，筑城恐不高。城高虑未固，城外重三壕。一锹复一杵，沥尽民脂膏。脂膏尽，犹不辞，本期有难牢护之。一朝敌至任椎击，外无强援中不支。倾城十万口，屠灭无移时。敌兵出境已愈月，风吹未干城下血。百死之余能几人，鞭背驱行补城缺。修城去，相对泣，一身赴役家无食。城根运土到城头，补城残缺终何益！君不见得一李勣贤长城？莫道世间无李勣！这首诗反映的恰恰是蒙金战争带给百姓们的痛苦以及他对朝廷的失望。元好问说得很对，其实，长城是死的，人才是活的，阻挡外敌侵入，靠的并不是修起来多高多坚固的长城，而要靠政治清明，靠善待百姓和善用人才，只有这样国家的政权才会坚若磐石。所以，元好问发出这样的质问：为什么要耗费民脂民膏去修长城呢？长城挡不住蒙古人的铁骑，如果朝廷中多一些李勣，情况就会大不相同。"

"李勣又是什么人？"

"他是唐初一位十分了不起的英雄，才兼将相。他活着时，用他的智谋和勇敢将突厥人挡在国土之外，突厥人虽想占据中原，却寸步难进。"

"噢，原来这首诗说的是这个意思。"

"是啊。"

"四哥，你好像挺喜欢这个什么元好问？"

"是啊。在金国诗人中，我觉得最杰出我也最喜欢的始终是元好问。他无论针砭时弊，还是揭露战争的无情，都不加掩饰，直抒胸臆，但所有这些他都是用一种艺术的手法来表现的，这就更容易感染人。"

"你为什么喜欢元好问呢？公主额吉（岐国虽是末哥的生母，他却像其他兄弟一样，将苏如称作额吉，将岐国称作公主额吉）给我讲过他的诗，好多都是描写蒙金战争之后，他所经过的城池如何破败，他所看到的百姓如何凄惶，我觉得他骨子里是忠于金王朝的，他并不喜欢我们蒙古人取代他们女真人。"

"其实，这正说明元好问是一个有良知的、铁骨铮铮的一代宗师，他不惧权势，不惧生死，敢于仗义执言，着实令人肃然起敬，我只可惜，他这样的人，不能为我朝所用，但我不会放弃与他相识的心愿的。"

"你可真怪。他见了你，说不定会把你痛骂一顿。别忘了，你可是成吉思汗的孙子，窝阔台汗的侄子，当年，不正是咱们的祖汗把他们的皇帝从中都赶到了汴京，咱们的伯汗又终于把他的国家消灭了吗？"

"我不这样想。元好问在文章和他的诗中所描写的都是他亲眼所见的事实，他痛恨战争也在情理之中。他殷切地盼望天下百姓安居乐业，这样的理想和情操，也应该是为君者应该具备的理想和情操，如果为君者不这样想，那就大错特错了。元好问活在世上，就好像一面镜子，他在时时刻刻提醒我们，当我们已经据有中原之地甚至花剌子模，在我们的领土变得越来越广大之后，我们该如何治理我们征服的土地，该如何对待经历了战争磨难的百姓。"

"你说的也有道理，可我就是背不下来有什么办法！"

"没关系的，只要你能理解诗句的意思，自然就容易记住并且背下来了。再说，就算你无论如何背不下来，只要你能明白诗中的道理，以后会时时刻刻用这些道理来警示自己、鞭策自己，那就足够了。"

"问题是，公主额吉和你想的不一样，记不住，她就会惩罚我。说真的，我并不想让公主额吉伤心，可再这样下去，我一定会发疯的。四哥，求你了，你跟公主额吉讲一讲，要我去蒙哥哥哥手下当一名士兵吧，求你了，我不想念书，如果我做一名士兵，我一定会成为一个了不起的人。"

"末哥啊，你听四哥说，雷电的光闪虽强烈，只是瞬间的夺目；星辰的亮度虽黯弱，却是永恒的存在。现在，对我们而言，不仅要听二位额吉的话，念好书，还要懂得韬光养晦，这一点更重要。"

"什么叫韬光养晦？"

"这个意思就是，要善于隐藏自己的才干，不要锋芒太露。做一名战士有的是机会，长生天会给我们机会的，到那个时候，四哥也要跟你一起去征战。"

"真的吗？"

"四哥何时骗过你？只是现在，我们最重要的事情就是听二位额吉的话，念好书，掌握许多许多知识，懂得许多许多道理。"

"然后，你会帮我去跟公主额吉说，让我参加大哥的军队？"

"嗯。"

"一定？"

"一定！你答应四哥，从今往后，再不可以像野马驹一样到处撒野了。十三岁，你也该懂事了。我们已经失去了大那颜阿爸，现在，是额吉和公主额吉两个人在撑着我们这个家，你一定要理解她们的辛劳和苦心，不单要理解她们，我们兄弟必须要团结，要变得强大起来。除了阿爸的余威，祖汗赐给我们的荣耀，就只有智慧是我们能够凭借的力量了。"

"好吧，四哥，我听你的，以后，我再不会让二位额吉为我操心了。"

岐国的身体软软地靠在帐门上，泪水悄然流过她的面颊。自拖雷病逝后，她从来不让自己当着孩子们的面流泪，无论多么艰难，她与苏如都心照不宣地以坚强示人。她们必须如此。因为她们不仅失去了最坚强的靠山，而且面临着重重险境，为了保住拖雷家族所拥有的部众、财富不致被别有用心的人瓜分，为了保住拖雷家族的权势、荣誉和大那颜的儿子们，她们只能一再委曲求全。

除此之外，就是尽心培养儿子们，让他们一个个顶天立地，让他们有朝一日可以在更加广阔的天地里，尽情地施展自己的才干和抱负。

这原也是拖雷的嘱托。

此刻，她流泪是因为欣慰，儿子们终于明白了她和苏如的苦心。

陆

末哥的改变，使忽必烈决定趁热打铁，说服七弟阿里不哥。

阿里不哥的性情远比末哥倔强，如何说服他，让忽必烈很是动了一番心思。正巧这几日阿里不哥病还没好利索，不常去学堂，忽必烈特意从一个商人那里买了一把刀鞘华丽、刀柄装饰着两颗绿宝石的波斯刀，送给阿里不哥。阿里不哥对这柄波斯刀爱不释手，趁着他心情好，忽必烈约他出去走走。

两人骑马来到皇宫哈剌和林附近的河边，坐在草地上。

远处苍茫的山峰，升腾着蓝色的雾气。山下，古木参天，流水潺潺，绿草如茵。耳目所及，云雀在林间啁啾婉转，歌唱新一天的来临；白枕鹤涉游河岸，正跳起姿态飘逸的舞蹈。

忽必烈惬意地仰面躺下来，阿里不哥也躺在他的身边。草丛遮蔽了他们的身体，好一会儿，他们都不想说话。

突然，一个洪亮的声音传来，是蒙哥在咏诵南宋姜夔的《过垂虹》。为了教育大那颜的儿子和王公贵族的后代们，张德辉、耶律楚材以及经二人引荐北上，进入王府的中原名儒赵璧、郝经、窦默等人可谓呕心沥血，他们先后花费了数年时间，将他们精心选定的那些在汉地广为流传、深入人心的名篇逐一翻译过来。

这首经赵璧翻译的《过垂虹》，既保持了原诗的意境，又很注重蒙古语言的押韵特点，读来尤其朗朗上口：

> 自作新词韵最娇，
>
> 小红低唱我吹箫。
>
> 曲终过尽松陵路，
>
> 回首烟波十四桥。

蒙哥大概躺在附近的草丛中，读书一向专心的他并没有发现两个弟弟就待在离他不远的地方。诵完，他又念起耶律弘基的《题李俨黄菊赋》，这首诗是耶律楚材翻译的：

> 昨日得卿黄菊赋，
>
> 碎剪金英填作句。
>
> 袖中犹觉有余香，
>
> 冷落西风吹不去。

蒙哥吟诵得抑扬顿挫、高昂雄浑，入耳动听。平常，忽必烈就喜欢听大哥念书或念诗。再说，蒙哥念的这两首诗他都很熟悉，尤其是后一首，他对诗作者耶律弘基和诗中提到的李俨都有相当的了解。

辽道宗耶律弘基是契丹族的第八位帝王，他所作的《题李俨黄菊赋》信守拈来，似不费力，却极尽抑扬吞吐之妙，淡淡的口吻中，自有帝王气象。

李俨其人，乃辽国丞相，获赐姓耶律，史家称其为耶律俨。此人以文学侍从起家，先事道宗，后侍辽末帝天祚。在辽末代，他以倜傥不群、才济其奸而闻名，他与国舅萧奉先狼狈为奸，蒙蔽欺上，天祚帝却亡国而不悟，真是可悲。由此可见，奸臣当道，最是误国。

李俨曾作《黄菊赋》以献道宗，道宗以诗相回。赋长诗短，赋不传世，诗却至今为人所津津乐道，可见这首短诗是远远胜过那篇长赋了。

阿里不哥悄悄问忽必烈："是大哥吗？"

忽必烈点头。

"大哥在念什么？"

"是诗。"

阿里不哥不能理解，"四哥，我真的弄不明白，大哥为什么每天都要写呀、算呀的，到底有什么用？"

"这你就不懂了，阿里不哥。你忘了额吉跟我们说过的话吗？力气大的人，只能战胜一个对手；知识渊博的人，却会所向无敌。"

"我就不信，草原上是靠力量生存的，不是靠大道理。当年，祖汗如果没有力量，怎么能够统一草原？"

"你这么想，这么说，证明你一点都不了解祖汗。祖汗立国之前，草原上只有语言，没有文字，可祖汗在征服了乃蛮部后，第一件事就是创立文字。祖汗对知识和拥有知识的人都格外敬重，比如说塔塔统阿，咱们现在使用的文字就是他首创的。再比如说耶律楚材，他被祖汗当作天赐我家的奇才，留给了我们的伯汗。他们哪一个不是深受我蒙古人的敬重？因此，祖汗可不是像你想的那样，只懂得凭借武力去征服。"

"可我一看书就头痛。"

"不思进取者则一无所获。你连这么一点困难都不能克服，将来面临更大的困境，你该如何做？"

"好吧，四哥，以后，我会每天跟你一起念书。"

"理应如此。难道你没有发现，末哥也开始改变了吗？这些天，他再不像以前那么贪玩了，先生讲课的时候，他还向先生提问。还有烈马一样的旭烈兀，有一段时间，先生一上课他就坐在后面睡觉，有一次他打呼噜打得我们全笑翻了。可你看他现在，不是也能坐下来安安静静地听先生讲课，而且不打瞌睡了吗？你想过没有，为什么会这样？因为他们知道额吉和公主额吉说的是对的，当父王永远离开我们的那一天，我们失去了羽翼，在这世上，能帮我们的，只有我们自己。"

"哼，这个我也可以，我会比他们两个做得更好。"

"是啊，我相信你。本来，我们的阿里不哥从小脑子就是最聪明的。"

"四哥，我们现在就回上课的大帐吧。我要把这段时间落下的功课全都补上，我发誓，从今以后，我要比你们每个人都强。"

忽必烈暗笑。阿里不哥生性好强，他早知道，这种激将法对阿里不哥是最管用的。

他拉住阿里不哥的手，小声说："好，四哥相信你，我们走。"

秋末，窝阔台汗组织了一次大规模的围猎，他将贵由、蒙哥和失烈门都带在身边，让他们与他寸步不离。

对于窝阔台汗这样的安排，蒙哥倒是没想太多，贵由的心里却一直在犯嘀咕。贵由是个敏感的人，总觉得父汗决不会无缘无故地将他与蒙哥和失烈门放在一处。蒙哥与他还算有交情，他们两个人在一起也有话说，失烈门根本就是个晚辈，而且是个不懂事的毛孩子，贵由真的不明白父汗为什么要将失烈门强加给他和蒙哥，并且让他们三个人全都陪在他的身边。

近几个月来，由于逐渐改掉了酗酒的恶习，加上经常性的骑马运动，窝阔台汗病后变得日益苍白浮肿的脸庞重又焕发出健康和活力。看着他一副神采奕奕的样子，人们似乎又在他的身上找回了当年他参加第一次西征以及指挥征金战役时叱咤风云的影子。而这一切的改变，应当归功于苏如、岐国的智慧，更应当归功于耶律楚材苦口婆心和坚持不懈的劝说。

锣鼓声后，围猎开始了，蒙哥、贵由、失烈门纵马追逐猎物，却都不离窝阔台汗左右。蒙哥的箭法十分精准，甚至比喜欢打猎的贵由还要略胜一筹。至于他的文才，窝阔台汗清楚，这更是贵由只能望其项背的。

其实，拖雷的十个儿子，骑艺箭法最高强的当推旭烈兀，其次才是阿里不哥和末哥，而于习学武艺有天分却从来不在上面用心的是忽必烈。至于其他几位庶出的兄弟，无论修文习武，与苏如所生的四位嫡子和岐国所生的儿子末哥相比，多少有所逊色。严格而论，在这十兄弟中，真正文武兼修的，只有蒙哥一人。这且不论，蒙哥还是一位优秀的数学家。多年之后，那时他已成为蒙古国的第四任大汗，他将欧几里得《几何原理》部分译成蒙古文，从而第一个将《几何原理》介绍到了中国。蒙哥的贡献固然有利于东西方的文化交流，而更令西方人为之惊奇的是，这位精于术算的数学家却并不是一个普通的人物，而是东方大帝国一位日理万机的君主。

蒙哥、贵由箭发中的，失烈门也射中一只猛虎。正在这时，一只母鹿带着一只幼鹿左奔右突，出现在众人的视线中，它们停顿了一下，幼鹿睁着两只纯真无辜的眼睛，望着它面前的四个人。

贵由当即向母鹿举起了弓箭，在他放箭的瞬间，失烈门本能地推了他一下，贵由的箭射飞了。母鹿感觉到了危险，带着幼鹿仓皇而逃。

贵由怒视失烈门："你做什么！"

失烈门眼睛里含着泪，可怜巴巴地望着贵由："大伯，如果你射杀了母鹿，小鹿就太可怜了，求您放了它们吧。"

"你在说什么！就算我放了它们，其他的人难道不会将它们射死吗？"

"对不起，大伯。可我真的不忍心看着它们死在我的面前。"

"你！"

窝阔台汗摆手不让他们再争论下去，失烈门请求窝阔台汗："祖汗，让我去把那只母鹿和幼鹿捉回来行吗？"

窝阔台汗微然一笑："你有这个把握吗？"

失烈门稍稍犹豫了一下，蒙哥说道："伯汗，让我助失烈门一臂之力吧。"

窝阔台汗点头："好，你们去吧。"

过不多久，蒙哥和失烈门真的把母鹿和幼鹿带了回来，所幸它们虽然饱受惊吓，却是毫发无损。

失烈门欣喜地跑到祖汗身边，看他的样子，救下这两只可爱的小生灵，远比打到猎物更要让他高兴。

"你满意了？"窝阔台汗爱抚地问他的孙子。

"嗯。"

"你决定饲养它们吗？"

"可以吗？"

"当然可以。等回去后，祖汗让他们给你围一个鹿苑，这样，就不会有人再伤害它们了。"

"太好了，谢谢祖汗。"失烈门到底还是孩子，得到祖汗的允诺，高兴跑到他救下的两只鹿身边，去将这个好消息告诉它们。贵由冷眼看着他的侄儿，打心眼里感到厌恶。

窝阔台汗似乎并未注意到贵由的不屑，他只顾看着心爱的孙子，以爷爷特有的口吻向贵由和蒙哥赞叹道："失烈门这孩子，有仁君的风度，这样的人，将来可以把哈剌和林交在他的手中。"

蒙哥笑而不语。贵由却急忙扭过头去，以免父汗看到他拉长的脸和喷射着怒火的眼睛。

　　两天的围猎结束了，大军返回营地。当晚，贵由派人将蒙哥请了过去。

　　贵由在帐中独自喝着闷酒，蒙哥坐下来，陪他喝了一盅。贵由的脸上阴云密布，蒙哥明知故问："你怎么了？"

　　贵由反问蒙哥："你不知道？"

　　"是啊，不知道是谁招惹了你。"

　　"你少装糊涂！昨天围猎的时候，你听到我父汗的话了吧。他居然说失烈门有仁君的风度，将来可以将哈剌和林交在他的手上。"

　　"当年，伯汗不是也夸奖过你，说你有帝王风范吗？"

　　"是啊，夸奖过失烈门，夸奖过我，同样也夸奖过你。问题在于，父汗最宠爱的老三阔出死后，他就把老三的儿子失烈门接到了他的帐子亲自抚养，现在又说出这样的话来，这不摆明了要立失烈门为他的继承人吗？这也太荒唐了吧！你虽是四叔大那颜的儿子，可你自幼在我父汗身边长大，你来评评这个理：不说失烈门，就算他的阿爸阔出还活着时，他们哪一个比我更有资格继承汗位？"

　　"贵由，听我一句话，对一个人而言，最大的隐患，莫过于奢望。"

　　"你在说我吗？"

　　"不是，这是泛泛而谈，但其间的道理值得琢磨。"

　　"算了吧，就算你说我，我也无所谓。我为什么不可以奢望？再说，我是窝阔台汗的长子，失烈门只是窝阔台汗的孙子，一个少不更事的毛孩子，他还没有资格爬到我的头上去。"

　　"你既然这么说，我就再劝你一句：逃散的马群易找回，说出口的话难收回。你向我发发牢骚倒也罢了，但不知道你想过没有，这些话如果让窝阔台汗听到，只怕他会明确指定失烈门做他的继承人，到时候，你就更没有机会了。毕竟，现在的蒙古大汗是窝阔台汗，而且，他还健在。"

　　"你是说……"

　　"谨言慎行，一定要谨言慎行。"

　　"我做不到。"

　　"做不到也得做，只有这样，你才能保全自己。"

　　"好吧，我听你的。"贵由抬起眼睛，望着蒙哥，他的眼睛发红，那是因为酒的缘故，"蒙哥，我问你一句话，你要如实回答我。"

"你问吧。"

"如果父汗哪一天升天，在我和失烈门之间，你会选择哪一个？"

蒙哥的脸上没有露出任何惊异之色。他早就料到，这才是贵由今天突然请他过来"聊天"的缘故。

贵由觊觎着汗位，围绕着汗位的争斗也从来不曾停止过。这一点，草原上恐怕任何人都知道，包括窝阔台汗在内。不过，这个问题对蒙哥而言并不是问题，如果一定要在贵由和失烈门之间选择，他愿意选择贵由。

"你。"他简短地回答。

这是贵由需要的回答。蒙哥一言九鼎，他相信蒙哥。

贵由的心情一下子转好了许多，蒙哥的身后站着拖雷家族，他知道，只要蒙哥肯支持他，失烈门斗不过他。

"谢谢你。果真如此，我不会亏待你的。"贵由意味深长地说。

蒙哥不以为意。他不需要贵由的报答，他做出这番承诺只是为了蒙古帝国的前途和利益，不是为了某一个人。在这点上，哪怕面对他的亲兄弟，他也不会丧失原则。

蒙哥的定力已经让弟弟们叹为观止了，忽必烈的从容和大度更让阿里不哥、末哥小哥俩钦佩不已。他们的改变，并不完全是因为忽必烈用道理说服了他们，其中还有一个原因，那就是他们觉得自己的四哥不是一个普通人。

但是，不是一个普通人也许并不是一件好事，苏如就有这样的忧虑。有一次，她与岐国闲聊时还谈到这个问题。对于忽必烈终日都与汉族儒士待在一起，与周围环境显得格格不入，她的心里既欣慰又担心。

岐国笑着劝她："掌政之前需要勇将，握权之后需要谋士。忽必烈喜欢结交中原的汉儒名士，三教九流，我看是件好事。"

"话虽如此，我这做额吉的心里还是有几分担心，他未来的路必定很难，习惯了旧有规则的人，会视他为叛逆。"

"无论多难，他都得往前走。走过去，才可以看见前面广阔的天地。金国虽然灭亡了，我们占有了中原之地，可我们的南面还有南宋，还有大理。有一次忽必烈在我的帐子里看到一本关于南宋的图册，他立刻认真地翻阅起来，看着看着，他突然跟我说，南宋是个富庶的国家，未来的蒙古帝国首先应该考虑将南宋纳入版图。我看他的志向不小，说不定某一天，南宋真的会在他的手上平定也未可知呢。"

"希望如此。"

"姐姐，你一定要对忽必烈有信心。"

"忽必烈自幼常在你的身边，我当然对他有信心。我担忧的是，他在得到拥护的同时，也会得到敌人，有些敌人，甚至可能是他的亲人。"

岐国点了点头，应道："我明白姐姐的顾虑所在。但是，这也是没办法的事情，对于忽必烈而言，他必须闯过这一关，走好自己的路。"

"是这样没错。但愿他能掌握住自己的命运。"

"忽必烈有这样的智慧，姐姐你放心吧。"

果然，岐国的劝慰令苏如的心情轻松了许多。她不再继续这个话题，和岐国谈起拔都来信的事情，两个人正在商议如何回信，窝阔台汗派人来传苏如，要苏如立刻到万安宫面见大汗。

苏如不明所以，顾不上多问，跟着汗宫侍卫匆匆走了。岐国放心不下，派阿里不哥和末哥分头去找回蒙哥和忽必烈。

苏如来到万安宫时，没想到贵由居然也在宫中，看到她进来，贵由急忙起身迎接，苏如还礼时发现他脸上的表情多少有些不自然。苏如以她惯有的沉静和恭敬的态度见过窝阔台汗，窝阔台汗示意她坐下，关切地问起她、岐国公主以及孩子们的近况，她回答说一切都好。

这之后，窝阔台汗与她闲聊起来，他们的话题很广，涉及各个方面。窝阔台汗尤其就建立新的驿站以及完善旧有驿站制度的有关事项征询了苏如的意见，苏如当即表示，她完全支持窝阔台汗的决定，因为这是一件有利于蒙古帝国对广大领土进行统治以及加强其与亚欧各国交流往来的大事，她说她将倾尽人力与财力，协助窝阔台汗完成驿站的统筹与建设。

窝阔台汗请她帮忙写信给远在钦察汗国的拔都，希望这件事同样能得到拔都的支持，苏如欣然应允。

提到拔都，苏如正中下怀，她斟酌了一番词句，似很随意地问窝阔台汗："大汗，拔都汗那边最近是否有奏报来？"

窝阔台汗点了点头，回答道："有。"

"拔都汗在奏报里说些什么？"

"他说，先汗在世时征服的不里阿耳、钦察和罗斯诸公国一再反叛，令他很是头疼。他正在思索一种可以一劳永逸的办法，希望能够得到我的支持。"

"他所谓的一劳永逸是指什么？"

"当然是以战止战。但他掌握的兵力有限，尚不足以独立完成这种大规模的军事行动。"

"想必他是请求大汗协助他。"

"正是。"

"大汗有何决定？"

"朝中有一些不同的看法，我正在认真考虑这个问题。"

"不同的看法吗？是什么？"

"你知道，我刚刚完成对金国的征服，有些人劝我应该趁热打铁，向南进兵，一举征服南面的宋朝。至于钦察诸地，不妨先让拔都拖住他们，待南宋降归，我们就有足够的财力组织第二次西征。此为上策。"

"大汗也这么看吗？"

窝阔台汗笑而不语。

苏如想了想，又问："楚材对此是什么意见？"

"楚材的意见与这些人的想法有所不同。不过，苏如，我想听听你的意见。"

"好，那臣妾不妨直抒己见了。对于这件事，臣妾是这么看，如果真要等到南宋灭亡才出兵西征，只怕我们将永远失去钦察汗国。"

"哦，为什么？"

"大汗一定不会忘记，成吉思汗六年（1211），我们大举进兵金国，开始了复仇战争，可是直到窝阔台汗六年（1234），差不多花费了二十三年的时间，我们才将金国彻底征服。这中间固然有我们倾力西征影响了对金国的征服进程等因素，但在我们强大的军事压力下，金国仍然能坚持二十余年，这就说明，征服一个国家并不是一件可以一蹴而就的事情，正如汉语中有一句俗话，叫作'百足之虫，死而不僵'。与金国相比，南宋的腐败与孱弱虽是事实，但它拥有比金国更加发达的经济与文化，换句话说，它有着更加深厚的国家基础。因此，臣妾以为，我们想要征服南宋，恐怕需要付出比征服金国更多的努力。

而这个过程究竟有多长，我们不得而知，但至少有一点可以肯定，灭亡南宋绝不可能在很短的时间内完成。"

窝阔台汗点了点头，问道："你的分析合乎情理。不过，你到底想告诉我什么？"

"臣妾做这样的分析只是想告诉大汗，绝对不能等到南宋灭亡后再出兵西征，如果南宋方面拖住我们的兵力，使我们脱身不得，而拔都汗以区区两万兵力无法抵挡钦察、不里阿耳和罗斯诸公国的联合攻击，我们不但会失去现在据有的领土，还可能因此面临腹背受敌的危险。"

"这么说，你赞同尽快出兵西征？"

"只有建立稳固的后方，大汗才能实现一统南方的梦想，不是吗？"

窝阔台汗哈哈大笑，"你说得对。没想到，你一个女人，在这件事上比许多男人更有远见。不瞒你说，我与你、与楚材的想法完全一致。"

苏如稍稍舒了口气。她知道，只要窝阔台汗做出决断，就一定已经胸有成竹，对于这一点不需要她再喋喋不休。

她是两天前接到拔都的家信的，在这封不失亲切的家信中，拔都说他已将自己面临的艰难处境同时向大汗报备陈明。她很关心这件事情的结果，因此，今天即使窝阔台汗不召见她，她也会设法求见大汗的。

好在一切如她所愿，她不能不庆幸先汗为蒙古帝国选择了一位头脑清醒冷静的明主，窝阔台汗一定可以创造胜过其父的辉煌。

柒

心中不再担忧，苏如适时岔开了话题，与窝阔台汗谈起一些彼此都曾经历的往事。而在他们畅意交谈的时候，苏如敏锐地觉察到，贵由的目光一直闪闪烁烁地落在她的身上，这让她多少有些不舒服。

苏如很清楚，窝阔台汗突然召见她，不可能只是为了与她拉拉家常，也不可能只是为了与她商议建设驿站这一件事，一定另有缘故。

但是，窝阔台汗不说，她不会贸然询问。她了解窝阔台汗，他会在闲聊中一点点将自己的意思透露给她的。

不出所料，窝阔台汗在提及两家的孩子们时，似乎很随意地说道，"苏如啊，拖雷去世后的这两年多，你为孩子们付出太多了，不仅是你，还有岐国，你们都是我蒙古草原最伟大的母亲。但是我想，现在孩子们一天天长大了，连老四忽必烈也成家了，你和岐国没有理由再这样孤苦下去，你们的身边应该有个贴心的人照应啦。"

窝阔台汗这样说的时候，苏如看到贵由慌乱地将眼光垂了下去，落在面前的茶杯上。苏如淡然一笑，没有接话。

在没有摸清窝阔台汗的真实意图前，她宁愿认真倾听，仔细揣测。

"苏如，我们是至近的亲人，不瞒你说，近来三哥心里一直压着一句话想对你讲，但不知道你肯不肯听？"

"哦，大汗请讲。"

"四弟去得早，他走的时候，留下了十个儿子。难得的是，你和岐国一道，把他的十个儿子个个培养成了顶天立地的男子汉。你们的不容易，别人看得到，我也看得到，所以，你赢得了许多男人的钦慕，我一点都不奇怪。只是，对于这件事，我尚有一些私心，想……"

窝阔台汗说到这里，略略停了一下。他不能光说，还得留心苏如的反应，苏如聪明过人，有些话即使他不完全说明，苏如也一样不会误解他的意思。

苏如从容地迎视着他的目光，神态平静如初，"臣妾是否可以问问，大汗的私心是什么呢？"

窝阔台汗看了贵由一眼，说道："如果我告诉你，我的儿子贵由也是这些钦慕者中的一个，你是否会感到很吃惊？"

苏如想起贵由闪烁的目光，明白了一切。按照蒙古习俗，子侄在父叔逝后续娶守寡的后母和婶娘是一件再正常不过的事情，这种收继婚制度古已有之，绝不会令任何人感到惊奇。但现在问题的关键在于，向她提出此事的人是窝阔台汗，这就说明，寻找合适的时间和时机说服她下嫁，与其说是贵由本人的心意，不如说是窝阔台汗和六皇后乃马真的谋划。

众所周知，当年成吉思汗病逝时，依照蒙古幼子守灶的古俗，将自己麾下的十五万户中的十万七千户赐予幼子拖雷，其余四万三千户分赐给众多兄弟子侄，因此，拖雷虽然没有汗位，却继承了蒙古国的实权。

一个人拥有汗位却没有实权，另一个人握有实权却没有汗位，这种不正常的现象最终给蒙古帝国带来了无穷隐患。窝阔台汗登基之后的六年间，在他的耳边鼓噪和暗示他尽快削弱拖雷家族势力的人不在少数，这些人中就有六皇后乃马真。而其时蒙金战事方酣，窝阔台汗不可能冒险走这步棋。如果他一步走错，非但不能达到预期的目的，反而很可能被威信远远高于他的拖雷取代。何况，窝阔台汗与拖雷毕竟是一母同胞的亲兄弟，他比别人都更了解四弟的为人，拖雷是个胸怀坦荡的至诚君子，只要他不有负于拖雷，拖雷绝对不可能有负于他。

即便如此，当金国灭亡在即，攻灭金国的头号功臣拖雷还是遭到了奸人的暗算。拖雷去世后的两年中，窝阔台家族与拖雷家族至少维持着表面上的和睦。这其中的原因在于，首先是因为窝阔台汗念及拖雷代兄赴死，功在社稷，对其家人自然不忍过分相逼，以致在世人心目中留下薄情寡义的恶名；其次是因为拖雷家族谨守本分，借此打消了他的部分疑虑。

但是，如果拖雷家族不相应地做出某种姿态，只怕窝阔台汗心中的担忧早晚还会在他人的挑唆下膨胀。正是出于这样的担心，苏如与岐国多次探讨过这个问题。岐国认为，如果她们主动示好，更容易授人以柄，令窝阔台汗起疑。为今之计，倒不如静观其变，一旦遇有事情发生，再做区处决断也不迟。

其实，岐国说这番话时与苏如心照不宣：事关拖雷家族的前途命运，她们可以退让，但决不会屈服。

苏如默默沉思的表情同时被窝阔台汗和贵由摄入眼底，然而这沉思的表情中绝没有丝毫羞怯。

多年以来，贵由最钦佩的就是四婶这种泰山压顶而色不变的气度，这是一个男人都很难做到的，可是四婶在他幼时的记忆里就是如此。他不知道四婶会如何回答父汗，但他知道父汗和母后希望通过联姻来削弱拖雷家族实力的企图肯定不会得逞，四婶是个有着大胸怀、大心机的女人，连他都能看穿父母的用心，何况四婶。

昨天晚上，当母后突然向他提起这件事时，他并没有表示反对。事实上，尽管他与四婶之间存在着年龄上的差异，四婶在他的心目中却有着成熟女人的魅力。这样的女人，如果真的肯下嫁于他，对他非但不是一种辱没，相反还会令他受益匪浅。要知道，四婶带给他的嫁妆将是拖雷家族的十万余户，而且，四婶的智谋将会成为他日后夺得汗位的最可靠的保障。

他不管别人怎么想，他知道自己想要什么，也知道自己如果能够得到四婶，他情愿一生对她言听计从。

他身为父汗的长子，父汗对他却并不宠爱，母后大概正是为了增加他的实力，扩大他在帝国中的影响，才想出了这个不失荒唐，但对他而言却值得一试的主意。出人意料的是，当母后将她的想法告诉父汗时，父汗竟毫不犹豫地表示赞许，不仅如此，父汗还主动提议由他亲自向四婶提亲。

如今，最不容易说出的话已经说出了口，四婶会怎样回复父汗呢？如果拒绝，四婶又会用一种什么样的方式拒绝父汗呢？贵由很想知道。因为四婶平静的神态告诉他，联姻的提议对四婶没有任何诱惑力。

窝阔台汗并不催促苏如。这无非是个小小的试探，此刻，怀着一种莫名的心绪，窝阔台汗像他的儿子一样，期待看到的，是苏如拒绝的方式。

"大汗。"终于，苏如审慎地开口了，她柔和的声音在寂静的万安宫中飘荡开来，透着几分空灵。

窝阔台汗微笑，"苏如，你说，我听着呢。"

"大汗，臣妾想知道，您的心中，是否真的觉得大那颜已经离去？"

窝阔台汗稍稍愣怔了一下，一双细长的眼睛慈和地注视着苏如，却没有回答她的问话。苏如似乎也没有让窝阔台汗回答的意思，她继续说道："臣妾虽然不知道大汗究竟怎么想的，但臣妾相信大汗这一生都不会忘记大那颜，他毕竟是与您心心相印的亲兄弟。只是，与大汗相比，臣妾对大那颜的思念恐怕更加强烈，臣妾毕竟是大那颜的结发妻子啊。大那颜活着时，臣妾蒙受大那颜的万般恩情，在他的宠爱下幸福地生活，为他生育了四个儿子。大那颜离去后，臣妾拼命抵制着希望与他一同离去的愿望，不辞辛苦抚养大那颜的儿子们，这是因为得到的爱是需要偿还的，为了偿还爱，臣妾不能太自私，自私到只顾了却自己的悲伤，自私到狠心抛下可怜的孩子们。无论多么艰难，日子还得过下去，这是臣妾的信念。"

"转眼间，大那颜离开臣妾、离开孩子们已经两年多了，这漫长的日子，臣妾未尝有一刻忘记过大那颜。当孩子们一天天长大，臣妾觉得在他们每个人身上都能看到大那颜的影子。孩子们的孝顺和对臣妾的爱，一点点抚平了臣妾心头的创伤，当年那种幸福的感觉重又回到臣妾心中，臣妾的这种知足和感恩真的是那些与臣妾没有相同经历的人所无法体会的。"

"也许因为心意相通，臣妾时常觉得，大那颜并没有离开臣妾太远。当夜幕降临星空闪耀，当阳光冲开云层，当成吉思汗和他四个儿子的光辉业绩伴着悠扬的琴声传唱，甚至当孩子们围坐在宫帐里安静地读书，所有这些时候，臣妾都会感到大那颜就站在不远处注视着臣妾，注视着孩子们。他的目光是那样温暖，充满眷恋，让臣妾不由得感谢命运让臣妾做了大那颜的妻子，让臣妾纵然与大那颜天各一方，心里却从来不会感到孤独和迷茫。"

苏如沉缓地诉说着，没有一个字是在直接拒绝窝阔台汗的提亲，但无论窝阔台汗还是贵由都不会误解她的意思。窝阔台汗不能不暗叹造化弄人，正如父汗在世时常说的那样，长生天真的赐给了四弟一位胸襟博大、智慧过人的女人。

不止是苏如，还有岐国公主，她们对拖雷矢志不渝的爱与忠诚，不能不羡煞他这位本该拥有世间一切的大汗。

贵由不再回避，他终于可以坦然面对四婶，他看到四婶向他微然一笑，那笑容里分明饱含着母爱的温柔。

他也向四婶回以一笑。不管怎么说，他试过了，而且，他如愿地领教了四婶拒绝的方式。窝阔台汗根本不说诸如"我明白了"之类的话，而是直接转换了话题。他向苏如提起次子阔端，随即开门见山地向苏如提出另一个请求——事实上，提出这另一个请求才是他今天召见苏如的真正目的。

他面对苏如，不慌不忙地说着话，平和的语气中却隐含着某种强硬，"苏如，阔端很快要奉汗命统辖和经营甘凉地区，以为日后攻灭川藏所需，但阔端麾下兵力不足，我想从大那颜的部众中划归一千户以配合阔端的行动，希望你能支持。"

贵由脸上露出惊讶之色，不觉将目光投向四婶。苏如注视着窝阔台汗，脸上的表情没有任何变化："大汗这是说的哪里话！难道整个蒙古帝国不是大汗的吗？拖雷家族的部属百姓难道不是大汗的子民？大汗以阔端经略甘凉之地，谋虑深远，拖雷家族岂可托言躲避，安享清闲！今后，大汗但有所需，拖雷家族及臣妾母子随时愿为大汗效犬马之劳。请大汗一定牢牢记住，大汗是我蒙古帝国的英明之主，拖雷家族追随大汗系天意所授。因此，无论世事如何变化，拖雷家族的每个人对大汗的忠诚不会改变。尤其是蒙哥兄弟，他们既然生在草原，就必须为蒙古帝国、为大汗赴汤蹈火，这是他们生为成吉思汗的子孙所应担负的责任。"

"谢谢你，苏如。你能这么想，我真的很欣慰。"

"臣妾所言，皆出自真心。但不知大汗意欲抽调哪一个属部，请大汗明示。臣妾将做好一切准备，只待阔端前来检视。"

"检视倒是不必。一切但凭你与公主安排。"

"好，臣妾谨遵圣谕。如若大汗没有其他的事情，臣妾告辞。"

"好吧。贵由，送送你的四婶。"

"不必。大汗，请转告阔端，三天后，请他到臣妾的营地接收他的新属民，臣妾随时恭候。"

窝阔台汗目送着苏如从容地离开万安宫，沉默良久，方才向贵由叹道："忠臣在朝廷胜似国宝，贤妻在家中赛过明珠。原来，你的苏如婶婶就是你的祖汗常常夸赞的那种人啊。"

"什么？"贵由漫不经心地问，脸色阴郁、沉闷。

当初，他不计较四婶比他大十多岁的现实，愿意与四婶结成连理，固然主要出于某种政治目的，希望与婶娘的联姻可以带给他最大的实惠，最终将四叔的遗产变成他将来争夺汗位的资本。但除此之外，他在内心深处对四婶未尝就不怀有真实的倾慕之情。一直以来，他都在梦想着能够得到一位像四婶这样聪慧高贵的女人做自己的妻子，可惜，他没有这样的福气。

是四婶深情的表白一点一点消除了他心中的失落和不快。一个女人，对她的丈夫矢志不渝，这样的女人，理应得到他的尊重。若不是父汗后面说的那番话，他绝不会产生如此愤恨不平的情绪。

窝阔台汗似乎并没有注意到儿子的失落和沮丧，顺着自己的思绪说下去："你的祖汗在世时常说，他的儿媳苏如，心似乳汁一样洁白，舌如弹簧一般灵巧。就是这样的，一点不假。"

贵由没有说话。

窝阔台汗以为儿子仍在为苏如的拒绝而烦恼，他哪里知道，贵由所烦恼的并不是苏如拒绝了他的求婚，而是父汗对他的态度。父汗显然并不关心他，他在父汗心中的地位非但比不上嫡子阔出，现在甚至比不上既不是长子又不是嫡子的二弟阔端。至少目前的状况如此。父汗这一生，最宠爱的人始终是三弟阔出，不论他活着，还是死了。阔出死后，贵由原以为父汗会将更多的注意力放在他的身上，没想到，父汗却选择了将阔出年幼的儿子失烈门接到宫中亲自抚养。父汗的良苦用心所有的人都看得清楚明白，可他清楚明白不等于他会甘心退让。

他是窝阔台汗的长子，长生天赋予了他野心和才能，他不会让一个小孩子成为蒙古帝国未来的大汗，蒙古帝国的权柄本应掌握在他的手中。

父汗轻松的样子让他感到愤怒，一个偏心的父亲无法不使他寒心，但是，他是不会就此沉沦的，他一定要做出一番惊天动地的事业，让所有的人，包括父汗、拔都、蒙哥这些人在内都对他刮目相看。

他必须如此！

不久后的第二次西征就是一个机会，他一定要把握住这次机会，成为出征军的统帅。这是他希望达到的目的。

苏如刚刚离去，乃马真来到万安宫。贵由心里不悦，敷衍了事地见过额吉，然后便出去了。乃马真察看了一下窝阔台的脸色，慢慢地问道："大汗，你真的为了儿子的事向苏如说了？"

"是啊。"

"结果呢？"

"你应该已经猜出来了吧。"窝阔台汗的语气多少流露出一点不耐烦，他不喜欢乃马真的自作聪明，也不喜欢乃马真心里容不下事。他与这个女人一起生活了二十多年，对她早已是了若指掌。

果然，乃马真从鼻子里轻轻地"哼"了一声，"真是，想吻佛却弄脏了佛面。好个不识抬举的女人！"

她的声音压得很低，窝阔台汗却听得清清楚楚，"我警告你，你不可以这样说苏如。如果再让我听到你说这样的话，我就……"

"大汗要怎么样？"

"我……算了，我懒得跟你多说。"

乃马真冷笑一声，"大汗又能把我这个在大汗跟前失去了宠爱的女人如何？我自然比不得大汗那花一样的妃子。不过，大汗不要忘了当年娶我时的誓言，不要忘了我给大汗生下贵由时的承诺。无论大汗有多少女人，可以与大汗同享富贵与权力的人，是我，乃马真。"

窝阔台汗不说话了。他是个言而有信的男人，何况，乃马真性情强悍，在她面前，他宁愿息事宁人。

捌

末哥找到了蒙哥，兄弟俩步行回来了。阿里不哥却颇费了一些周折，才在河边找到专心刷马的忽必烈。

阿里不哥跳下马背，牵着马走到忽必烈身边，"四哥，你在这里做什么？"

忽必烈抬头看看他，笑了笑，答道："我嘛，在给我的'龙卷风'洗澡。"

"我过来的时候，和忽都、脑忽那两小子打了个照面，见了我这个叔叔，他们居然连个招呼都不打，像兔子一样跑得无影无踪。"

忽必烈微笑，"是吗？他们刚从我这里离开。他们看上了我的'龙卷风'，说要买去送给他们的祖汗。我告诉他们说不用，如果窝阔台汗亲自开口向我要，我一定会将这匹马献给窝阔台汗的。他们离开的时候，大概很失望吧？"

"好一对小无赖。不愿意养羊，却喜欢吃肥肉；不愿意养牛，却喜欢吃黄油。贵由哥哥怎么会生下这两个不懂事的儿子！"

忽必烈瞟了一眼阿里不哥，被他咬牙切齿的样子逗笑了。

"四哥，你心里真的就一点不生气吗？如果我们的大那颜父亲还活着，你想，贵由哥哥的这两个毛孩子敢对我们这样无礼吗？"

忽必烈用手理着马鬃，说道："阿里不哥，别忘了，空中的鸟摔不死，水里的鱼淹不死。有白必有黑，有甜必有苦。父亲虽然去了，可是我们都还健健康康地活着，只要我们都活着，一切就都还有希望。"

"但我还是觉得窝囊。"

"你想怎么做？"

"我要告诉伯汗。或者，以拳还拳，以鞭还鞭。"

"阿里不哥，我跟你说，四哥可不希望你这么容易就被一时的冲动弄昏了头。"

"我没有一时冲动。"

"那又是什么？你难道忘了你祖汗、父王在世的时候怎么说的？好汉肚里应容得下金鞍马。"

"四哥，为什么你像额吉和公主额吉一样，任何时候都要我们忍让？难道我们就该这样让忽都、脑忽他们欺侮吗？"

"算了，忽都和脑忽还是我们的晚辈，他们还是孩子。"

"你总这么乐观。"

"想想祖汗，再看看额吉和公主额吉，你会明白，乐观的人才会心胸豁达，心胸豁达的人才有资格纵马草原。对了，阿里不哥，你来这里做什么？"

"看到那两个小子，差点把我气蒙了。是公主额吉派我来找你的。"

"家里出了什么事吗？"

"额吉让伯汗派人叫去了，公主额吉让你赶紧回去。"

此时，窝阔台汗传苏如入宫已经过去一个多时辰了，岐国放心不下，吩咐忙哥撒去宫外等候消息。已时，忙哥撒回报说苏如离开了万安宫，正往回走，岐国急忙带着蒙哥五兄弟在半路迎上了她。

蒙哥兄弟上前见过母亲，苏如表情如常，从她的神态里，根本判断不出窝阔台汗一早宣她入宫究竟为了什么事。

岐国本想问问，考虑到孩子们在场，便没有直接询问。蒙哥、忽必烈性情沉稳，也都不问，旭烈兀是个大大咧咧的人，对任何事都不放在心上。末哥在蒙哥的面前，一般都喜欢学着大哥沉着的样子。只有阿里不哥性急，追问母亲："额吉，伯汗要你去到底是为什么事？"

阿里不哥一问，其他人的目光都落在苏如的脸上。

苏如微微一笑："没有别的事，你们的伯汗今天有时间，心情也不错，找我聊聊以往的一些趣事。"

"真是这样吗？"

"难道，你还有什么怀疑不成？"苏如拍了拍阿里不哥的头。

阿里不哥信以为真，拉着旭烈兀和末哥去赛马了，蒙哥和忽必烈默默地跟着二位额吉回到岐国公主的宫帐。虽然额吉对阿里不哥说祖汗叫她过去没有别的事情，可直觉告诉他们，事情远没有那么简单，伯汗怎会郑重其事地传额吉去"闲聊"呢？

岐国的宫帐一直保持着她与拖雷共同生活时的样子：简洁、清新、温暖、雅致。以前，每当她陪伴拖雷出征，一旦战事结束，拖雷都会宿于她的宫帐。

拖雷常对她说，只要回到这里，看到她，他疲惫的身心就会立刻松弛下来。拖雷逝后，她把这份简洁、清新、温暖、雅致留给了拖雷的孩子们，她的宫帐，成了孩子们最喜欢玩耍、读书、听她讲故事的地方。

岐国请苏如坐下，她与蒙哥随即坐在苏如的对面。忽必烈没有坐，他亲自为二位额吉和大哥奉上热茶。这是拖雷家族多年来形成的习惯，儿子们必须尊重他们的每一位母亲，弟弟们必须尊重他们的每一位兄长。

蒙哥注视着母亲。苏如气定神闲地端起茶，轻呷一口，她这种喜怒不形于色的定力令岐国叹服。在苏如之前，岐国还从未见过有哪一个女人能够如此自然地将一切悲欢都隐入内心深处。

蒙哥示意忽必烈留心看着点儿外面的动静，他问母亲："额吉，伯汗召见您，一定是有什么事对您说吧？"

苏如却不急于回答，将茶杯置于桌案之上，反问儿子："蒙哥，那你觉得你伯汗召见额吉是为什么事呢？"

蒙哥沉思片刻，说："我隐隐约约听到一些不好的传言。"

苏如与岐国互相看了一眼，"什么样的传言？"

"传言说，乃马真六皇后联合了一批贵族大臣，向伯汗建议有步骤地削弱拖雷家族的势力。伯汗今天召您进宫，是不是与此事有关？"

苏如望着儿子，岐国也望着蒙哥，苏如并没有否认。

"看来是真的了。"

"即便如此，蒙哥你也要先冷静下来。"

蒙哥无语。

忽必烈说："额吉您放心吧。究竟发生了什么事，您可以告诉我们。"

苏如点点头，"好吧。蒙哥、忽必烈，额吉不能瞒你们，蒙哥的判断是正确的。今天，你们的伯汗这一次召额吉进宫，就是为了跟额吉商量，能不能将隶属拖雷家族的一千户划归阔端统辖？"

阔端是窝阔台汗的次子，却不是窝阔台汗最钟爱的儿子，窝阔台汗最钟爱的儿子是三子阔出。在阔端成人前，窝阔台汗对这个儿子也不是多么喜爱，而阔端早年丧母，不像贵由，还能得到来自母亲的坚强庇护。真正关心阔端的人是苏如，苏如让自己的儿子蒙哥陪伴阔端长大，不知道是否与此有关，长大后的阔端心胸开阔，目光敏锐，且长于行政管理。他的才能终于得到了窝阔台汗的认可。

窝阔台汗原本想让阔出继承他的汗位，但天地间万事万物变幻莫测，阔出不幸逝于征宋前线，窝阔台汗又将希望寄托在阔出的长子失烈门的身上。但窝阔台汗的想法能否实现，的确还是个未知数。因为，明眼人都能看得出来，六皇后乃马真从未放弃努力，她是一定要将她的亲生儿子、窝阔台汗的长子贵由推上汗位。

而六皇后的魄力、决断和胆量，是阔出母亲所不具备的。

蒙哥的脸色蓦然变得有些阴沉，忽必烈看了大哥一眼，代替大哥问道："额吉是怎么答复伯汗的？"

"你觉得额吉会怎么答复伯汗？"

"我想，您一定答应了伯汗。"

"是的。额吉对你伯汗说：天下乃大汗之天下，臣民乃大汗之臣民。别说大那颜家族的部族属臣，即便是大那颜的妻子儿女，也是大汗臣子，大汗但凡有命，何须'商议'二字！"

"额吉为什么这样对伯汗说？这好像有点……"蒙哥闷闷地插了一句。

"你是不是想说，额吉这样对你伯汗说话有点示弱于人的味道？"

"是的，额吉。"

"但你是否同时也能理解，额吉这样说是因为事实如此。"

蒙哥略一思索，"我不太明白额吉的意思。"

"你额吉的意思是，普天之下，莫非王土；率土之滨，莫非王臣。无论窝阔台汗提出什么，或者做什么，身为大汗他都有这个权力。不要为此心存抱怨。如果你们的父王还活着，我相信他也会做出同样的选择。"岐国平静地说道，她已经完全明白了苏如的良苦用心。

"也许二位额吉说的有道理，可我还是接受不了，伯汗怎么可以这样做？难道他忘了父王是怎么死的？他忘了他在父王的葬礼上许下的诺言？"

"你父王心甘情愿代大王赴死，是出于对大汗的忠诚。身为大汗的弟弟，身为大汗的臣子，他都必须这样做，他并没有抱怨，也没有希望借此得到什么。所以，我们也不能抱怨，不能希望借此得到什么。对我们而言，最重要的是消除大汗的疑虑，维护帝国的团结与稳定。"

"难道我们对伯汗不够忠诚吗？我总以为伯汗是当世明君……"

苏如微微笑了，"无论多么高的山，也总有顶端。无论多么深的海，也总有底部。这就是人，这就是世间万物。"

"额吉……"

"蒙哥，听额吉说，伯汗他也是人啊，是人就难免有弱点，是人就难免被别人抓住弱点加以利用。"

"所以，为今之计必须要消除大汗的疑虑，让他自己来认识到自己被佞人利用的现实，这是退，是为了进而退。"

蒙哥醒悟过来，觉得有点羞惭。两位额吉的深谋远虑，令他自愧弗如，"那么，儿子该怎么做？"

岐国看了苏如一眼，苏如示意由她决定："我的想法，这一次，由你全权处理阔端接收的事情。蒙哥，你要牢记，要是没有好骑手，就是骏马也跑不快。因此，你若想在赛马场赢得第一，首先要把自己训练成好骑手。"

"是，公主额吉。"

"可是二位额吉，儿子还有一事不明。"忽必烈想到一件事。

"什么？"

"既然此事始末都与六皇后有关，为什么伯汗不将这一千户拨给贵由，而要拨给阔端呢？"

苏如与岐国相视而笑。忽必烈这孩子从小勤勉多思、心机深沉，他的所思所想总是与他的几位兄弟不太一样。

"对于这件事，额吉不能妄下断言。不过，额吉相信，你们兄弟俩一定可以找出正确的答案。"

"是。儿子们告退。"

"等一下。"

蒙哥望着两位额吉，岐国走到箱子前，从里面取出一副玉圭，递给蒙哥。"这个，等阔端来接收部众的时候，作为礼物交给他。"

蒙哥双手接过玉圭："儿子谨遵公主额吉之命。"

苏如对蒙哥说："额吉为阔端缝制了一套衣服，本来正想派人送去给他呢。现在不用了，就等他来接收部众，我们为他举办宴会的时候再送给他吧。蒙哥，阔端是额吉看着长大的，你们俩从小感情深厚，胜如手足，你应该比任何人都了解他的为人。记住额吉的话，阔端与你的拔都哥一样，是个坦诚君子，值得你倾心结交，千万不要因为这件事情影响了你们兄弟间的情谊。"

"是。"

"另外，还有一件更重要的事。"

"请额吉示下。"

"这是我和你们的公主额吉考虑已久的事情，是关于你们几个弟弟的事。常言道：枝嫩的时候容易弯，人小的时候容易教。蒙哥，你为诸兄弟之长，是这个家的当家人，将来，教育你的弟弟们，尤其是最小的几个，这个任务就交给你了。还有你，忽必烈，你要用心协助你大哥。"

"是，额吉。"蒙哥、忽必烈异口同声地回答。

"你们下去吧，我跟你们的公主额吉还有事情要商量。"

蒙哥、忽必烈应着，恭恭敬敬地退出宫帐。

玖

按照额吉和公主额吉的嘱咐，蒙哥将有关交接的一应事宜都安排得井井有条。其实，阔端根本不赞同父汗的做法，他拖了好久才来接收他的新部众。苏如为他举行了家宴，席间，大家绝口不提这次接收，只谈些愉快的往事。阔端努力迎合着大家的谈笑，内心深处却充满了内疚与不安，当他告辞的时候，他已决定，无论如何要阻止父汗再次做出同样的事情。

阔端回去后，将接收的经过原原本本地禀明了父汗。他对父汗说：拖雷家族的忠诚，天地可鉴。

得知苏如、岐国以及蒙哥兄弟都对自己的试探之举毫无怨言，窝阔台汗终于消除了对拖雷家族所存有的疑虑，他甚至后悔自己轻信乃马真和某些大臣的谗言，而对耶律楚材、镇海等人的劝谏置之不理。

窝阔台汗的释然，使乃马真欲借拖雷家族的抵触情绪，引起窝阔台汗疑虑的计谋没能得逞。此事之后，窝阔台汗再不曾产生过削弱拖雷家族势力的念头。苏如和岐国的大度，使一场人为的风波消弭于无形。

直到这时，蒙哥才深切地体会到为什么公主额吉对他说：皇权是滋生心病的土壤，消除心病的最好办法，是在适当的时候送上适当的心药。

而公主额吉所说的"心药"，想必就是让窝阔台汗看到，拖雷家族对蒙古帝国以及大汗本人所怀有的忠诚。

只有窝阔台汗欲将苏如下嫁给自己儿子贵由的荒唐请求，苏如始终没有告诉蒙哥兄弟，这件事她只对岐国一个人提起过。

与阔端的接交事宜完成，阔端奉旨远赴凉州（今甘肃武威）之后，窝阔台汗宣蒙哥进宫，与蒙哥一同来见伯汗的，还有忽必烈。

耶律楚材也在场。原来，窝阔台汗派人叫蒙哥过来，是他难得有点闲暇，特意要蒙哥入宫陪他下几盘棋。蒙哥出生不久即被窝阔台汗收养，窝阔台汗对他有如亲子一般。如果蒙哥的身上不是流着拖雷的血，窝阔台汗一定会选择蒙哥作为自己汗位的继承人，但是现在，他只能将这个位置留给他自己的儿孙们。

早有侍卫将棋盘摆上，窝阔台汗与蒙哥开始下棋，耶律楚材与忽必烈无事可做，在旁边小声说着话。宫中很安静，因此，他们交谈的内容，都一字不落地收进了窝阔台汗的耳朵里。

窝阔台汗一向了解蒙哥的才能，但对于个性含而不露的忽必烈，他却不甚了解，他没想到，忽必烈所思所想，心胸抱负，比起蒙哥来更加有过之而无不及。

耶律楚材与忽必烈谈起隋炀帝，谈起唐太宗，谈起乱世之乱与盛世之治，忽必烈的见解时常令耶律楚材耳目一新。然后，他们谈到为人处事之道，忽必烈引用了祖汗《大札撒》中的一句话："利剑虽然锋锐，却斩不断河流的水。骏马虽然飞快，却甩不掉自己的影子。"然后，他深思着说道："世上既没有一无所能的人，也没有无所不能的人。人生在世，最重要的是看清自己。"

耶律楚材深表赞同，他问忽必烈："殿下是否看清了自己？"

忽必烈微笑，回道："没有，应该还没有，这个过程必定是漫长而痛苦的。"

"殿下很谦虚。"

"不是。额吉和公主额吉一直告诫我们，凡事都要少说多想。"

"公主是对的。殿下，你们真的很幸运，有苏如夫人和岐国公主这样的好额吉。"

"是。"

耶律楚材与忽必烈的交谈意犹未尽，窝阔台汗和蒙哥的三盘棋已经下完了。原本，窝阔台汗还想留蒙哥兄弟在万安宫吃饭，没想到乃马真来了，她已在她的宫帐备好晚餐，蒙哥和忽必烈便趁机向伯汗告辞了。

窝阔台汗目送着蒙哥和忽必烈兄弟远去的身影，感慨万端地对六皇后乃马真和耶律楚材说道："老人们常说，要想预知家业将来能否兴旺，就得先留心观察他身边的子女。有的时候，我真的很羡慕四弟大那颜，他虽英年早逝，他的夫人们却为了生了几个出类拔萃的好儿子，这是他的福气，也是苏如和岐国的功劳。在这点上，我不如他，远远不如他啊。"

不等窝阔台汗说完，乃马真已将脸扭到一边，耶律楚材清楚地看到她的脸色阴沉得可怕。

耶律楚材哪里还敢接窝阔台汗的话，唯有默然。

窝阔台汗七年（1235），拔都从花刺子模回到了蒙古本土，住进了四婶苏如夫人为他安排的营帐。拔都这次回来，是为了参加窝阔台汗召开的忽里勒台大会，会上，窝阔台汗将确定第二次西征的日期和人数。

四叔拖雷去世后，拔都赶回奔丧，自那时一别，转眼两年过去，连岐国公主的一头乌丝，也开始遮不住其间隐约闪露的丝丝白发。拔都感慨岁月的无情，同时却惊喜地发现，在经历了生活的磨难之后，蒙哥兄弟更加团结，更加成熟。

拔都原本就极其崇敬四婶苏如，这既是私人感情使然——拔都的父亲大太子术赤在世时与四弟拖雷最为知心、默契，拔都的母亲与苏如夫人又是堂姐妹——更多的还是出于拔都对四婶人品、才华的敬重。

离忽里勒台召开还有两天时间，拔都敏锐地嗅出了一种不同寻常的味道。

其实，第二次西征的主要目的，是为了彻底征服一再反叛的钦察、南北罗斯、不里阿耳诸地，进一步稳定大太子术赤封地的局势。对于这一点，窝阔台汗从无隐瞒，而令人伤脑筋的始终是西征军统帅的人选问题。能够成为西征军统帅的人，不仅意味着大汗和蒙古将士的重托及信任，也意味着此人将借此赫赫战功，为未来赢得无法估量的政治资本。因此，对于统帅的位置，有的人觊觎，有的人猜测观望，人人都费尽了心机，这也正是拔都察觉到气氛微妙、紧张的原因。

然而，与蒙哥兄弟在一起，拔都却不必考虑所有这些事情，蒙哥深沉的心机并没有成为堂兄弟间彼此信任的障碍，相反，拔都与蒙哥一如既往地彼此欣赏，他们共同的目标是让祖汗的在天之灵为他们感到骄傲。

根据尔鲁推定的吉日，窝阔台汗即位以来规模最大的一次忽里勒台在万安宫召开。

会上，移相哥的一句话让悬而未决的统帅人选尘埃落定。移相哥率先举荐拔都担任长子远征军的统帅，由老将速不台为副帅，协助拔都远征罗斯诸地。他列举了拔都在第一次西征中单独指挥的一些成功战例，那时，拔都还很年轻，却以赫赫战功得到了先汗的高度赞誉。

他讲完之后，情势出现了一边倒，大多数与会人员众口一词，推举拔都为帅。当然也有个别人提出其他人选，其中察合台之孙不里提议让贵由担任统帅，理由是贵由是大汗的长子，身份高贵，比拔都更适合担任长子军统帅。窝阔台汗对不里的话颇不以为然，他简单地说了句：长子西征军统帅的任务是率领远征军征服不里阿耳、罗斯诸地，不是比谁的身份高贵，再说，拔都和贵由都是成吉思汗的孙子，他们的身份根本没有高下贵贱之分。

他这句话，显然已经否决了贵由出任长子远征军统帅的资格，既然如此，大家便不再为此做无谓的争执。其实，拔都才能出众，众望所归，以他为帅，大家也并非真的不服，因此，统帅人选的确定远比人们想象的要容易许多。

接下来只需商议出征的人数、日期、大军会合的地点。按照窝阔台汗事先与诸王公贵族商议的结果，这次出征将选派诸王长子率本部从征，以此为前提，大汗窝阔台系自然由长子贵由领兵，二太子察合台系由其长孙不里领兵，大太子术赤系由拔都领兵，四太子拖雷系由长子蒙哥领兵，而各系军队必须共同听命于拔都和老帅速不台的指挥。出征总人数最后确定为六万人，出征日期则确定为次年（1236 年）秋天，届时，大军将在伏尔加河下游草原集结完毕。

窝阔台汗是个像其父一样一言九鼎的人，出征大事既定，他便不容与会之人怀有异议，甚至不再谈论这件事，而是直接进入忽里勒台的最后一个议程：关于帝国驿站的扩建和驿站制度的完善。

为了确保这项宏大计划的顺利实施，在召开忽里勒台之前，窝阔台汗曾分别征询过二哥察合台、侄儿拔都、弟媳苏如的意见，他们都表示全力支持，但有些细节还需在会上议定。

会议上的气氛一直十分热烈，但无论大家说什么，贵由都一言不发。岐国注意到了贵由烦恼和失落的眼色，这种像冰一样冷漠的愤怒使她对西征的前景充满了隐忧。她想，出征前，她和苏如还需要好好跟蒙哥谈一谈。当然，她相信蒙哥，蒙哥一定明白自己该做些什么和怎样去做。

窝阔台汗八年（1236），蒙哥向两位额吉辞行，远赴欧洲战场。

拔都和速不台率领的西征军在欧洲战场所向披靡，捷报频传。蒙哥始终坚定地支持着拔都，兄弟间的友谊，在变幻莫测的战场上变得更加牢不可破。

苏如和岐国一直都在关注着来自前方的消息。幸好蒙哥不断写来书信，随时将前方的情报通报给她们，这给她们带来了莫大的安慰。

忽必烈仍然遗憾自己未能获准与大哥一同西征，在额吉和公主额吉的督促下，他只能将更多的精力放在与中原的汉儒名士的倾心结交上面。当时的他并未意识到，恰恰这一点会在日后为他统一中国奠定了坚实的基础。

前方战事犹酣，却发生了一件严重影响西征军团结和士气的事情。在一次宴会上，贵由和不里公然侮辱了拔都，这件事使拔都在军中的威信蒙受了不小的损失。然而，他们不思悔过，反过来联名向窝阔台汗奏表，诬陷拔都不将他们放在眼里，刚愎自用，不配做西征军统帅，他们请求窝阔台汗更易蒙哥为帅。

岐国最先得到了这个从宫中传来的消息，她急忙来见苏如。苏如怎么也没想到事情会发展成这样，她微微唱叹："贵由在他的来信里真的这么说吗？我不相信，一点都不相信，拔都他不是这样的人。"

"我和姐姐的想法一样，信得过拔都的才智和人品。不过，区区六万蒙古军队面临的是在明或在暗的强敌，我们的将士有着钢铁般的意志，敌人打不垮他们，能够让他们自行垮掉的，只有统帅的离心离德。"

苏如叹了口气，"这个贵由，他到底想干什么？"

"姐姐，你不觉得从门缝里吹进来的风总是特别冷吗？"

"是啊，不但冷，还很容易把人吹病。"

"要不要提醒窝阔台汗？"

"我想，万里之外的西征战场发生了这样大的事情，蒙哥应该也有信来。蒙哥自幼长在窝阔台汗膝下，他的禀性为人窝阔台汗十分清楚，他若有信来一定有助于澄清窝阔台汗对拔都的误会。"

"那么……"

"走吧，我们去万安宫面见窝阔台汗。常言道：谗言似刀，妒火似枪，我们不能让这刀枪伤了无辜的人。"

窝阔台汗似乎早就料到苏如和岐国会来，他让耶律楚材在宫外等着她们，她们一来，便由耶律楚材引入万安宫中。

窝阔台汗的神态平和，从他的脸上，苏如和岐国根本看不出他心里想些什么。苏如、岐国礼毕，窝阔台汗请她们坐下。

"你们是不是为西征战场上发生的不愉快而来？"不等苏如、岐国开口，窝阔台汗开门见山地问。

苏如回说："正是。"

窝阔台淡然一笑，"苏如、岐国，我告诉你们一件事，在收到贵由、不里二人的信前半个时辰，我先收到了蒙哥的来信。"

"是吗？"苏如、岐国彼此相视，精神一振。

"是的。通过蒙哥的信，我了解了当时事情发生的真实经过。苏如，对于这件事，你怎么说？"

"大汗啊，大象即使再高大，也还得顺着道路走；大将即使再勇猛，也还得遵着法度行事。大汗您心里一定明白这个道理。"

"你说得对。"窝阔台汗渐渐松开了紧皱的眉头，目光炯炯地扫视着苏如、岐国和正在等他示下的耶律楚材。

"楚材。"

"臣在。"

"你立刻派我的使臣返回西征的战场，传我口谕：贵由和不里必须立刻当面向拔都道歉，发誓从此后不折不扣地服从拔都的命令。如果他们拒绝向拔都道歉，或者道歉后依然阳奉阴违，我将剥夺他们的兵权，将他们流放到最边远的地方。我的话，你要让人一字不落地转述给这两个人，同时也转述给所有的人。"

"是。"

苏如和岐国彼此对视，两个人的脸上同时露出了如释重负的表情。

窝阔台汗十二年（1240）冬，长子西征军在攻取钦察、不里阿耳、梁赞、基辅、莫斯科诸城后，转进波兰、匈牙利。此后，他们在赛育河一战中，以六万兵力击败匈牙利四十万大军，取得了辉煌的胜利，顺利攻占了匈牙利的布达和佩斯二城。

拔都兵进多瑙河流域，准备继续完成对西欧各国的征服。

正在这时，窝阔台汗在万安宫病逝的消息传到前线，拔都当即命长子西征军从波兰、匈牙利急速撤还，准备参加窝阔台汗的葬礼。拔都此举，使半个欧洲从紧张和恐惧中获得了喘息的机会。

拔都将奔丧的任务交给了大哥斡尔多和三弟别儿哥，自己则回到封地，定都于风光秀丽的萨莱城，建立了后来统治欧洲长达二百六十二年（1241—1502年）的金帐汗国。

五年的战争之后，蒙哥、贵由、不里、移相哥带着辉煌的战果重新回到了蒙古本土，而且，经历了西征战场上的风波之后，贵由的性格沉稳了一些，但他与拔都之间的矛盾却变得不可调和。

当然，贵由真正体会到"小不忍则乱大谋"这句话的真正含义还是在多年之后，如果他早知道自己与拔都的一场冲突会给他日后继承汗位带来种种障碍，当初，他就一定不会让自己对拔都的嫉妒之心像洪水一样泛滥。

窝阔台汗生前并没有明确指定接班人，窝阔台汗去世之后，贵由和失烈门立刻围绕汗位进行了激烈的争夺。失烈门的优势在于，失烈门的父亲阔出生前是窝阔台汗最宠爱的儿子，阔出死后，窝阔台汗亲自将失烈门接到身边抚养，几乎是默认了失烈门汗位继承人的资格。但失烈门也有他的劣势，他年龄尚幼，尚未建立起属于自己的任何功业，不足以服众。

与失烈门相比，贵由虽不是窝阔台汗的嫡子，却是窝阔台汗的长子，同时也是六皇后乃马真最心爱的儿子。他参加过对金战争，参加过长子西征，具备一定的战争指挥经验，并有所取得的大大小小的胜利（至少他是其中的一员）作为资本。不仅如此，他的母亲乃马真一直在为他做着夺得汗位的种种准备，因此，如果非要在他和失烈门间选择，人们自然更倾向于他。

然而事情并非如此简单。在拔都公然表示他不会前来蒙古本土参加忽里勒台后，他对贵由无声的反对影响了许多人，最终造成选汗大会一再迁延。

其间，为确保蒙古帝国不致群龙无首，政出多门，贵族们商议，决定先由六皇后乃马真摄政一段时间，代行大汗之责。

令所有人都没有想到的是，六皇后摄政后的第一件事，竟是剥夺了镇海等开国功臣的权力，将他们撵出朝堂，接着，又将为镇海等人辩护的丞相耶律楚材投入狱中。最先得知这个消息的是贵由，他急忙来见苏如和岐国二位婶娘商议对策。苏如向贵由保证，她和公主决不会坐视不理。对于贵由，她只说了一句话："牛奶即使在晚上也是白的。耶律丞相被蒙蔽的德行，不会因为小人的诬陷而改变它的颜色。"贵由明白婶娘意思，匆匆去拜访各位朝中老臣。

岐国对她们能否说服乃马真心里没有把握，她问苏如："现在，我们该怎么做？"

苏如斩钉截铁地回答："我去求见六皇后，无论如何，一定要说服她。"

"姐姐，我跟你一起去。当年，中都城陷落之时，成吉思汗在桓州召见宋金名士，他担心有所遗漏，问我在宫中是否还听说过其他的名儒大师，我凭自己所知，向他提到耶律楚材、张德辉和冯宣三人。我在宫中曾听教习我的先生赞赏过这三个人的品德、学识与成就。没想到后来，除了冯宣在狱中病故，耶律楚材和张德辉先后都受召进入蒙古宫廷。张德辉来得早些，他因姐姐诚心相邀而做了蒙哥兄弟的先生，未在宫廷供职。耶律丞相却不同，他自来到漠北草原，一直跟随在成吉思汗和窝阔台汗身边，两位先汗都十分了解他的为人。尤其是窝阔台汗，窝阔台汗时期的一切大政方针的制定，都凝聚着楚材的智慧，也浸透着楚材的心血，可以说，他为蒙古帝国付出了一切。他绝对不应该遭到现在这种不公平的对待。可是，姐姐心里想必也明白，六皇后不是一个容易被说服的人，如果我们不能说服她，又该怎么办？"

"一天不能说服她，就两天，两天不能说服她，就三天。我坚信，即使再长久的黑暗，也遮不住一线曙光，我们的蒙古帝国还轮不到一个萨满来发号施令、一手遮天。只是，凡事必须有人先来做，让我们先做，会有许多同情或者敬仰耶律丞相的王公贵族跟随我们的。六皇后不蠢，她不会为了一个萨满的无稽之谈而触犯众怒。"

"姐姐说得对，无论多难，我们一定要试！"

苏如、岐国和诸贵族坚持不懈的努力，终于换来了耶律楚材的自由。但是，经过这一场人为的风波，耶律楚材的生命却走到了尽头。

在耶律楚材病重之际，文臣武将中都有许多人不避嫌疑前来探望。其中，来得最多的是蒙哥和忽必烈兄弟。如今，刘仲禄已然去世，许国祯被移相哥接到大兴安岭他的驻地，暂且避开了乃马真的嫌忌，因此草原上已经没有一个人还能挽回耶律楚材的生命。

这是耶律楚材生命中的最后关头，岐国满怀着惜别和悲凉，独自走进了他住了二十多年的那座简陋的、除却书籍别无长物的小帐。

闻听公主前来，耶律楚材已经不能起来迎接公主，疾病使他即将耗尽所有的体力，但他的头脑依旧清醒。他第一次向岐国袒露了他对未来蒙古帝国的忧虑，他请岐国转告苏如夫人，一定要把握住下一次机会。

岐国不会理解错他的意思。在生命行将结束时，在对乃马真彻底失望后，耶律楚材终于将对蒙古帝国的希望寄托在了蒙哥兄弟的身上。岐国答应了耶律楚材的请求，看到他再没有力气说话，她悄然坐在他的身边。

她已决定，她要陪耶律楚材走完人生的最后一段路。她知道，这段路程很短。

黄昏来临时，耶律楚材再一次苏醒过来，他看到岐国，撑着病体，从床上支起身。"公主。"他的声音依然很沉稳。

"楚材。"

"记住臣一句话。"

"你说。"

"莫愁云遮日，风来云自散。莫怕冷彻骨，春到寒自消。请公主千万保重。臣的一生，无所遗憾。只是，臣要走了，臣要到那边陪伴两位大汗。"

岐国久久注视着耶律楚材，耶律楚材在她的注视下，慢慢合上了双眼。自从进入蒙古宫廷，耶律楚材一直生活在权力的漩涡中，他以出众的才智和高洁的人品赢得了成吉思汗和窝阔台汗的器重，没想到最终还是逃脱不了被人诬陷的命运。耶律楚材的一生，思之如何不令人痛心！

岐国面对耶律楚材的遗容，伤悼的泪水潸然而下。

耶律楚材去世之后，乃马真的为所欲为更加达到了登峰造极的程度。与此同时，她加紧了对王公贵族的争取和收买，试图尽快召开忽里勒台，将汗位传给她的儿子贵由。

对于她的用心，苏如比任何人都清楚，她对岐国说："乃马真皇后在今天的家祭上，无缘无故对失烈门的生母大发脾气，这是一个信号。"

"我也这么想。看来，乃马真皇后已经加快了为贵由夺取汗位的步伐。果真如此，我们怎么办？"

"与失烈门相比，贵由冷峻、成熟，如果非要在贵由与失烈门之间做一个选择，贵由的确比失烈门更合适。"

"仅仅是'更合适'而已。说一句没有任何私心的话，在今天的蒙古汗廷，真正谙熟成吉思汗的《大札撒》，以聪明、能干、豁达、仁慈在臣民将士中拥有崇高威信的人是我们蒙哥。"

苏如微笑，"妹妹，你还记得在窝阔台汗的即位大典上，王公贵族们发下的誓言吗？"

"我懂姐姐的意思。蒙古人以忠诚守信为荣耀，如果不是万不得已，王公贵族不会自食其言。我担心的是这样一来，蒙古这艘巨轮，不知会被一个并不理想的舵手引向何处。"

苏如轻轻地握住了岐国的手，"别担心。还是那句话，乌云不会长久地遮蔽太阳。"

岐国淡淡一笑，回以一握。

拉而不断，弯而不折。这就是苏如。

拾

两代大汗创造的辉煌在乃马真摄政的五年间，光芒日益黯淡，蒙古帝国面临着何去何从的抉择。每个人都在观望中摇摆不定，希望可以找到一个稳固的位置。对于蒙古的局势，苏如、岐国等人看在眼里，忧在心头。特别是最近，乃马真的身体状况大不如前，日渐疏于政事，蒙古的有识之士无不担心，如果不能尽快确立大汗人选，只怕一旦乃马真病故，蒙古帝国的局面更加难以收拾。

为了儿子，乃马真对苏如、岐国的态度发生了根本性的改变，这一天，她又派人来邀请岐国到她的宫帐做客。岐国推托不开，只好去了。

乃马真早已在帐外等候岐国，看到岐国，她举步迎了上去。岐国正欲行觐见之礼，她却伸手拦住了岐国。

两个女人在帐外略略寒暄了几句，乃马真便亲热地携着岐国的膀臂，将她引入自己的大帐。岐国没想到，乃马真居然会在自己的大帐里如此费心地为她准备了这样一桌丰盛的宴席。

只见长条形的红木圆角桌上，摆满了各式各样、琳琅满目的金盘、银碗和水晶杯，其中既有以烤全羊为主的蒙古族大餐系列，也有她素常喜欢食用的蜜糕、瘦肉粥和钦察汗国、察合台汗国进贡的各色果酒、水果。

尤其令她惊奇的是，满满的一桌子竟只有她与乃马真两个人享用。她不知道这位正在摄政的六皇后葫芦里卖的是什么药，但她知道，事情绝不会只限于请她赴宴这么简单。她之所以显得若无其事是因为她清楚，待一会儿，不用她费心猜测，乃马真也会把自己请她来的真正目的告诉她。至于她要如何应对，那就看乃马真究竟会给她出什么样的谜题了。

两个侍女先为皇后和岐国公主各自斟满一杯像翡翠一样发出淡绿色光芒的青苹酒，然后退至一旁。

乃马真向岐国举起杯，说道："来，妹妹，我敬你一杯。"

"不敢，我敬三嫂。"岐国说着，与乃马真一起将杯中酒一饮而尽。

两个侍女上前，再次为乃马真和岐国各自斟满一杯如莹润的黄玉一般诱人的柠檬酒，然后又片下几片烤得焦黄油嫩、尚且温热的羊脊肉，放在乃马真和岐国面前的水晶盘中。

乃马真客气地做了个"请"的手势，岐国依然微笑，将一片羊肉放在嘴里慢慢咀嚼着。的确，这种产自漠南草原的绵羊肉质很鲜嫩，有一种特殊的香味，令人食之难忘，回味无穷。

"味道怎么样？"乃马真问，她说话的语气比以往任何时候都温和，甚至带有几分令人起腻的甜蜜。

"很不错，烤得恰到好处。"岐国用一块洁净的丝帕拭去嘴上的油渍后，不紧不慢地回答。

"前一阵子贵由去漠南草原巡镇，这是他返回时特意带回来的。"乃马真似乎不经意地说了一句。

　　岐国心中微微一动。她已经有点儿明白乃马真请她来享用这次盛筵的目的了。

　　这位六皇后是为了贵由。

　　能够让她低下高贵头颅的人，也只能是她的儿子。

　　这就是母亲吧，一个拥着至高无上权力的母亲，同样怀有无法割舍的母爱。可是，假如，假如她真的提到贵由的事情，她该如何应对？岐国飞快地思索着，她必须尽快想到一个万全之策。

　　乃马真又举起了酒杯，"妹妹，这是柠檬酒，尝尝味道如何？今天这一桌子的水果和果酒都是我弟弟从察合台汗国带回来的。酒有柠檬酒，有你刚才喝过的青苹酒，另外还有红莓酒、黑加仑酒，水果也是他花费了很多心思运回来的。待会儿，我们都尝尝看。葡萄酒是经常喝的，今天我没准备，我们只尝些稀罕物，你说呢？"

　　"三嫂说的是。"

　　"本来应该让苏如也一块儿过来的，我们姐妹几个聚一聚，轻松地聊一聊。不过，我心里有些事想先对你讲，就没有请她。改日再补吧，你回去后千万替我解释一下。"

　　"好。三嫂放心，苏如姐姐不会在意的。"

　　"我想也是。妹妹啊……"

　　"三嫂有什么吩咐，但讲无妨。"

　　"不忙，让我们先喝了这杯酒再说。"

　　杯中酒既尽，侍女为她们换上了一种呈现浅紫色光泽的水晶盏，晶莹剔透的紫水晶恰到好处地衬托着红艳欲滴的红莓酒，分外协调、分外美丽。

　　岐国夹起一块蜜糕，细细地品尝着，表情颇有几分惬意。当她还是金国公主时，她经常能吃到宫中御厨精心为她准备的蜜糕，自从到了蒙古，她就很少能吃到她小时候喜欢的一些食品了。为了拖雷，她在最短的时间内接受了原本与她格格不入的草原生活，现在，她与心爱的人天人永隔，她却爱上了这片令她魂牵梦萦的草原，不是初时被动地接受，而是主动地、认认真真地用心去爱。

　　乃马真的目光总是若有若无地笼罩在岐国的身上，岐国浑然不觉，安静地享受着乃马真为她精心准备的美味佳肴。她的身上的确有一种气度，让乃马真事隔多年之后仍不得不承认这个女人的确与众不同。

乃马真与岐国又共饮了一杯果酒，乃马真认真地说道："公主，三嫂我这一次请你过来，是有件事想先与你商议一下。"

岐国用丝绢擦擦嘴，"三嫂请讲。"

"公主，自从大汗去世之后，你是不是也有同样的感觉，我们蒙古没有大汗的时间太久了？"

岐国不动声色，点头。

"长到了我们几乎要遗忘了大汗在世时的辉煌。"乃马真的语气幽幽的，这种语气为她的话平添了几分忧伤，几分怅惘。

岐国抬头看着她，平静地说道："三嫂，我们是妯娌，是姐妹，你有什么话，直言无妨。只要我能做到的，我一定全力以赴。"

"真的吗？"

"当然。"

"那三嫂我在这里先谢谢公主了。不瞒公主，我这一次请公主来，是为了选立大汗一事，希望你能鼎力相助。本来，贵由是大汗的长子，又经过了战争的锤炼，他在诸王贵族中的威信远非失烈门那个毛头小孩子可比，由他来继承大汗之位，实属众望所归。可是，就是这么一件顺理成章的事情，却因为拔都从中作梗，至今无法进行。我以女人浅薄的见识，支撑国事长达五年，这五年间，我时时刻刻都在想着将汗位还给窝阔台汗的儿子，使大汗之权位回归正途。如今，我的身体状况大不如前，已经很难再继续管理国家，因此，我希望能够得到公主，当然，尤其是苏如的帮助，帮我说服拔都，请他前来参加忽里勒台。至少，请他做出一种姿态，不要再以一种消极的方式阻止选汗大会的召开。请公主和苏如转告他，当年的事，贵由对他的伤害，请他为了蒙古帝国未来的命运忘掉吧。只要召开忽里勒台，我们这些长久以来群龙无首的人，一定会选出一位令我们信服的大汗。"

岐国注视着乃马真，脸上显现出认真思索的表情。她明白，这才是乃马真今天请她前来赴宴的缘由，但这件事并不让她吃惊，也不让她反感。乃马真身为母亲，希望将她的儿子扶上汗位无可厚非，何况，她不止一次与苏如商议过此事，苏如的想法与她相同，虽然贵由并不是最理想的大汗人选，但与其让朝政大权长期旁落在信用巫术的乃马真手中，不如让个性严厉的贵由来重振朝纲。

苏如甚至料到，乃马真在对召开忽里勒台所做的一切努力都归于无效之后，一定会来请求她们的。这些年，乃马真经过不懈的说服和慷慨地倾帝国之富，几乎收买了三分之二的蒙古上层，在这种情况下，只要作为长子系的拔都肯默许忽里勒台的召开，贵由将成为大汗的首要人选。

而最后能够说服拔都的，只有她和岐国。

苏如说：一旦乃马真主动来找她们商议此事，一定不要拒绝她提出的要求。汗位虚悬五年之后，该回到成吉思汗的后人手中。

一切都让苏如说中了，岐国不能不佩服苏如的先见之明。六皇后虽然是个强悍的女人，但她的禀性智慧与苏如相比，仍有日月之别。

乃马真等待着岐国的回答。片刻，岐国以认真的语气回道："三嫂的顾虑很有道理，我想，姐姐她一定很愿意助三嫂一臂之力。三嫂知道，拔都那方面，还需要苏如姐姐亲自出面，否则，这件事尚有困难。"

"我知道。我会去见苏如商议此事的，但是在这之前，能不能请公主先将我的心意向苏如说明？"

"行。"岐国痛快地答应下来。

乃马真直到第三天晚上才亲自来见苏如，苏如将她让至上座。在一边作陪的，还有岐国公主和蒙哥二人。

乃马真开门见山地问苏如是否同意给拔都写信。

苏如回道："我和公主的信已经发出。三嫂放心，我们一定会力劝拔都汗同意召开这次忽里勒台的，我们蒙古，是该选出一位大汗了。"

蒙哥惊讶地望着母亲，他没想到母亲会这样回答。

六皇后精神一振，"苏如，你真的这么想吗？"

"是啊。"

"你也是吗，公主？"

"我的想法和姐姐一样。"

"太好了。有你们的支持，这件事就好办多了。我想，拔都汗他一定会听从你们的劝说。说真的，如果三姐还活着，我一定会亲赴净州，请求她的支持。三姐是拔都最尊重的长辈，她的话，拔都一定会听的，只可惜……除了三姐，现在能说服拔都的，只有你们二位了。"

乃马真摄政的第四年（1245年），三公主阿剌海与孛要合在净州先后病逝，苏如派忽必烈往净州参加姑父、姑母的合葬仪式，同时宣布六皇后的旨意：由孛要合的长子君不花继承赵王之位（窝阔台汗即位后，改封孛要合为赵王，同时依旧赋予了三姐一人之下，万人之上的权力）。

忽必烈在净州待了两个多月，与比他年长三岁的君不花结为至交。正是这份心心相印的友情，使君不花在日后忽必烈与阿里不哥发生汗位之争时，成为忽必烈最坚定、最有力的支持者之一。

此时此刻，乃马真突然提起三公主，苏如、岐国的心情都不免有些黯然。

沉默了一会儿，岐国说道："三嫂不必客气，姐姐和我，都希望我蒙古汗权早日回到成吉思汗的儿孙手中，如三嫂前些天所说，我们没有大汗的日子太久了。"

"谢谢，谢谢你们。我真是太高兴了，高兴得不知该说些什么才好。请原谅我的失礼，我得告辞了，我要把这个消息立刻告诉贵由。相信我，贵由他一定可以继承他祖汗和父汗的遗志，重振蒙古国的雄威。"六皇后走着，从座位上站了起来。多年来，这位六皇后的性格一点没变，还是十分急躁。

苏如也不挽留，"恭送三嫂。"

蒙哥默默地跟在母亲和岐国公主的身后，将六皇后乃马真送出了大帐。他的眉头微微锁着，显然，他并不赞同两位额吉对乃马真做出的允诺。

乃马真神情愉快地向苏如和岐国挥挥手，登上马车，吩咐侍从去贵由的营地。

乃马真走了，心满意足地走了。

蒙哥随着二位额吉回到宫帐，他依旧有些不理解她们的让步，"公主额吉，您为什么答应她？"他的语气里多少含有一些抱怨。

苏如和岐国彼此相视。岐国意味深长地说："蒙哥，我们让步，不是为了六皇后的请求，而是为了国家。六皇后说的没错，蒙古国没有大汗的日子太久了。"

"我并非不明白额吉和公主额吉的心意，可我与贵由共同征战过，我了解他的为人，尤其在西征中，他的种种表现令我十分失望。说句公平的话，贵由狭隘的心胸决定了他不是合适的汗位继承人，拔都哥的反对不是没有道理的。我倒觉得，无论从威信、资历还是从经验来说，拔都哥都比贵由更适合统治偌大的蒙古帝国。难道仅仅因为六皇后肯屈尊来请求二位额吉，二位额吉就要放弃你们该有的坚持，反过来还要劝说拔都哥也放弃他的坚持吗？"

"不是这样的，蒙哥。目前我们所面临的状况是，拔都再适合，也不可能成为蒙古帝国的大汗。至少暂时时机还不成熟。难道你忘了在你伯汗的即位大典上，王公贵族们是怎样发下他们的誓言的？他们说：愿奉窝阔台为君！只要窝阔台系一脉尚存，誓不奉他系后王为君。如有违背，愿遭天谴！这是誓言，蒙古人不会轻易违背自己立下的誓言。何况，六皇后摄政的五年，国力日渐衰弱，早已不复你祖汗、伯汗在世时的强盛。重病还需下猛药，这本来就是一场赌。如果不能做出其他的选择，蒙哥你觉得，贵由与六皇后相比，与失烈门相比，哪个更适合成为帝国之主？"

"公主额吉的意思是……"

"对。"

蒙哥有所醒悟，"既然如此，儿子该怎么做？"

"观察。等待。估计能射中才发箭，预料能追上才放马。这是你一生需要向你祖汗学习的。"

"是。儿子谨记在心。"

在苏如和岐国的鼎力相助下，几个月后，忽里勒台终于如期召开。贵由实现了他的心愿，坐上了他梦寐以求的大汗宝座。

他原以为，他于大汗之位唾手可得，没想到近在咫尺的汗位却让他辛苦地等了五年。

五年啊，他把这一切归咎于拔都。他要报复，他决不会就这么轻易地善罢甘休。

即位伊始，当务之急是整肃荒废已久的朝纲。为了这件事，贵由特意前来请教岐国公主，岐国说："我进入蒙古宫廷的时间虽晚，但我知道，帮助成吉思汗统一蒙古、征服西夏和花剌子模的不止有'四杰'这样的武将，还有许多帮他建立了帝国秩序的文臣。"

"公主说得是耶律楚材、镇海吧？"

227

"应该说，是他们代表的这一类人。"

"让我想想……唔，我有点明白公主的意思了。好吧，耶律楚材已经去世，我可以立刻下旨，将镇海和母后摄政时遭到贬黜的朝臣全都请回朝廷，我还要继续对他们委以重任。"

岐国目露赞许之色，"大汗，照您的想法去做吧。您会发现，这样做于朝政有百利而无一害。"

"谢谢公主的提醒。公主的心胸，的确有过于母后。"

"大汗切莫如此说。大汗登基之后，于朝政多有匡补，大汗的名字，会载入蒙古史册的。"

"公主，不，四婶，过奖了。"

作为对拖雷家族鼎力相助的回报，贵由召见了蒙哥，他与蒙哥长谈了三天三夜，第四天晚上，蒙哥才回到营地。苏如放心不下，在侍女的陪同下，来到蒙哥的营帐。

蒙哥闻报，将母亲接进帐中，奉茶。

"蒙哥。"

"额吉，天色已晚，您怎么还没休息？"

"我放心不下，过来看看你。贵由汗召你去，说了些什么？"

"他命我辅佐他重修法度，重建秩序。"

"我一直在想，贵由汗会这么做的。这是好事啊，可是你的脸色怎么看起来这么忧愁？"

"五年了，将被破坏殆尽的一切重新恢复谈何容易。再说，贵由汗并不是一个容易相处的人，儿子担心……"

"儿子啊，犹豫不决的人即使有理想，也不会有信心去实现。"

"额吉。"

"儿子，额吉相信你，你的理想与勇气，是你的祖汗，你的父王赐予你的财富，你一定不会将它们浪费。"

"儿子懂额吉的意思，儿子尽力而为。"

"不是尽力而为，是你必须做到。"

"是。"

"不过，也不能太心急，要有足够的耐心。再长的路一步一步也能走完，再硬的石头一点一点也能凿穿。"

"好的，额吉。"

"还有一件事，额吉必须提醒你，你一定要慎重再慎重，不可锋芒太露，否则，你会为自己招来许多祸端。"

"我懂。还有什么，额吉？"

"从古至今，没有一个人可以单独成就大业。包括你的祖汗在内，是文臣武将和战士百姓成就了他，他从来没有看轻过他们任何一个人，在他的心里，只有忠奸之分，只有庸智之分，而没有身份地位的高下之分，没有民族之分，这正是他征服世界的基础。"

"额吉放心，我会像祖汗那样，以宽广的心胸接纳人才。我已经让张德辉帮我延揽流落在民间，愿意北上效力的才俊之士进入王府。将来，我还要尽一切可能，让他们在更加广阔的舞台尽情施展才干。"

"你做得对，蒙哥。"

"是您教给儿子这么做的，谢谢您。"

拾壹

贵由汗在他即位的三年中，虽然尽可能地恢复了帝国的秩序，使帝国法度回归正途，但是由于母亲的掣肘，他并不能真正发挥他的才干。

贵由汗三年（1248），乃马真在封地病逝。乃马真葬礼结束不久，贵由汗在万安宫召开了由诸王和贵族参加的忽里勒台，所有的人都认为他在走出母亲的阴影之后，就要甩开膀臂大干一场了。

这个大会苏如和岐国都没有参加，忽必烈和几个弟弟也没去。会议结束后，蒙哥来见额吉，一进宫帐，他就看到岐国公主也在额吉的帐中，姐妹俩正一边喝着奶茶，一边亲亲热热地说着话。

蒙哥见过二位额吉，在旁边的座位上坐下了。从小到大，这个场面给他留下的印象都无比温馨，他知道，拖雷家族正是因为有了这两个女人，他和他的弟弟们才会变得坚强乐观、无所畏惧。

"儿子，你的脸色怎么这么不好？发生什么事了？"苏如抬头望了望蒙

229

哥阴郁的脸容，体贴地问。

岐国将一杯奶茶放在蒙哥的手上，随即坐在他的身边。蒙哥是个心机深沉的人，如果不是遇到特别的事情，他绝不会有如此表现。

蒙哥轻呷了一口奶茶，不无忧虑地回道："在忽里勒台上，贵由汗突然提出要进行第三次西征，继续开疆拓土，我和诸王十分意外。考虑到拔都汗对金帐汗国卓有成效的统治，我们认为暂时没有这种必要。再说，在乃马真太后摄政的这几年间，我们的国力、军力已大不如前，如果劳师远征，必须要提前做好准备，这个时间至少需要一年。我们十几个人劝说了贵由汗半天，也与他争论了半天，可他竟一意孤行，对我们的劝告置若罔闻。他还发了脾气，以祖汗赋予的神圣权力相威胁，最后，大多数诸王不得不让步，勉强同意了他西征的决定。出征的日期定在一个月之后。额吉，公主额吉，你们对这件事有什么看法？"

"这么说，已最终确定第三次西征？"

"是的。"

苏如沉默了一下，随即向岐国微微一笑，"妹妹，你怎么看？"

岐国心领神会，"与姐姐预计的分毫不差。看来，拔都说得没错，上一次我们的让步真的是得失兼半。说什么西征，他分明是要借机铲除拔都。"

"是啊，这原也在我们的预料当中。贵由汗的确不是真正的人主之选。可在当时，除此之外我们别无选择。贵由汗是个严厉、要强的人，只有他可以收拾起乃马真摄政期间形同虚设的法纪朝纲，而乃马真又一心想将窝阔台汗留下的汗位交给自己的亲生儿子，并且为之煞费苦心，不惜花费五年的时间说服和收买了几乎所有的王公贵族。在这种情况下，如果我们不答应她的要求，亲自出面恳请拔都让步，只怕局面将更加不可收拾。贵由汗即位之后，确实重新启用了乃马真摄政期间遭到贬黜的窝阔台汗朝重臣，整顿了帝国法纪，对乃马真之失也算有所匡补。不过，他的心胸狭隘终究还是将他引向了歧途，这不能不说是帝国的悲哀。"

"额吉说得是。"

"儿子，你有什么打算？"

"儿子想暗中派人将这个消息尽快通知给拔都哥，让他做好迎战的准备。额吉以为如何？"

"理应如此。无论如何，但愿我主护佑，不要让这场战争爆发。"苏如信仰景教（基督教的一个分支），终其一生不曾改变。

"额吉，在战争爆发之前，儿子将设法居中调停，尽量避免双方发生冲突。如果调停不成，儿子愿助拔都哥一臂之力。儿子相信，只要拔都哥打赢了这场战争，蒙古帝国还有重新振兴的希望。"

"儿子，这个家你是长子，一切由你做主。只要是你想好的事情，你就下定决心去做吧，无论出现任何情况，额吉、你的公主额吉，还有你的弟弟们，都会毫无保留地支持你。"

"既然二位额吉支持儿子的想法，儿子就立刻修书，派忙哥撒利用驿站送往金帐汗国，这样快些。"

"不可。"

"怎么，公主额吉？"

"贵由汗太了解我们与你拔都哥的关系了，既然他西征的目的是针对拔都，他对我们就必定有所防范。而你偏偏在这个时候派忙哥撒往见拔都，那无异于打水惊鱼，让贵由汗坐实对你的怀疑。"

"公主额吉想得深远，是我太性急，忽略了这一点。可是，不能派忙哥撒或至近的亲信，您说我们该怎么办？"

"不能派你身边的人，可以派部族中忠诚我们的人，他们一般不会引起贵由汗的注意。你写两封信，一封给你拔都哥，一封给你堂叔移相哥，让我们的信使将两封密信先带到移相哥的封地，然后，再由移相哥派人火速送往拔都处。"

"此计甚好，儿子这就去安排。"

"你去吧。以后的事，可让忽必烈协助你。"岐国在蒙哥的身后嘱咐了一句。

"好。"蒙哥恭顺地应道，大步离去。

目送着蒙哥走出宫帐，岐国转向苏如问道："姐姐，下一步，我们能为蒙哥做些什么？"她的一双眼睛仍像从前一样，闪闪发光。

"贵由汗要想西征，他所能征用的主力必定是成吉思汗留给大那颜的军队。这些年，我们总算保住了我们的部众，没有使其四分五裂。他们将是蒙哥的后盾。如果内战可以避免，固然是帝国之幸。如果战争实在无法避免，可能成为我们的机会，蒙哥的机会。迫不得已，我们还可以拥戴拔都为蒙古帝国大汗。"

"姐姐，获得东、西道诸王支持之事由你来运筹。中原的汉族、契丹族将领，多是金国降将，他们曾与大那颜并肩作战过，对大那颜十分敬仰，必要的时候，我将写信给他们，要他们给予蒙哥必要的支持。不过，我想此事还不能操之过急，以免引起贵由汗的怀疑。"

"还是妹妹考虑得周详。在局势尚未明朗前，我们权且静观其变吧。"

苏如、岐国四目相对。她们看得懂深藏在对方眼睛里的东西，那是一种抵达心灵深处的默契，那是一种值得为之付出生命的心与心的交融，那更是一种宁愿付出生命也决不放弃的抉择。

贵由汗并没有来得及将他的计划付诸实施，大军进至横相乙尔（今新疆霍城）时，暴病身亡。消息传到哈剌和林，举国上下一片震惊。

在紧急召开的忽里勒台上，苏如不失时机地率先向与会诸王提议，由贵由汗的遗孀——皇后海迷失暂时代行大汗之责，等待新汗选出。

因为有乃马真太后的先例，她的提议勉强得到了诸王的首肯。海迷失见四婶居然不计前嫌，在关键时刻竟会帮她说话，心里对自己以前的诸多无礼多少有些后悔。她哪里知道，苏如之所以将她推到了前面，不是出于她所想象的大度，而是一种非常时期的权宜之计。

贵由汗的突然病故迫使苏如必须加快夺回汗位的脚步，但现在时机并不成熟。最主要的是蒙哥护送贵由汗的灵柩尚在归途，未来的时局变幻扑朔迷离，为了不使别有用心的人借机挑起事端，她只能凭借自己崇高的威信，先将海迷失推上摄政地位，然后从容安排后面的事情。

稳，才是目前蒙古帝国最需要的。

为了稳住局面，她只能退而求其次，将一个热衷于巫术，既无其婆婆乃马真太后的魄力，又无治理才能，却偏偏拥有皇后身份的女人从幕后推到幕前，任由她尽情表演。她算准了海迷失的为人，这个野心勃勃的女人决不会轻易放弃她的机会，不放弃机会而又不具备驾驭野心的能力，她所能做的当然就是要滥用权力。有一天，当人们对这个女人的表演失去兴趣时，蒙哥的机会也就随之而来了。

选汗大会要在位高权重的诸王全部集齐后方能举行，而路途最遥远的诸王回到汗营差不多需要一年的时间。

隆重的国葬后，贵由汗，这位在位短短三年，生前多受母亲节制，死后备受妻儿冷落的蒙古大汗，终于安息在祖宗之地起辇谷。

海迷失如愿坐上了她梦寐以求的宝座，这个宝座当年她的婆婆曾坐过，她从坐上的第一天起，就希望能够永远坐下去，她把这个希望寄托在可自由来往于天上人间的萨满巫师身上。

其后的事态发展表明，苏如不愧是个头脑清醒、目光敏锐的女人，一切都在按照她的设想向前推进。

与此同时，为了笼络拖雷家族中最关键的人物，海迷失不断地对蒙哥做出承诺，并将一些事情委托蒙哥处理。

岐国告诫蒙哥："蛇会脱皮，但决不会改变它的本性。"

蒙哥心领神会，保证道："公主额吉放心，我决不会掉以轻心，让这条开始脱皮的蛇，咬住我奔跑的马蹄。"

在海迷失摄政的一年里，这位贵由汗的皇后和她的两个儿子忽都、脑忽的胡作非为达到了变本加厉的地步。

海迷失不分昼夜地与巫师待在一处，每做一件事，每下一个命令，她都要煞有介事地先征询一番"天意"，她对巫术的信任几乎到了疯狂的地步；忽都却是一味地沉溺于酒色，为了满足自己的欲望，不惜提前征收后十年的税金；三人中，只有脑忽在认真地为继承汗位做着准备，可惜他仿效祖母乃马真太后邀买人心的手腕并不高明，他的所作所为反而让人觉得他徒有野心却很不成熟。

不仅如此，母子三人还各自为政，谁也不服谁，都想由自己说了算，以致蒙古本土政出多门，军队、百姓无所适从。

与此同时，大那颜拖雷的儿子们却以稳重、睿智、宽宏、达观、冷静赢得了草原人由衷的好感。

当拥有发言权的王公贵族们对海迷失母子这种倒行逆施的行径越来越失望、越来越不耐烦时，要求尽快选举新任大汗的呼声也随之越来越高。

国葬时，拔都派弟弟昔班代表他参加了贵由汗的葬礼，逝者已矣，他与贵由之间的一切恩怨烟消云散。临行前拔都要昔班转告海迷失，要她一如既往，与大臣们共同治理朝政，照拂一切庶务。

国葬结束后，大家聚在一处，商议何时召开选汗大会。海迷失以贵由汗刚刚下葬为由，反对在这次会议上讨论这个话题。

其时，在诸王中以拔都威信最高，在整个蒙古可谓无出其右者，大家都想听听拔都的想法。昔班说他来时拔都对此已有考虑，关于这里的事情他已派快使禀呈拔都，他将和大家一样，等候拔都的指示。

此言一出，海迷失、忽都、脑忽，窝阔台汗的孙子失烈门、察合台汗的孙子不里皆表示赞同。海迷失的想法，即使她不能继续摄政，拔都想必也一定会选择她和贵由汗的两个儿子中的一个继承汗位。只要汗位不出贵由家族，她的权势就不会受到影响。

至于其他人，他们都在看着苏如和岐国。拖雷逝后，这两个女人已成为拖雷家族的灵魂人物，而且，这两个女人的所作所为以及她们暗中为此所做的一切努力，也令他们将振兴蒙古的希望更多地寄托在了拖雷的儿子们身上，因此，她们是否赞同等待拔都的安排，将直接影响到其他人的态度。

昔班也在看着他的四婶苏如。兄长的真正心意他还不太明了，在他内心深处，他的二哥当然是最合适的大汗人选，除二哥之外，就只有四叔拖雷的长子蒙哥可担此重任。

当年，成吉思汗的四个儿子中，长子术赤一向与幼子拖雷友爱，二子察合台则与三子窝阔台感情亲密。后来，术赤、拖雷先后去世，兄弟间的情谊却没有就此中断，而是延续到了子辈。

在第二次西征中，术赤的儿子拔都又与拖雷的儿子蒙哥并肩作战，默契配合，他们推心置腹，惺惺相惜。西征结束后，拔都回师，定都萨莱城，建立了金帐汗国，此后，他一直与蒙哥保持着不算频繁但从未间断的书信往来。通过蒙哥，远离蒙古本土的拔都对哈剌和林和万安宫发生的一切都了若指掌。一年前，蒙哥及时将贵由汗西征的真正目的通知了拔都，这件事更加深了他们彼此间的信任。

第二次西征时，拔都率领的六万军队本已陈兵多瑙河畔，若非窝阔台汗突然亡故，他们也不会匆匆撤兵，回蒙古参加窝阔台汗的葬礼。

　　窝阔台汗去世，至贵由汗即位，这中间经历了五年的时间，之所以如此，与拔都坚持不参加一切选汗大会有关。

　　拔都素来不看好窝阔台汗的长子贵由，贵由刚愎自用、心胸狭窄，这种性格决定了他不是蒙古帝国大汗的合适人选。但如果将汗位交给窝阔台汗家族以外的人，确实又有一些障碍。

　　窝阔台汗登基之时，诸王和贵族曾经对他发下誓言，世世代代将奉窝阔台汗的子孙为汗。蒙古人以信守诺言为荣耀，不到迫不得已，决不会自食其言。遗憾的是，窝阔台汗的子孙中的确少有出类拔萃者，长子贵由如此，窝阔台汗生前最喜爱并指定为继承人的孙子失烈门同样如此，虽然他俩最有资格继承汗位，但大多数人对他们都不看好。由于汗位争夺激烈，加上拔都的抵制，汗位虚悬长达五年之久。

　　乃马真太后摄政的最后半年里，身体状况大不如前，与此同时，她对众位王公贵族的收买和说服也收到明显成效。她得到承诺，只要拔都汗同意召开忽里勒台，他们将支持贵由即位。

　　做出这个承诺的人还包括苏如夫人和岐国公主。

　　但只要拔都汗不点头，忽里勒台仍然不能举行。乃马真不断遣使往来于蒙古本土与金帐汗国之间，同时请苏如夫人和岐国公主修书给拔都，意图软化他的意志，促使他做出让步。

　　最后真正说服拔都的还是苏如夫人和岐国公主。为了蒙古帝国的前途，拔都虽不肯亲自参加选汗大会，却派来了自己的使者。

　　如今，历史似乎又在上演相同的一幕：拔都的决定将再一次左右蒙古帝国未来政局的走向。

　　面对大家的期待，苏如给出的答复是："就等等拔都汗的决定吧。"

　　她的一句话，将海迷失的摄政时间延长了几个月。

　　不久，拔都的口信被带到。拔都以兄长的身份，派别儿哥出使察合台汗国、窝阔台汗国和蒙古本土，要求全体宗王和贵族到他的驻地，以便举行忽里勒台，推举新的大汗。

　　对于拔都的提议，海迷失坚决表示反对。

　　经过紧急商议，海迷失母子在万安宫召开了一个临时会议。会上，海迷失语气强硬、声嘶力竭地要求所有的王公贵族都致信反对拔都的邀请。她说，蒙古帝国的首都在哈剌和林，只有在哈剌和林举行的忽里勒台才能体现三位先汗的意愿，才是真正合法有效的，拔都这种违背祖宗意愿的做法，理应受到各位王公贵族的抵制。而且，作为贵由汗的皇后，她也不能开这种先例。

她催着要蒙哥表态。蒙哥沉默了一下，回说他还要与两位额吉商议后再给海迷失答复。蒙哥不表态，其他的人自然三缄其口，他们都要看一看，等一等，蒙哥的决定将是他们中大部分人最后的决定。

拾贰

不久，拔都的正式邀请信送达，蒙哥将自己的那一封交给了两位额吉。

苏如和岐国匆匆地将信浏览了一遍。信并不长，大意是说由于拔都正患足疾不便，因此恳请各位皇室成员和王公贵族不辞辛苦，到他的夏营地伊塞克湖畔举行忽里勒台。拔都在信中渲染道，夏季是伊塞克湖最美的季节，他做这番苦心安排，一方面是希望众人稍稍放下沉重的国事，有机会领略一番异域优美的风光；另一方面大家聚在一处，也好商议新汗人选。

信中并没有任何特别的暗示。据蒙哥说，所有人接到的信都是同样内容，只是接到信的人反应不一。大部分人持观望态度，只有海迷失皇后和她的两个儿子忽都、脑忽，窝阔台汗生前最宠爱的孙子失烈门，借口祖宗之地在哈剌和林，到异域举行忽里勒台成何体统，表示拒绝前往。

岐国若有所思地望了苏如一眼，苏如也在望着她，她们的脸上同时露出笑容。在这件事情上，她们依然心意相通。

"额吉，公主额吉，你们说怎么办？"

"儿子，你自己的想法呢？"苏如不忙着回答，而是反问蒙哥。

"儿子觉得，应该去。"

"为什么？"

"窝阔台汗去世之后，诸王中威信最高者始终是拔都哥。尽管当年在乃马真六皇后的积极斡旋下，许多皇室成员和王公贵族改变心意，公然放弃窝阔台汗生前指定的继承人失烈门，转而推举窝阔台汗的长子贵由为汗，但由于拔都哥的坚决反对和抵制，致使汗位虚悬长达五年。虽然最后在二位额吉的耐心劝说下，拔都哥为了蒙古帝国的前途着想，终于顾全大局默许了贵由的即位，但从这件事上也不难看出拔都哥自身所拥有无与伦比的号召力。现在，贵由汗暴病而亡，汗位再度虚悬，由拔都哥来倡议召开这个忽里勒台，儿子觉得是最合适不过的。"

苏如和岐国对视一眼，眼中皆闪露赞许之色。

"既然你是这么想的，就这么做吧。"

"是。额吉，公主额吉，儿子还有一事想向二位额吉请教。"

"什么？"

"儿子这次去参加忽里勒台，该持怎样的立场？"

"立场吗？"

"是的。"

"妹妹，你觉得呢？"苏如问岐国。

岐国坚定地回答："要尊重拔都汗，一定要尊重他，以他的意志为意志，在海迷失母子表示反对的情况下尤其要如此。"

"儿子懂了。其实儿子倒很希望由拔都哥来接任汗位呢。"

"不，蒙哥，恐怕不是这样。"

"公主额吉的意思是……"

"我想，拔都之所以要在他的封地召开忽里勒台，恰恰是因为他对汗位没有任何觊觎之心。"

"哦？"

"拔都统治着三大汗国（当时只有三大汗国：金帐汗国也即钦察汗国、察合台汗国和窝阔台汗国，伊利汗国则是在蒙哥即位后，派六弟旭烈兀第三次西征，旭烈兀一举征服波斯诸地后才建立起来的汗国）中最广阔的疆域，对汗国的治理已经牵扯了他太多的精力。其实，在成吉思汗的众多儿孙当中，拔都最与众不同的地方就在于，他功勋显赫，却无一丝一毫的野心。蒙哥，说不定这是我们绝好的机会，你必须立刻准备，带着你的几个弟弟前往伊塞克湖，到了那里，要充分听取拔都的意见，要发自内心地尊重他。你与拔都在两次西征中，在一次次默契的配合中，已经结下了深厚的友情，你要做的，就是让这种友情变成你坚定可靠的力量。无论如何，都要阻止汗位再次落到海迷失母子和失烈门的手里。这或许有违你九泉之下父王的心愿，但为了蒙古帝国的未来，这是我们必须坚守的原则。蒙哥，要争取，但不要心急，如果我的猜测没错，拔都他一定会助你一臂之力。"

蒙哥会意，"是，公主额吉。"

"接下来，该给拔都兄弟以及他们的家眷准备礼物了。这件事不用你操心，我和你们的额吉会安排妥当的。你只需试着说服窝阔台汗家族中的其他人，尽量要他们同意前往伊塞克湖。至于其他人，他们会看着你的，当拖雷家族的长子带着他的众位弟弟前往伊塞克湖的时候，这些人会做出正确的选择。"

"好的，公主额吉，我这就去准备。"

苏如目送着儿子离去，将信重新折好，放回到信封中。她做这些的时候动作很缓慢，表明她正在认真思考。

岐国不去打扰她，而是起身走到帐壁前，取下了拖雷留下的一幅羊皮地图。

拖雷生前无论走到哪里，都会将这幅羊皮地图带在身边。如今，这幅地图经过蒙哥的不断修正和补充，比起那时来更加准确、完整，岐国想从它上面找到伊塞克湖的位置。

她纤细的手指在地图上移动着，啊，找到了！不仅有伊塞克湖，地图的最下方还有小字写的一行注释。

原来，这是一个位于天山北麓的高原不冻湖，素有中亚"热海"之称。

难怪拔都要将开会的地点选在这里，岐国似乎能够想象得出那里湖光山色浑然天成的美景：碧蓝的水，幽远的天，成群的山鹿和马熊在湖边悠闲觅食，几头饥饿的雪豹贪婪地注视着即将到嘴的猎物，猞猁凭借出色的嗅觉和敏捷的跳跃，捕捉着食物……

让蒙哥兄弟到这样美丽的地方好好放松一下疲惫的身心真是再好不过了。尤其是蒙哥，为了协助贵由汗修复在乃马真六皇后摄政期间被破坏殆尽的帝国秩序，他殚精竭虑，事必躬亲，过度的操劳使他寝食俱减，日渐消瘦。

可是，这种努力终究是有限的，更要命的是蒙哥还要时时提防来自贵由汗身边那些小人的中伤以及来自贵由汗本人的猜疑……

她用手点了点标志着伊塞克湖的一个不规则的小圆圈，回头唤苏如："姐姐……"她没有说下去，因为她惊恐地发现苏如脸色苍白地坐在床上，一只手紧紧捂着眼睛。

"姐姐,你怎么了？"岐国匆忙来到苏如的身边,蹲下来,握住了她的手。

苏如放下手,试图看清岐国的脸,但岐国的脸在她的视线中模糊一片,她勉强笑了:"妹妹。"

"姐姐,你是不是哪里不舒服？我立刻叫人去唤许国祯来。"

贵由汗即位后,移相哥和冯梦璃亲自护送许国祯返回哈剌和林,他们也趁此与苏如、岐国公主小聚了一段时间。

苏如摇摇头,平静地说道:"不用了,等蒙哥他们出发后再叫许国祯来吧。如果蒙哥知道我的眼睛有病,他很有可能不肯离开哈剌和林。蒙哥的倔脾气你是知道的。现在正是关键时刻,蒙哥必须到伊塞克湖参加拔都倡议的忽里勒台。如果他不去,无论他的理由有多么正当,都难免会让拔都产生不必要的误会。而且,如果他不去,别的人有样学样,会晾了拔都的台,这对我们的国家没有任何好处。从窝阔台汗去世,到乃马真六皇后摄政,再到贵由汗去世,海迷失摄政,将近十年间,由成吉思汗创建的蒙古帝国几乎毫无作为,这种现象决不能再继续下去了。蒙哥得打起精神来,我们每个人都得打起精神来,即使必须辅佐拔都登临帝国的汗位,也不能把这个国家交到贵由汗那两个不懂事的孩子手中。"

"我知道。可是姐姐……"

"在国事与家事中,前者为大。"

"我懂。"

"为了国家,这一次我们决不能再让步了。四年前,我们之所以同意将贵由扶上汗位,是因为贵由与他的母亲乃马真,与他的皇后海迷失和他的两个亲生儿子忽都、脑忽有着本质上的不同。贵由汗生性严苛,一丝不苟,以他为汗,正有利于收拾起乃马真摄政期间被破坏殆尽的法度。而事实上,他也这么做了。至于贵由汗在汗位巩固后,立刻将战争之火引向拔都,以此来报复拔都不同意由他继承汗位的仇恨,他的心胸狭隘至此,却是我们当时没有料到的。好在,天意没有让兄弟相争的悲剧发生。现在,贵由汗已经去世,我们不能再像上次那样,恪守着对窝阔台汗的诺言,不分是非优劣,也要让汗位在他的子孙间代代相传。不能这样!这样做只能毁了成吉思汗辛苦创建的国家。蒙古帝国属于成吉思汗所有的子孙,不只属于窝阔台汗的儿孙们。只要是成吉思汗的子孙,只要他有足够的能力和威严,他就有登临汗位的资本。因此，这一次，我们要不惜一切代价夺回汗位，至少，不能让海迷失学她的婆婆，再来几年摄政。我有预感，海迷失会把蒙古帝国拖进灾难的深渊。"

"虽然如此，姐姐的眼睛……"

"有一段日子了。这种现象一个月前就开始反复出现了，我很清楚，这不是一种可以治疗的眼病。妹妹，你不要声张，也不要太过担忧，现在对我而言最重要的不是眼睛，而是蒙古帝国未来的命运。就算我的眼睛再也看不见了，我的身边毕竟还有你，有你就足够了，你可以替我看清一切，判断一切。但是，如果让那些别有用心的人知道了我的眼睛很可能失明，他们少了顾忌，就会再次兴风作浪。而今阻止他们唯一的办法就是不能让他们发觉只有你和我才知道的这个秘密。"

岐国的泪水无声地滚落在苏如的手背上。在她生平最爱的男人英年早逝，留下她与这个女人风雨同舟的近二十年里，她早已与这个女人息息相通了。

"妹妹。"

"姐姐，我懂，我听你的，都听你的。"

"妹妹，你知道吗？长生天把你赐给了大那颜，是长生天对他的孩子们的眷顾，也是长生天对我的眷顾。这些年来，如果没有你在我身边陪伴我，支持我，我真的不知道自己能够坚持多久。谢谢你，真的谢谢你。"

"不，姐姐，从始至终，给了我力量的那个人是你，是孩子们。"

苏如更紧地抓住了岐国的手，岐国将另一手叠扣在苏如的双手上，与她紧紧相握。此时，这个无言的举动甚至比语言更能表达她们此刻的心情。对同一个男人的挚爱从来没有让她们彼此疏远，在超越了狭隘的嫉妒之后，她们之间的姐妹情谊更加牢不可破。她们携手度过了生命中最艰难的一段时光，她们完全有理由相信，在不远的将来，一切都会变得更美好。

"姐姐，你觉得这一次，拔都会被拥立新的大汗吗？"良久，岐国沉思地问。

"我想，不会。"苏如缓缓地回答。

"为什么？"

"人们肯定看好拔都，这点我并不怀疑。不过，拔都从来不是一个眷恋权力的人，他不是为了自己登临汗位才在伊塞克湖召开这个忽里勒台。"

"你是说……"

"是的。所以，无论如何，蒙哥一定要尽快赶到伊塞克湖，积极地赴拔都之约。这是一种姿态，是蒙哥必须做出的姿态。"

夏末秋初，蒙哥派人从伊塞克湖送回一封长信，信中，他向二位额吉详细汇报了忽里勒台形成伊塞克湖决议的过程，并说他数月后即返。

伊塞克湖的决议是：由拖雷家族长子蒙哥继承汗位，全体蒙古人将在蒙哥汗的带领下，再现蒙古帝国的辉煌。

伊塞克湖决议的形成远没有那么简单，其间的争执甚至争斗，蒙哥不细说，苏如和岐国也能想象得出来。然而，在拔都兄弟、阔端等人的真心支持和对王公贵族的软硬兼施下，还是形成了这个重要的决议。

秋末，蒙古帝国的第四任大汗蒙哥在拔都派来的军队保护下，在九个弟弟的簇拥下，回到了他们的营地。

蒙哥请两位额吉坐在正位，他稍稍退后几步，然后跪倒，脱掉帽子，将腰带搭在肩上，恭恭敬敬地施以九叩拜大礼。

岐国吃了一惊，正欲起身，苏如伸手拉住了她的胳膊。

"妹妹，请安坐，这礼，你受之无愧。"

"可是姐姐……"

"公主额吉，额吉说得对，儿子的礼，是感谢您，感谢额吉，如果没有你们，就不会有儿子的今天。"

岐国的眼里不觉耀起了晶莹的泪光。她知道，对于少言寡语的蒙哥来说，他所说的每句话都是发自肺腑的。

从金国宫廷嫁入蒙古宫廷，她原本只是金帝献给成吉思汗的一个活着的贡品，但是，她却在其后的日子里将自己的一切融入了这片土地。

在这里，她失去过，也得到过。

她失去了一国公主的尊严，却得到了终生不渝的爱情；她失去了自己心爱的丈夫，却得到了发自内心的崇敬。

她经历了丈夫突然病故后那段最艰难的时光，也正是因为那段时光，她得以与苏如，与蒙哥兄弟风雨同舟；也正是因为那段时光，他们一家人亲密无间，不仅战胜了种种猜忌、危险，而且最终实现了汗位从窝阔台系向拖雷系的转移。

她很知足，很知足了。

她是女真人，也是蒙古人的妻子。

直到现在，她依然能清楚地回忆起自己所经历的恐惧。她目睹了父皇被奸臣毒死，从那时起，她就觉得整个世界都在她眼前坍塌了。她将复仇的渴望隐藏于心若止水的外表之下，她憎恨胡沙虎，憎恨完颜珣，也憎恨让她国破家亡的蒙古人。

如果不是拖雷，不是苏如，不是辽阔的草原，她会让仇恨将自己埋葬。

可是，她的恨却在爱中融化。

在这片土地，这片有着丰茂的草场、清澈的河水，自然条件却极其恶劣的土地，生活着一群天然纯朴，敢爱敢恨，不懂得虚伪也不懂得掩饰的人，她一生最宝贵的时光都与他们一同度过。三十六年来，她与他们同呼吸共命运，他们热爱她，信任她，而她，也渐渐地爱上了他们。

爱让她复活，爱给了她力量。

行罢九叩礼，蒙哥起身，然后再次面向两位额吉跪倒。弟弟们一起跪倒在他的身后。这一次是所有的儿子感谢他们的两位母亲。

蒙哥没再多说表示感谢的话，他坚毅的眼睛里耀起了一片泪光。

什么也不用再说了。他很清楚，为了二位额吉，他能做些什么。当然，他也知道，他该做些什么。